不死者の弟子 4
The Disciple of Lich
邪神の不興を買って奈落に落とされた俺の英雄譚
「ニンゲンさんのご飯って、
意外と美味しいです！
ボク、もっと粗末なものを
食べているんだと思っていました！」
ラムエル
Ramiel
著 猫子 Nekoko
画 緋原ヨウ Hihara yoh

「余は誇り高き竜人の王である！
軽々しく敗北を認めるような真似は許されんのだ！
言ったであろう、
余はもう逃げも隠れもせんと！」
「竜技、《涅槃千羽》！」
リドラ
Ridler

「あの……リドラさん。もう、ここまでにしませんか？」
この人……格好いいこと言いながら、
一発顔面にもらって以来、
全くこちらに近づく素振りを見せてこない。
ひたすら隙の少ない遠距離用の竜技を連打しながら、
俺から距離を取れる方向へと常に全力で移動している。
カナタ
Kanata

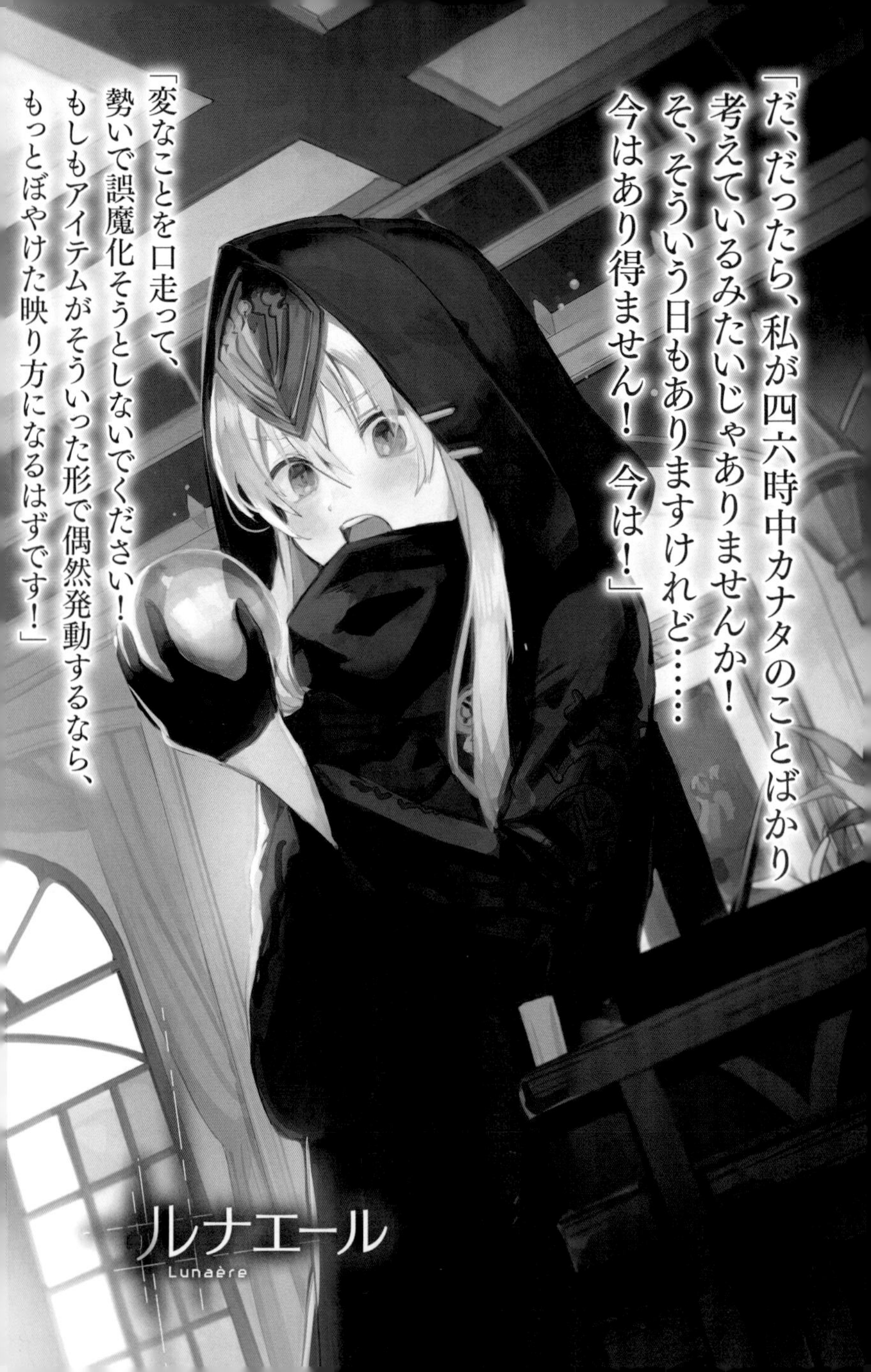
「だ、だったら、私が四六時中カナタのことばかり
考えているみたいじゃありませんか！
そ、そういう日もありますけれど……
今はあり得ません！　今は！」
「変なことを口走って、
勢いで誤魔化そうとしないでください！
もしもアイテムがそういった形で偶然発動するなら、
もっとぼやけた映り方になるはずです！」
ルナエール
Lunaère

不死者の弟子4

邪神の不興を買って奈落に落とされた俺の英雄譚

Nekoko
著 猫子
Hihara Yoh
画 緋原ヨウ

The Disciple of Lich

This is Heroic Tale of Mine That I Incurred Evil God's Displeasure and Dropped to the Abyss

The Disciple of Lich

This is Heroic Tale of Mine That I Incurred Evil God's Displeasure and Dropped to the Abyss

CONTENTS

第一話■双獄竜の襲来

1　―神の見えざる手―

カナタ達《たち》のいる大陸の北部には、どこの国も領有していない、広大な土地があった。強大な魔物が蔓延《はびこ》っており、人がまともに侵入できる地ではないのだ。

こういった土地は、ロークロアの世界には多く存在する。ロークロアは基本的に、常に魔物が人間よりも優勢であるように調整されている。この世界で人間が滅ばずにいられるのは、この世界を玩具にしている上位神達が、紙一重で人類が存続できるように制御しているからに他ならない。

こういった人間のまともに侵入できない、広大な土地が纏《まと》めてダンジョンと化している未開の領域を、人間は魔物領と呼んで恐れていた。

この大陸北部、魔物領の奥地に、巨大建造物が建っている。《神の腕》と、この塔の所有者である男は、ここをそう呼んでいた。

「ふむ、百年振りになるか……我ら《神の見えざる手》の《五本指》が、こうして一堂に揃《そろ》うなどとな」

《神の腕》の内部にて、王座に座る男がそう口にした。男は顔を円形の仮面で隠しており、頭には王冠を被《かぶ》り、荘厳な衣装を纏っていた。手には黄金の輝きを帯びた、巨大な杖《つえ》がある。

《神の見えざる手》、それは上次元の存在である神に認められた者達五人によって構成される組織であり、このロークロアの世界における真の支配者達であった。

彼ら《神の見えざる手》は決して表には出ない。それは上次元の存在の意向でもあった。しかし、彼ら一人一人が、その気になれば世界の行く末を左右できる力の持ち主である。この世界を上次元の存在の望む姿へ修正するための、強制力そのもののような組織であった。

「《世界王ヴェランタ》よ、他の雑魚共を集めるのは結構。だが、この儂《わし》までわざわざ呼ぶとは、いったいどういうことじゃ？　相応の理由があるのだろうな？　もし、くだらぬ用事であれば、ここでヌシを斬り殺すぞ」

王座の男、ヴェランタへとそう言ったのは、三メートル近い巨体の男であった。前髪を後ろに撫《な》で付け、髷《まげ》を結った特徴的な髪型をしていた。派手な甲冑《かっちゅう》を纏っており、三本の巨大な刀を背負っている。顔は鬼のように醜悪な凶相であり、特にその真っ赤な眼光は、人外の気迫があった。

「百年前も、そなたは来なかったか。《第六天魔王ノブナガ》よ。あまり勝手が過ぎれば、我々がそなたを消すことになるのだぞ。世界の流れ……上位存在の御前では、いかにそなたとて抗《あらが》えはせんのだ。それはそなたが、一番理解しているはずだ。かつて世界を統一しようと本気で志し……夢半ばに我らに敗れた、ヤマトの王よ」

「チッ、一対一であれば、ヌシら如《ごと》き儂の敵ではないというのに」

「ふむ、だがノブナガ、我の見立てでは、そなたはこの五人の中で、せいぜい二番目といったところか」

「ヌシの方が上だと？　戯《たわ》けたことを」

ノブナガは一層にその凶悪な相貌を歪《ゆが》め、不快感を露《あらわ》にする。

「それは、どうだろうな」

ヴェランタは、ちらりと別の人物へ目を向ける。全身に魔術式の刻まれた黒い大きな布を被っており、一切素肌を外に晒《さら》していない。

《沈黙の虚無》の二つ名を持ち、ゼロと呼ばれている。こうした集会の場でも全く自己主張を行わない。

ゼロはノブナガよりも古くからおり、ノブナガはゼロのルーツを全く知らなかった。声も聞いたことがないのだ。

「あんな奴《やつ》が、この儂より上じゃと……？」

老人の姿なのか子供の姿なのか、黒い布に覆われたゼロは小柄であった。武人のものではない。

ゼロはヴェランタとノブナガのやり取りを前に、微動だにしない。全く関心がない、というふうであった。

「とっとと話を進めてもらえないかしら？　私、誰が強いだとか、そんなガキ臭い争いに興味はないのよ。ヴェランタ、大事な用事があったんでしょ？　神託？」

長い耳を持つ、軽装の女が口を挟む。《世界の記録者ソピア》の二つ名を持つ、長寿のハイエルフであった。

ロークロア誕生より一万年以上の年月を生き、この世界で起こった全ての歴史を正確に覚えている。正に世界の記録とでもいうべき存在であった。

「神託が下った。魔法都市マナラーク……そこにいる、カナタ・カンバラという名の転移者を殺せ、とのことだ。手段は一切、問わないとな」

「何……？　神託が、そんなに具体的に、一個人を示しているじゃと？　どういうことじゃ、ヴェランタ。儂らが直接は転移者に関与しない、それが上次元より押し付けられた、絶対の規則ではなかったのか」

「我にもさっぱりだ。いつもはもっと遠回しなのだがな。だが、一つわかることがある。手段は一切問わない……我々が直接手を下しても、構わないということだ。何をしでかしたかはわからないが、こいつは明確に上次元の存在を敵に回したのだな。そしてここまで言うということは、我々がそこまでせねばならん相手ということだ」

ヴェランタの言葉に、ノブナガは悪鬼の笑みを浮かべる。

「面白い、興が乗ったわい。儂にやらせろ」

「いや、ノブナガ、そなたは壊しすぎる。そなたがムキになれば、大陸一つ、焦土になりかねん」

「この儂を呼びつけておいて、よくぞそんなふざけたことを申せたものじゃな。ならば、呼ばねばよかったじゃろうて」

「偵察を兼ねて、まずは《空界の支配者》に向かわせる。相手の情報が少なすぎるのでな」

ヴェランタはそう言って、上方を見上げる。

黒い輝きを放つ鱗《うろこ》に、二又の尾。巨大なドラゴンが浮かんでいた。このドラゴンもまた《五本指》の一角であった。

『お任せを、親愛なる《世界王ヴェランタ》よ。キヒヒ……だけど、そう身構える必要があるかな？　今……露払いの下僕として、二体のドラゴンを飼っている。あの子らだけで、マナラークごと焼き殺してやろうじゃないか』

ドラゴンより、思念波が放たれる。

「それは心強い。今回は転移者相手だ。念のため、例のクリスタルを持っていくといい。我が開発したものを渡そう」

『ふうん？　そんなのが必要になる事態が来るとは思わないけど』

「そなたには百年前の失態もある。それを挽回《ばんかい》できる働きを期待している。上次元の存在からの評価では、そなたが一番下かもしれん。ここで取り返しておかねば、入れ替え候補になるかもしれない」

『随分と言ってくれるものだね。ドラゴンの、王の中の王に。気を遣って手柄を譲ったつもりなら、見下されているみたいで気に入らないな。ま……仕事はしっかりやってみせるさ。そう難しいものだとは思えないしね』

その思念波を聞き、ノブナガが鼻で笑った。

「フン、確かに、《空界の支配者》如きでどうにかなる相手であれば、儂の出る幕はなかろうて。だが、ヴェランタよ。もしそこの蜥蜴《とかげ》でどうにもならぬ相手であれば、次は儂がゆくぞ」

2

俺は宿で大釜や材料を広げ、《神の血エーテル》を錬金する実験を行っていた。

壁には、フィリアに出してもらった三枚の《夢王の仮面》が立て掛けられている。ゾロフィリアの顔面が三つこちらを見ているのは、なかなかぞっとするものを感じる。深夜に見たら眠れなくなりそうだ。

《夢王の仮面》は、あらゆる錬金術に対して、その変化を大きく補佐するように魔力を発するとんでもアイテムである。要するに、錬金術の究極の触媒である。

世界に二枚しか存在しないこの仮面を巡り、歴史の節々で大きな戦火の火種となってきたアイテムだそうだ。何故《なぜ》かここに三枚あるが。

《神の血エーテル》の主材料は、《高位悪魔の脳髄》、《精霊樹の雫《しずく》》、《アダマント鉱石》の三つである。

《高位悪魔の脳髄》は《歪界《わいかい》の呪鏡》で乱獲できる。《精霊樹の雫》は精霊ウルゾットルにたっぷり用意してもらった分がまだ存在する。《アダマント鉱石》の錬金手順は既に確立しており、材料の確保もできている。他の細かい材料もガネットに無事集めてもらった後である。

「これでもかと材料を揃えました。失敗してもいくらでもリトライができますし、今までの失敗から学んだデータもあります。今日こそは《神の血エーテル》の錬金を成功させましょう」

「……あの、カナタさん。以前みたいに、爆発したりしませんよね」

ポメラが恐々と俺に聞く。俺は笑いながら手を左右に振った。

「大丈夫ですよ。爆発したら、すぐ結界魔法で押さえ込みますから」

「爆発は避けられないんですね……」

ポメラががっくりと肩を落とした。

「カナタ、仮面、三枚だけで大丈夫？」

フィリアの言葉に俺は苦笑いした。

「ははは……四枚目からは、その、変化の速度と割合が大きすぎて、俺の力量だと制御しきれないから……。ほら、前みたいな失敗になりかねないし……」

実は三日前に、フィリアの《夢王の仮面》を五枚用いて錬金実験を行ったのだ。理論上は、《神の血エーテル》を錬金する際の素材が保有する魔力の減衰を大幅に抑え、製造効率を引き上げることができるはずだった。《神の血エーテル》の錬金自体がまだ成功していないので、一度の実験の素材消耗量を抑えられるのもありがたかった。

ところが、ここで事件が起きた。どうにも《夢王の仮面》が五枚あると、《夢王の仮面》の持つ物質の魔術的な変化を促進させる力が、何か予想外の方面に働いているようであった。素材達が予期せぬ形で合体し、スライムのように部屋を這《は》い回り、《夢王の仮面》と合体したのだ。

そのまま巨大な脚を生やして部屋中を飛び回り、俺はポメラと必死になって謎の錬金生命体《ホムンクルス》を部屋から出さないように討伐することになったのだ。一歩間違えていれば、マナラークを巻き込んだ大騒動になっていたかもしれない。

恐らく、《高位悪魔の脳髄》が悪さをしたのだろう。対処法どころか何故起きたのかの根本的な部分が不透明なままなので、もう《夢王の仮面》の五枚重ね掛けは使わないことにした。

四枚も、あまり試してみる気にはなれない。変化の促進が激しすぎて、何がどういった変化を起こすのか全く摑《つか》めないのだ。俺の知識と頭脳では、四枚掛け、五枚掛けを使い熟《こな》すのは無理だ。

素材を大釜で煮込み、俺の魔力を付与して変化を促す。

「今までの理論に間違いがなければ、これでできあがるはずなんですが……」

俺の言葉に、ポメラがやや引き攣《つ》った苦笑いを浮かべる。声色に不安が漏れていたのだろう。

「あの、カナタさんの師匠の、ルナエールさんに協力してもらった方がいいんじゃないですか？」

「……それができたら一番いいんですが」

「できないんですか？　師匠さんは、もう既に、この都市を出発されているってことですか？」

「いや、多分まだ、マナラークにはいると思います。上手《うま》く説明できないんですが……俺を避けているというか……あまり人里には出ない人なので、少し混乱しているのかもしれません……」

ルナエールと最後に話したのは、蜘蛛《くも》の魔王マザー戦の直後である。彼女の話に気になる部分があったので突いたのだが、それが少し不味《まず》かったのかもしれない。都市を出歩けるようになったのならば一緒にいてくれればいいのに、どうにもあのことが引っ掛かっているらしい。

ルナエールとしっかり話をするには、先に発見して隙を突いてどうにか拘束するしかないかもしれない。

……もっとも、ルナエールは俺の戦闘技術全分野の師匠である。地力が全く違う上に、意表を突くのもほとんど不可能に近いだろう。何かの切っ掛けが訪れるのを待つか、時間がなあなあで解決してくれるのを待つしかないかもしれない。要するに、運頼みか時間頼みである。

「カッ、カナタさん、考え事は後にした方がいいですよ！　大釜が沸騰してます！　何か……よくわかりませんけど、凄《すご》いバンバン音がします！」

大釜の蓋が、内部から叩《たた》かれているかのようにドンッ、ドンッと音を立てていた。

「っと、すいません！」

俺は慌てて大釜に付与している魔力を調整し、内部の状態の安定化を図る。

「ま、まあ、ここまではいい感じですね……」

俺がそう口にした瞬間、壁に立て掛けていた三つの《夢王の仮面》が、カタカタと激しく揺れ始めた。

カタカタ、カタカタ。カタカタ、カタカタ。まるで笑っているかのようだった。

「ひいいいいっ！　カ、カナタさん、これ、また悪魔の断片が何かしてるんじゃないんですか⁉」

ポメラが蒼白《そうはく》した顔で俺へと抱き着いてくる。フィリアは楽しげに、笑う仮面達を眺めて燥《はしゃ》いでいた。

「みんな楽しそう！」

俺はそっと、鞘《さや》から《英雄剣ギルガメッシュ》を抜き、《夢王の仮面》へと向けた。いざとなったら、即座に破壊して《夢の砂》に戻す必要がある。

フィリアには悪いが、楽しそうで済む事態ではない。何が起こるのか、全く未知である部分が多いのだ。やはり《夢王の仮面》は、三つでも少し危険かもしれない。一つでも充分仕事はしてくれているので、減らした方がいいかもしれない。

だが、俺とポメラの心配を他所《よそ》に、《夢王の仮面》の謎の笑い声はすぐに収まった。俺はほっと《英雄剣ギルガメッシュ》を鞘へと戻す。

「カナタしゃん……やっぱり、あのお面は危険なんじゃないですか？」

「……二枚以上、同時に使うのは止《や》めようと思う。まさかとは思うけど、あの仮面から高位悪魔や、ゾロフィリア擬《もど》きが何かの間違いで誕生する可能性も、ゼロではないような気がするし……」

俺は駄目元で、大釜の蓋を開けてみた。中では、緑色の液体ができあがっていた。

俺は考えるより先に、魔法袋から《アカシアの記憶書》を引っ張り出していた。これで何も考えずに雑に捲《めく》って、あのページが出れば……。

【神の血エーテル】《価値：伝説級》

高位悪魔の脳髄を煮詰めたものを主材料とした霊薬。神の世界の大気に近い成分を持つと言い伝えられている。飲んだ者の魔法の感覚を研ぎ澄ませると同時に、魔力を大きく回復させる。かつて大魔術師が《神の血エーテル》を飲んだ際に、この世の真理を得たと口にしたという。

き、来た！　意識せずに《神の血エーテル》のページが開けたということは、錬金に成功したということだ。

「い、いけてました。これ、成功です！」

「本当ですか？　やりましたねカナタさん！　これでついに、魔力を回復させる薬が、自力で造れるようになったんですね！」

「ということは、この作り方で間違ってなかったんですね。仮面が笑ったのは、少しびっくりしましたけど……」

俺の言葉に、ポメラが少し眉を顰《ひそ》めた。

「カナタさん……もしかして、次も《夢王の仮面》、三つでやろうと思ってませんか……？　危険かもしれないって、そう言っていたところだったのに……」

ポメラが俺に、確認するように言う。

……確かに危険は危険だ。だが、こうして成功したのだ。

仮面の数を減らせば、当然材料の比率やらも変わってくる。もしかしたら、仮面の数が足りないと変化が小さすぎて、現在の製法では《神の血エーテル》を造れない、なんてこともあり得る。

実験のための材料費だって、馬鹿にならない値段が掛かっている。確かに仮面が笑ったのは怖かったが、結局何も起こらなかったのだ。

「ポメラさん、仮面二つで手を打ちませんか？」

「えっと、ポメラを説得されても困るのですが……」

3

「よし……安定して《神の血エーテル》が造れるようになってきました」

俺が錬金術で《神の血エーテル》を造りながら言うと、ポメラはほっと溜《た》め息《いき》を吐《つ》いた。

「よかったです……。ポメラがじゃぶじゃぶ飲んでいたこの薬って、すっごい高いんですよね？　一杯で数千万ゴールドだとか……」

ポメラが恐々と尋ねる。

俺は顎に手を当てて考える。俺もこの世界の通貨の価値について、あれこれと考えてみたのだ。

無論、ものや量によるだろうが、B級アイテムの《翡翠《ひすい》竜の瞳》の時点で五百万ゴールド以上の値段になるという話だった。ガネットとの取り引きの際に、S級アイテムの《アダマント鉱石》の塊が一キログラム程度あればどれくらいの値段になるのか気になって、彼に聞いてみたのだ。

ガネットは少し悩んでから、とても値段が付けられるものではないが、確実に手に入るのならば五億ゴールドまでは間違いなく出すと、そう口にしていた。B級アイテムとS級アイテムの間に百倍程度の差があるのだ。

「……もしかしたら、一杯で百億ゴールド以上になるのかもしれません。主成分の《高位悪魔の脳髄》の時点で、伝説級アイテムなんですよね。いっぱい手に入りますけど」

少なくとも《アカシアの記憶書》ではそうなっている。あそこに出てくる悪魔達がレベル3000超えばかりなので、最低でもレベル3000以上の者がいなければ狩ることができない。だからそれくらい高く判定されるのかもしれない。そもそも《歪界の呪鏡》がないと手に入らない、ということもあるが。

「えっ……」

ポメラの表情が大きく引き攣った。

「どうしましたか？」

「ポメラ、飲むのが申し訳ないです……」

「ざっくり考えただけですよ。実際にこんなの、大枚を叩《はた》いて買ってくれる人はいませんし」

俺は苦笑いしながら手を振った。

俺も《アダマント鉱石》を自然に売る方法はないかとガネットに探りを入れてみたのだ。ただ、仮に《アダマント鉱石》の纏まった塊が見つかれば出所を探って王家や他国が動きかねないレベルであるらしく、《魔銀《ミスリル》の杖》が手にできる機会はないだろうと、そう口にしていた。安易に捌《さば》けるアイテムではない、ということだ。

俺としてもそこまで急いで金が欲しいわけでもない。ガネット頼りで《精霊樹の雫》をこそこそと捌きながら、適当に魔物狩りでも行っておけば充分だ。それで《神の血エーテル》の素材の費用も充分に賄える。

「う、うう……そうかもしれませんけれど、ポメラには何だか荷が重いです……」

頭を抱えているポメラの横で、フィリアが《神の血エーテル》の入った瓶を口にしていた。

「カナタ……これ、おいしくない……苦い……。ヘンな味……それに、臭いも妙」

「だだだだ、駄目ですようっ！　フィリアちゃん！　それ、カナタさんの百億ゴールド！」

ポメラが大慌てでフィリアの手から奪い取った。フィリアが不満げな顔でポメラを見上げる。

「むー……」

「約束したんですよ。完成したらフィリアちゃんに飲ませてあげるって」

俺は笑いながらポメラへと説明する。

「す、すいません、ポメラ、つい……。で、でもこれ、お遊びの味見で使っちゃっていいものではないと思うです！」

「でも、《神の血エーテル》はフィリアちゃんの《夢王の仮面》ありきですし、ストックはいっぱいありますから。それに、その辺の店で捌こうにも、どうにもならないアイテムですし」

「そ、そうですけど……ごめんなさい、フィリアちゃん」

ポメラはフィリアへと頭を下げ、彼女へと瓶を返す。ただ、納得が行っていないらしく、フィリアの持つ瓶へと目を向けていた。

「フィリア、甘いと思ってた……」

「《神の血エーテル》を飲んだ後にお菓子を食べたら、反動で通常より甘く感じるかもしれませんね」

「カナタすごい！　それ、フィリア試したい！」

フィリアが大はしゃぎでお菓子を取りに行く。

「さすがに、別の苦いものでやった方がよくないですか……？　ポメラ、間違ってますか……？」

ポメラが自信なげにそう口にした。

「別に現状、お金に困ってませんしね。ガネットさんに預けた《精霊樹の雫》は、ちょっとずつ捌いて値崩れしないように高値で売ってもらえる話になっていますから」

その額で充分、《神の血エーテル》の製造費用はしばらく賄えるはずだ。もしも急に金銭が厳しくなっても、いざとなったらロヴィスからもらった《冒険王の黄金磁石》がある。これはA級アイテムなので、ガネット辺りを頼れば楽にゴールドに換えられるだろう。

「さすがに金銭を捨てるような真似《まね》は品がありませんししたくはないですが、フィリアちゃんが喜んでくれているのなら俺としては文句はありませんよ」

「カナタッ！　すごい！　これ飲んだ後にお菓子食べたら、すっごい甘く感じる！　カナタもやってみて！」

フィリアが目をキラキラさせながらクッキーを頬張っていた。

「あのっ！　やっぱり、ポメラ、それって《神の血エーテル》じゃなくてもいいんじゃないかって思ってしまうんですが！　今百億ゴールドが捨てられましたよ!?」

「フィリアちゃん、《神の血エーテル》のことが気になってたみたいでしたから。それに、フィリアちゃんだけ仲間外れみたいにもしたくなかったんです」

俺はポメラへとそう説明した。

フィリアには悪いが、さすがにこれ以上は彼女のお菓子のお供にするつもりはない。苦いのが気に入ったのならマナラークで似た物を探すが、恐らくすぐに飽きるだろうと踏んでいる。

「ポメラ、ちょっと恐れ多くて飲める気がしません……。魔法修行と、戦闘の合間に飲むといい、というのはわかってるんですが……」

この《神の血エーテル》は、魔力を回復させると同時に、魔法の感覚を研ぎ澄ませてくれる。あるとないでは魔法の修行の効率が桁違いなのだ。修行の合間であれば、吐く寸前まで飲んだ方がいい。

「ポメラさんに飲んでもらうために造ったようなものですから。じゃんじゃん飲んで、また《歪界の呪鏡》に潜りましょう」

ポメラは《歪界の呪鏡》と聞くと、びくっと肩を震わせた。

「や、やっぱり、あそこ、行くんですね……」

「前々からポメラさんのレベルを上げてもらいたいとは言っていたんですが……実は、思ったより急いだ方がいいかもしれないんです」

それに、目標も少し高めに見た方がいいかもしれない。

「何かあったんですか……？」

「《人魔竜》のアリスが言っていたことが気になるんです」

アリスは、絶命の間際に、俺に対して警告を出していた。

『フ、フフ、忠告しておいてあげるわ、カナタ……。上位存在に刃向かった貴方《あなた》は、早かれ遅かれ、悲惨な最期を遂げることになるわ。そしてそのときには、貴方以外も巻き添えにすることになる。だから私も、彼らの作った大きな流れに従って生きるようにしたのよ』

アリスは転移者ではないが、上位存在……ナイアロトプを認知していた。そしてあの《赤き権《けん》杖《じょう》》騒動自体が、上位存在が俺を倒すために作ったシナリオであると、そうも口にしていた。

恐らくそれは、ただの世迷言《よまいごと》ではない。ナイアロトプは、殺したつもりだった俺が生き残っているのが恐らく気に喰《く》わなかったのだ。今後、アリスやレッドキング以上の化け物が、ナイアロトプの手引きによって俺に嗾《けしか》けられる可能性が高い。

「……これまでは、大人しくしていれば、危険な相手に目を付けられるはずはないと思っていました。ですが、既に俺は、マークされていたかもしれないんです」

ナイアロトプは、このロークロアの世界を創った存在だ。連中が本気になれば、俺がどこまで抗えるのかは怪しい。俺も《歪界の呪鏡》のレベル上げだけではなく、何か上位存在に対抗できる術《すべ》を、この世界で見つける必要があるかもしれない。

ポメラには、俺自身のレベルや出自の関係で、危険な相手と交戦することがあるかもしれない、とは前々から説明していた。それは他の転移者や《人魔竜》を想定したものだ。

だが、ナイアロトプが俺に害意を向けているのならば、その程度で済む話ではなくなってしまうかもしれない。狙われている以上、気を付けていたって回避できる問題ではない。

ナイアロトプは、残忍で身勝手で陰湿だ。一度会っただけだが、俺はそのことをよく知っている。

「アリスの言うことが、どの程度信憑性《しんぴょうせい》があるのかもわかりません。あいつの内面も、最後まで推し量れないところがありましたから。ただ、本当にポメラさんについて来てもらっていていいのか、実は少し悩んでいて……」

ポメラは黙って俺の言葉を聞いていたが、俺の手首を摑み、俯《うつむ》く俺の顔を覗《のぞ》き込んだ。

「危険だっていうのなら、尚更《なおさら》ポメラに手を貸させてください！　ポメラ、カナタさんにもらった恩を、全く返せていません。それに……困っているときに助け合うのが、仲間ですから！」

「ポメラさん……」

「そ、それに……その、ポメラ、カナタさんと別れるなんて、絶対嫌ですから！」

ポメラがここまで言ってくれたのだ。だったら俺も、ポメラが極力危険な目に遭わないで済むように、急いで彼女のレベルを上げなければいけない。

フィリアが俺の左腕に抱き着いてきた。

「フィリアもっ！　フィリアもカナタとポメラのこと大好きだから、頑張って協力するっ！」

俺は二人の言葉を聞き、決心を固めた。

「ありがとうございます……。わかりました！　《神の血エーテル》の準備も終わりましたから、三人で《歪界の呪鏡》に籠もって、一気にレベルを上げましょう！」

フィリアのレベル上げは不要かと、俺は最近までそう考えていた。だが、アリスの言葉が気に掛かる。

無論、ナイアロトプが何かしてくるのならば、俺が全て引き受けるつもりだ。

しかし、一緒にいる以上、ポメラやフィリアにも被害が及ぶことは避けられないかもしれない。

彼女達を守る意味でも、多少無理をしてでも、急《せ》いてレベルを上げる必要がある。パワーレベリングを牽引《けんいん》するのが俺なので、ルナエールほど上手くはできないだろうが……。

「おー！　フィリア、頑張って強くなる！」

フィリアがぐっと拳を固める。

「……ああ、そうでした。《歪界の呪鏡》の話に繋《つな》がっちゃうんですね……」

ポメラが力なくそう零《こぼ》した。

4

俺はポメラに、双頭の蛇が蜷局《とぐろ》を巻いている指輪を渡す。即死回避の《ウロボロスの輪》である。

これがなければ、ポメラのレベルでは《歪界の呪鏡》へ挑むわけにはいかない。

「……ポメラ、これを付けると、これから死ぬような目に遭うんだなって実感できます」

ポメラは指輪の蛇と目を合わせながら、しみじみと呟《つぶや》いた。

続けて俺はポメラへ魔法袋を渡す。

「その中には、回復ポーションと《神の血エーテル》が入っています。悪魔の隙を突いて使ってください」

回復ポーション……正確には、《九命猫の霊薬》というアイテムである。こちらは《地獄の穴《コキユートス》》に出る魔物の血が主成分であるため、量産はほぼ不可能である。できれば白魔法で補って欲しいところだが、残り魔力によってはこちらを使った方が速い場合もあるはずだ。

「フィリア、初めて入るから楽しみ！」

「そんな楽しいところじゃないですよ……」

ポメラが肩を落としながら、フィリアへと告げる。

「フィリアちゃんも、なるべくポメラさんを守ってあげてください。危ないと思ったら、即座に退いて俺の背後に隠れてくださいね」

「うんっ！　フィリア、ポメラ守る！」

フィリアは素のレベルが２０００近いということもあるが、それ以上に《夢の砂》の性質が凄《すさ》まじい。姿と共にレベルを変え、悪魔と対等に戦える３０００以上まで跳ね上がる。おまけに姿を変えるとダメージを受け流しているのか、超再生しているのか、ステータス以上にタフでもあるのだ。


俺は宿の部屋に《歪界の呪鏡》を置き、三人でその内部へと挑んだ。

虹色の光が、周囲に出鱈目《でたらめ》に広がっている。

「……またここに来てしまいました」

ポメラは大杖を抱きしめたまま、目線を落として息を吐く。

前方から青白い人型の群れが、音を立てずに豪速で迫ってきた。足が一本しかない個体や、頭がない代わりに胸部に顔のある個体、胴体だけで空中に浮かんでいる個体と、様々であった。

俺はポメラの身体《からだ》に腕を回し、地面を蹴って横へと跳んだ。豪速で迫る異様な人型の群れが、俺達の立っていたところへ各々に攻撃を仕掛けていた。

「ひいっ！」

連中は完全に無音であったため、視界に入っていなかったポメラは気が付くのが遅れていたようだった。改めて連中の姿を確認し、小さく悲鳴を上げた。

胴体のみの個体は他の異形よりも明らかに速かった。即座に切り返し、俺達へ肉薄する。俺はそれを《英雄剣ギルガメッシュ》で両断した。

「ポメラさん、気を抜いている猶予はありませんよ！　いつも通り、とにかく魔法を撃ち続けてください！」

「はっ、はい！」

ポメラが大杖を構える。俺は前方から迫ってくる異形の群れを視界に入れつつ、背後を確認する。

後ろからは、無数のおたふくの面が飛来してきていた。頬が大きく膨らんでおり、細められた目の奥には仄暗《ほのぐら》い光が溜まっている。

「数が多い……ハズレですね」

理屈は全く分からないが、《歪界の呪鏡》は入る度に出てくる悪魔が大きく異なる。相手の組み合わせと数によっては、まともに対応することがほぼ不可能であることも珍しくない。

こういうときは一旦外に逃げるしかない。俺も大量の悪魔に弄ばれてルナエールに助け出してもらってから、外で『今回はハズレでしたね』と言われたことがよくある。

ただ、問題なのは、ハズレの場合は逃げるのも困難なことが多いということだ。

地面から、巨大な真っ白の無数の腕が伸びる。腕の手のひらには、大きな瞳が付いている。腕は俺達を円形に囲むように生えていた。

一瞬新手かと思ったが、この腕はフィリアの《夢の砂》によるものだ。ラーニョ騒動のときに、似たものを目にした記憶があった。

巨大な腕は、おたふくの面を鷲掴《わしづか》みにし、異形達の進路を遮り、敵の動きを妨害した。

「精霊魔法第八階位《火霊蜥蜴の一閃《サラマンダークロウ》》！」

ポメラが大杖を掲げる。炎の一閃《いっせん》が走り、おたふくの面達に当たった。びくともしていないが、ダメージにはなったはずだ。

行ける……！　フィリアがいれば、安定してポメラのレベル上げを行うことができる。多少のハズレを引いても、フィリアのカバーがあればどうにかなりそうだ。

そのとき、空に巨大なクマ人形の顔面が浮かび上がった。ショッキングピンクの布を継《つ》ぎ接《は》ぎされており、目玉代わりに大きなボタンが二つ並んでいる。

「クマさん、かわいい！」

フィリアが嬉《うれ》しそうに声を上げる。だが、俺は血の気が引くのを感じていた。

「た、多少じゃなくて、大ハズレだった！　フィリアちゃん、腕、腕を引っ込めて！」

一度戦ったことがあるからわかる。フィリアの《夢の砂》には弱点がある。生み出した全てが本体に等しいため、創造というより分身に近いのだ。

そのため大量の分身を展開しているときに範囲攻撃によってまとめて処分されると、莫大《ばくだい》なダメージを負うことになる。俺がゾロフィリアを倒したときも、《超重力爆弾《グラビバーン》》で分身三体を吹っ飛ばし、弱ったところを畳み掛けたのだ。

「え……でもそうすると、あの怖いお顔が……」

「大丈夫だから！　早く！」

フィリアが俺の言葉に従い、円形に生やした巨大腕を引っ込めた。

その直後、クマ人形の口の部分の布が裂け、ファンシーな姿には似つかわしくない、巨大な口が開いた。明らかに人間のような歯が並んでおり、その隙間からは赤黒い液体が垂れている。口の奥から豪炎が放たれ、視界一面が赤で染まった。

俺はポメラとフィリアを両脇に抱え、地面を蹴った。

「時空魔法第四階位《短距離転移《ショートゲート》》！」

制限いっぱい、離れたところへと跳んだ。俺達の背後で、さっきの異形の群れやおかめの面が、炎の海に焼き尽くされていった。

俺は《英雄剣ギルガメッシュ》を、空中に浮かぶクマ人形の顔面へと掲げる。

「時空魔法第十九階位《超重力爆弾《グラビバーン》》！」

クマ人形の周辺に黒い光が漂う。光は空間と共に爆縮を始める。

クマ人形の顔が一気に全方位から押し潰されて小さくなり、爆発した。綿と布が飛び散る。

「……《歪界の呪鏡》では、安定なんて温《ぬる》いことは期待できないみたいですね」

「で、でもカナタさん、あのクマのお陰で、敵が減って少しは余裕ができました！」

そのとき、大きな影が俺達へと落ちた。どこからともなく現れた、巨大なムカデのような化け物が、身体を撓《しな》らせて俺達へと向かってきている。

ムカデ……というより、ムカデの輪郭を伴った、巨大な人頭の連なりであった。身体の節一つ一つが、満面の笑みを浮かべる人間の顔になっているのだ。頬やこめかみの辺りを突き破り、ムカデの脚に似た触手が生えている。

俺は《英雄剣ギルガメッシュ》を振るい、迫ってくる人頭ムカデを斬り飛ばした。上下に二分された人頭ムカデは、その状態で俺達の周囲を高速で回る。

ポメラはあまりの光景からか、大杖を構えたまま硬直していた。久々の《歪界の呪鏡》であるため、グロテスクな悪魔の軍勢と、一瞬ごとに状態が切り替わる悪夢の光景に、頭が追い付かないでいるらしい。

しかし、それも仕方ないことだ。俺も少し感覚を忘れていた。《歪界の呪鏡》では、恐怖や苦痛に麻痺《まひ》し、それらを俯瞰的《ふかんてき》に見られるようになって、初めてまともに悪魔達に対応できるようになるのだ。

フィリアが三人に分身し、ポメラの前に並んだ。

「フィリア、こっち側を守る！」

「ありがとうフィリアちゃん！　俺は逆側を守るので、ポメラさんはどうにか魔法を悪魔に当ててください！」

「ひゃ、ひゃい……！」

ポメラは目に涙を溜めながら、振り絞るようにそう口にした。

5

《歪界の呪鏡》でのレベリングを再開してから、一週間が経過した。

ポメラは宿の壁を背に、ぐったりと座り込んでいる。彼女の周囲には、《神の血エーテル》の入っていた空き瓶が転がっていた。

「お腹《なか》、たぽたぽです……。カナタしゃん、もう飲めません……」

「でも魔法を使って魔力を消耗した後は、限界まで飲んでおいた方が効率がいいですよ。魔力の回復で修行を詰め込めるのは勿論《もちろん》ですが、魔法の感覚を研ぎ澄ませて、練度を引き上げてくれますから」

《神の血エーテル》はこの効果が本当に大きい。

「本当にポメラ、強くなれているんでしょうか……。もう何回悪魔に殺されかけたかわかりませんが、未《いま》だに一矢報いられた感覚が一切ありません」

「それは間違いありませんよ。今日で、ポメラさんのレベルが１０３２になりましたから」

「レベルが上がっていることはわかるんですが……」

ポメラはそこまで口にしてから、目を見開いた。

「レッ、レベル、１０３２ですか!?　そっ、そんなに高いレベルって、あり得るんですか？」

「あり得るも何も、ポメラさんのレベルですよ……？　そんなに気になるなら、《レベル石板》でも使いますか？」

《歪界の呪鏡》の悪魔のレベルは３０００ラインである。ここを超えると段々と上昇幅が少なくなっていくが、この付近までは短期で一気に上げることができる。

「う、疑ってるわけじゃないですけれど……せ、１０００って、どれくらいなんですか？」

「比較対象があまりいないので」

俺が今まで見た中だと、蜘蛛の魔王であるマザーが１０００くらいだったか。後はロヴィスの五倍くらいだ。

因《ちな》みに平常時のフィリアは１８００だったのだが、《歪界の呪鏡》の修行を経て、現在２９００まで跳ね上がっている。フィリアは《夢の砂》のとんでもパワーもあるので、今の彼女が本気になったら俺では危ないかもしれない。

「レベルアップを実感できる、丁度いい敵がいるといいんですけどね。レベル５００くらいの」

「レベル５００が、丁度いい……？　あの、カナタさん、レベル５００の魔王は、王国全土が大混乱に陥る規模ですよ……？　なんだか実感が湧きません……。こ、これ以上、レベルを上げる必要ってあるんでしょうか？」

アリスの言っていたことが正しければ、俺の敵はこの世界の支配者《ワールド・ルーラー》であるナイアロトプだ。いくらレベルを上げても安心できる相手ではない。……と、いうより、レベルだけ上げてどうにかなるとは思えない。

ナイアロトプ相手でも通用し得るという、何らかの裏付けのある力が欲しい。たとえば、アリスの口にしていた『バグ』だ。転移者固有の《神の祝福《ギフトスキル》》は、調整不足が問題でとんでもない強者が誕生することがある。上位存在達はそれをバグと呼んで忌み嫌っているという話だった。そういった力がこの世界に眠っているのなら、ナイアロトプ達に対する牽制《けんせい》となるかもしれない。

そのことについてルナエールにも相談したいと思っている。ただ、俺はここ一週間で街を歩いてルナエールを捜していたのだが、彼女を見つけることはできなかった。

「とりあえず、３０００までは……」

「とりあえず３０００⁉　ポメラ、とりあえずでとんでもない領域に飛び込もうとしてませんか⁉」

ポメラが大きく目を見開く。

「ただ、《九命猫の霊薬》があまりないんですよね。ポメラさんには、レベル上げより白魔法の勉強を進めてもらった方がいいかもしれません」

ポメラの扱える白魔法の階位が上がり、練度が上がれば、《九命猫の霊薬》の節約にも繋がる。

「それに《神の血エーテル》もストックがなくなって来たので、またちょっとガネットさんに相談しようと思います」

前に渡した《精霊樹の雫》は、値崩れが生じないようにゆっくり捌いてもらっている。この一週間でまた一部が金銭に換わっているはずだ。またその金銭を《神の血エーテル》の材料費にでも充ててもらおう。

「気分転換がてらに、何か依頼を受けてみるのもいいかもしれませんね。最近、冒険者ギルドの方に出向いていないので、また何か変わったことが起きているかもしれませんし……」

そのとき、扉をノックする音が聞こえてきた。俺はポメラ、フィリアと顔を見合わせてから、立ち上がった。

「俺が出ます」

扉を開けると、ガネットが立っていた。

「コトネ殿の許《もと》へ、共に謝罪に向かったとき以来ですな、カナタ殿。あの時は、ご迷惑をお掛けしました」

ガネットは苦笑いを浮かべ、そう口にした。

「ガネットさん……」

忙しい人なので、直接向こうから宿に出向いてくるとは思っていなかった。用事があっても、使いの者を送ってくることが多いのだが。本人が来るということは、余程大事な用件があるのかもしれない。

「実は、ポメラ殿に依頼したいことがありましてな……」

ガネットがそう切り出した。やはり、そういう話だったらしい。

ガネットは薄々俺の方がレベルが高いと察している節があるが、素知らぬ振りをして、まずはポメラの方へと話を振ってくる。ガネット相手にもう誤魔化さなくてもいいかとは思っているのだが、気を遣ってくれているようなのでこちらからも切り出しにくく、何となく現在の形に落ち着いている。

俺が半歩退くと、ポメラが前に出た。

「あの、お話っていうのは……」

「……実は、ここ二日ほど、マナラークの気候が妙なことになっておるのです」

「気候……？」

「はい。そう極端なわけではないのですが、明らかに平時ではあり得ない気温の上下がありましてな。過去の記録と照らし合わせて考えた結果、二体の邪竜が、数十年振りにこの地方へ接近している証《あかし》ではないかという話になっておるのです」

接近しただけで、気候を狂わせる……。そんなとんでもない化け物が、この世界には存在するのか。

「《炎獄竜ディーテ》と《氷獄竜トロメア》……。この二体の片割れ、もしくは双方が同時に動いているのではないか、と。どちらも、通り掛かっただけの都市一つを遊びで滅ぼしてしまうような、そんな恐ろしい邪竜なのです」

俺はその話を聞き、息を呑《の》んだ。

ナイアロトプのような上位存在が裏で引っ掻《か》き回しているためか、この世界は厄介ごとが絶えないらしい。この世界の権力者は、都市と民がそれらに巻き込まれないよう立ち回らなければならない。前々からガネットは優秀な人間だと思っていたが、ここまできっと並大抵ではない苦難があったのだろう。

「考えすぎならばよいのですが、万が一ということがあります。A級冒険者以上の方々に声を掛け、都市周辺の調査に当たってもらうようお願いしておるのです。もし二体の邪竜が本当に動いているのならば、その進路を一刻も早く知らねばなりません」

ポメラがちらりと俺を見る。俺は彼女へと頷《うなず》いた。

「わかりました、ガネットさん。その調査、引き受けます」

6

邪竜調査の依頼の件で、俺達は冒険者ギルドの二階奥へと招かれていた。フィリアは宿に残しているため、ポメラとの二人である。

以前の魔王騒動の際にも集められていた、A級冒険者達の姿があった。包帯男に老魔術師、金髪の女剣士だ。そこに加え、ロズモンドの姿があった。マナラークの四人のA級冒険者だ。

ロズモンドは俺達へ近づき、山羊《やぎ》の仮面を外す。

「ハッ、貴様らも来ておったか」

「全員招かれていたんですね。ということは……」

そのとき、丁度足音が聞こえてきた。扉へ目を向ければ、コトネが姿を現した。ややキツイ印象の目を細め、周囲へ警戒するように視線を走らせる。

「コ、コトネさん……」

漫画の件を引き摺《ず》っているのかもしれない。意外と周囲は気にしていないものですよと声を掛けようかと思ったが、俺がそれを言うのはさすがに逆効果になるだろう。火に油を注ぎかねない。

コトネは俺を見つけると、目を瞑《つぶ》って僅かに息を吸い、一層目付きを厳しくし、こちらへ歩み寄ってきた。俺は一瞬逃げようかと思ったが、そんなわけにも行かないので、コトネがやってくるのを待った。

コトネは俺の前で足を止める。何か言い出すわけでもなく、沈黙を保っていた。

「えっと、その……」

俺が声を出すと、コトネは咳払《せきばら》いをした。頬を僅かに赤らめながら、口を開いた。

「……悪かったわね。その……漫画の件。しばらく取り乱していた。殴り掛かったり拗《す》ねて騒いだり、散々迷惑を掛けたわね」

コトネは口籠もりながらそう言い、頭を下げた。

「コ、コトネさん……」

「よく考えたら、貴方がアレに携わっていたわけがなかったわ。ようやく落ち着いてガネットから一部始終を聞いたの。貴方は別の漫画の方の形式を整えるのに駆り出されただけで、アレには関与していなかったのね」

ぼやかしているが……アレとは、《魔銀《ミスリル》の杖》の一部の暴走で表に出た、ボーイズラブ二次創作漫画のことだろう。あの事件以来コトネとはギクシャクしていたが、俺とガネットに悪意はなかったとわかってもらえたらしい。

「とんだ八つ当たりだった」

コトネは力なく首を振り、溜め息を吐いた。俺も心底安心した。

「いえ……俺も、その、何もできなくって申し訳ないです」

あの漫画はコトネが不在の間に事故が起きないように処分しておいた方がいいかもしれない、とは頭を過《よぎ》っていたのだ。ガネットが『よくわからない』で放置して気を留めていなかったので、なんとなく嫌な予感がしていた。あのとき俺がもう少し強く言っていれば、それだけで避けられた事態だっただろう。

「その……悪いと思っているのなら、頼みたいことがあるんだけど」

コトネは口許《くちもと》を手で隠し、目線を逸《そ》らした。

「お、俺にできることでしたら……」

俺にあまり非はないと、そう考えてくれているようだった。だが、割り切れていない部分があるのかもしれない。

「こっちの世界……全然漫画とか、知っている人がいないから。その、色々アイディア出しだとか、相談に付き合ってもらえると助かるというか……」

コトネは言葉を濁しながらそう言う。照れているようだった。

「はっ、はい！　俺でよかったら、勿論！」

相談もあるだろうが、きっと純粋に漫画の話もしたかったのだろう。漫画の話をしているときのコトネは本当に楽しそうだった。俺も漫画は好きだし、懐かしさもあってとても楽しかった。またコトネとゆっくり漫画や元の世界の話ができるのは嬉しい。

一応の許しは既にもらっていたが、ずっとギクシャクしたままだった。ようやく本当の和解ができてよかった。

「急ぎで招集を掛けておきながら、お待たせしましたな。実は先程、他都市より訪れた商人から、新しい邪竜出現の裏付けとなる話を聞いて、少しその考えを纏めておりまして」

ガネットが、部下と共に会議室へ入って来る。ガネットは部屋内を見回した後、コトネへと目を留めた。

「おお、コトネ殿も、来てくださったのですな！　お力添え、ありがたく思っております」

コトネはガネットを睨《にら》むと、無言で席へと着いた。……ま、まだ、ガネットに対しては怒っているらしい。

「コ、コトネさん、その、ガネットさんは……」

「怒ってない。色々と世話になっている。だから、今回も冒険者会議に参加したの」

ぜ、絶対に怒っている……。

確かにガネットは、いくらでもストップを掛けられる位置にいたはずだ。コトネとしては割り切れない部分があるのだろう。

元々ガネットにとって漫画は未知の文化である。その上、高齢で仕事一筋の人間である。漫画について、あまりしっかりとは理解できていなかったのかもしれない。

恐らく柔軟な部下に権限を持たせてある程度の指揮を任せた結果、柔軟すぎたために暴走を許すことになったのだろう。

「で、では、早速、今回、各御方《おかた》たちに行って欲しい役割について、説明させていただきます。皆様、席に着いていただければ」

ガネットはやや引き攣った顔で、そう切り出した。

俺はコトネの左隣へと座った。ポメラがその左に座り、流れでロズモンドが続いた。

各冒険者に、手分けして周辺の調査に当たってほしい、という内容だった。本当に例の邪竜がこの国に現れるのか、現れるとしてどういった経路で動きそうなのかを確かめてほしい、とのことだ。何事もなかったとしても、仮にまともな情報を得られなかったとしても、拘束した日数に応じた額を支払う、と言っていた。ガネットの口振りからは、大分急いでいるようだった。

ガネットの説明の最中、ロズモンドが俺とポメラを跨《また》ぎ、コトネを睨んでいた。それに気が付いたコトネが、彼女へ嫌悪の眼差《まなざ》しを返す。

「何か？」

「フン、《軍神の手《アレスハンド》》……陰で何をしているかわからん不気味な女だと思っていたが、まさか画家の真似事《まねごと》とはな」

ロズモンドは低い声でそう漏らした。

ロズモンドは、彼女なりに冒険者としての矜持《きょうじ》があるようだった。S級冒険者であるコトネが地位を捨てて戦いから身を引き、芸術の方面に向かったのが気に入らないのかもしれない。

「貴女《あなた》に関係がある？」

コトネもまた、不快感を隠さずに言葉を返す。

挟まれた俺は気が気でなかった。ポメラも居辛《いづら》そうに唇を噛《か》んでいる。

ロズモンドは僅かに腰を浮かし、外套《がいとう》の背へと手を回す。

「ちょ、ちょっとロズモンドさん、冒険者会議の途中です。武器を出すのは……！」

俺は小声でロズモンドを止めた。ロズモンドは外套から引き抜いた漫画本を、そっとコトネへ向けた。

「続きは出るのか？　サインをくれ」

十秒ほど、コトネは目を見開いたまま固まって、ロズモンドを睨んでいた。それから困ったように眉を顰め、顔を逸らす。小さくコホンと、咳払いを挟んだ。やや顔が赤くなっていた。

「……別に後ならいいけど」

7

冒険者会議の後、マナラークを離れて、商業都市ポロロックへと向かうことになった。

ポロロックはマナラークの南部に位置する。蜘蛛の魔王騒動の際に、住民達を避難させる予定だった都市である。

一説によれば、邪竜は遥《はる》か南よりやってくる、とのことであった。そのため南部に向かってポロロックで情報を集め、場合によっては更に南へと進むことが今回の調査依頼となっていた。

荷物を纏めた俺達は街壁の外へと出て、並んで平原を歩いていた。

「まさか、貴様らに同行させられるとはな」

今回の調査依頼は、ロズモンドと合同ということになっていた。調査の方面と、調査に当たる冒険者の数の都合である。

「チッ、何故我がこんなところに。貴様ら、同行なぞどう考えても不要であろうが」

ロズモンドはちらりとフィリアへ目を向ける。フィリアはポメラの手を握って彼女を引き、楽しげにスキップをしていた。

「まだフィリアちゃんが怖いんですか？」

ロズモンドは、フィリアにラーニョごとぶっ飛ばされた過去がある。

「怖いわけではない、必要な警戒をしておるだけだ！　どこで拾ったのだあんなガキ。貴様も、何をしでかすか怖いから、子守りを兼ねて見張っておるのだろう」

「そ、それは……」

確かに、その方面があることは否定できない。下手にフィリアを孤児としてどこかに預ければ、喧嘩《けんか》が起きた際にその都市が地図から消えかねない。

「今、フィリアのお話してたの？」

フィリアが俺達を振り返る。ロズモンドがびくっと肩を震わせて大きく後退《あとずさ》り、フィリアへ腕を構えた。それから素早く俺に振り返る。

「おい、怖いわけではないぞ」

「何も言ってませんが……」

ロズモンドが足を止めた。

「それで、どうやって移動するつもりなのだ？　わざわざガネットの馬車の手配を断ったのだ。何か、考えがあってのことであろう」

「急ぎだということでしたので、精霊の背に乗せてもらって移動しようかと」

ガネットは、一刻でも早く情報が欲しいという様子であった。ウルゾットルに背負ってもらえば、別都市まで行くのなんて容易《たやす》いことだ。それに空も飛べるので、邪竜を探すのにも打ってつけだろう。

「精霊召喚まで使えるのか……。貴様らは、何でもありであるな。しかし、精霊が契約者でない人間を、三人も背に乗せてくれるというのか？　随分と、甘っちょろい精霊らしいな。そいつは速いのだろうな？」

「ええ、温厚で人懐っこい、可愛《かわい》い子です。速さも申し分ありませんよ」

「フン、どうであるか。高位の精霊ほど気難しいものだ。そのように軽い精霊など、あまり信用できんがな。場合によっては、断った馬車を使わせてもらうぞ」

フィリアはポメラのローブの袖を摑み、震えていた。

「……お犬さん、苦手なの」

「あの化け物も、多少は子供らしいところがあるようであるな」

「あんまりそういう言い方をしないであげてください」

俺の言葉に、ロズモンドは何も返してこなかった。俺は溜め息を吐いてから《英雄剣ギルガメッシュ》を抜き、その刃を天へと掲げる。

「召喚魔法第十八階位《霊獣死召狗《ウルゾットル》》」

魔法陣が広がり、全長三メートルの、青い美しい毛を持つ巨大な獣が現れた。金色の目は俺を見た後、ポメラ、フィリア、そしてロズモンドへと移る。

「な、なるほど……。多少は使えそうな精霊ではないか」

ロズモンドはウルゾットルへと目を向けたまま、大きく一歩退いた。ウルゾットルは初見のロズモンドに関心を示したらしく、彼女へと大きく一歩近づいた。二又の尾が、興奮気味に激しく揺れる。

「アオオオオッ！」

ウルゾットルがロズモンドへと突進していく。ロズモンドは「うおおおおおおお！」と悲鳴を上げ、ウルゾットルに背を向けて逃げた。

俺はウルゾットルとロズモンドの間に入り込み、ウルゾットルのタックルを受け止めた。ロズモンドはよろめき、尻餅をついていた。

「クン、クゥン、クゥン！」

「よし、よし、ウル、落ち着いてください。すいません、少し頼みたいことがあって」

ウルゾットルはぐいぐいと、頭突きをするように俺へと頭部を押し付けてくる。俺はウルゾットルの身体を押さえ、逆の手で頭を撫でた。

「驚かせてしまってすいません、ロズモンドさん。ただ、ウルはいい子ですから。人を襲うようなことはありませんよ。ちょっとじゃれるのが好きなだけです」

「そ、そうだ、少しばかり驚いただけだ。この犬の精霊に乗って移動するのだな？　わ、悪くないではないか」

ウルゾットルは俺からロズモンドへと目を向け、「ハッハッハッ」と、興奮気味に息を荒らげる。口からは、青紫の長い舌がだらりと垂らされていた。

「よろしく頼もうではないか、ウルとやら」

ロズモンドは、鎧《よろい》の籠手《こて》に覆われた腕をウルゾットルへとそうっと突き出した。ウルゾットルは目を輝かせ、二又の尻尾を更に激しく振り乱す。俺の身体にべしべしと当たる。

「アオオオオッ！」

ウルゾットルは首を伸ばし、ロズモンドの手を噛もうとした。俺は咄嗟《とっさ》にウルゾットルの肩を摑み、勢いよく引いた。上下の牙が激しく打ち合う。

「うおおおおっ！」

ロズモンドは再び悲鳴を上げ、その場に転倒した。

危なかった。一歩しくじれば、ロズモンドの腕が喰い千切られていたかもしれない。

「ななな……お、温厚で人懐っこいのではなかったのか！　おい！」

俺はウルゾットルの顎の下を撫でた。ウルゾットルは目を瞑り、気持ちよさそうにぐぐっと首を伸ばす。

「フウ……」

「すいません。ウルは、ちょっとテンションが上がると、甘え噛みしたがるんです。すぐ人に飛び掛かったり噛みついたりしようとするのは控えるように、いつも言っているんですが……」

ウルゾットルは俺の言葉を聞いて深く項垂《うなだ》れ、反省するようにその場に伏せた。

8

俺達はウルゾットルの背に乗り、南へと向かうことにした。ウルゾットルが地面を蹴る度に、周囲の景色が一変していく。

やはり馬車とは全く速度が異なる。特に旅を楽しむような目的がなければ、移動はウルゾットル頼みでいいかもしれない。

「カナタさん、こんなに速いと、ポロロックに訪れるより、直接例の邪竜を探した方がいいかもしれませんね」

ポメラの言葉に、俺は小さく頷いた。

「そうかもしれませんね。むしろ、都市に寄るのは時間の無駄になりかねません」

ガネットはこの件をかなり重く見ているようだった。俺達も、急いだ方がいい。南部で見つからなければ、別の方面の捜索にも当たった方がいいかもしれない。

そのとき、顔に何かの飛沫《しぶき》が当たった。俺は右の手で自身の頬を拭う。

「雨ですかね」

「というより、みぞれに近い気がします。珍しいですね。時季も合っていないと思うんですが……この辺りだと、よくあることなんでしょうか？」

ポメラの言葉を聞いて、俺はガネットの話を思い出していた。

『はい。そう極端なわけではないのですが、明らかに平時ではあり得ない気温の上下がありましてな。過去の記録と照らし合わせて考えた結果、二体の邪竜が、数十年振りにこの地方へ接近している証ではないかという話になっておるのです』

二体の邪竜は、存在するだけで気候を狂わせるような強大な力を持っているという話だった。

「みぞれと邪竜に、何か関係があるかもしれませんね。ということは……ここが、当たりなのかもしれません」

ウルゾットルの背に乗り、南へ、南へと向かう。やがて高い街壁に囲われた、ポロロックの都市が見えてきた。

マナラークを出発して、半刻と経《た》っていない。ロズモンドもいるので速さは抑えてもらっているというのに、あっという間のことであった。

ウルゾットルが足を止め、首を回して俺達を振り返る。今後どう動くのかを、俺に問うているようだった。

「い、いくらなんでも、速すぎんか……？」

ロズモンドが戸惑い気味にそう零す。

ただ、俺は先のポロロックよりも、その先の空高くへと目を向けていた。

「……アレが、例の邪竜かもしれません」

空高くに、炎の塊と、氷の塊が浮かんでいた。目を凝らせば、それらが豪炎に包まれたドラゴンと、氷を纏ったドラゴンであることがわかった。

片方のドラゴンの周囲には炎の渦が、片方のドラゴンの周には吹雪が舞っていた。熱に溶かされた氷の礫《つぶて》が、あられとなってこの地へ降り注いでいる。

「な、なんであるか、あの化け物は……！　我も噂《うわさ》には聞いておったが、実物はここまでであるとはな。《炎獄竜ディーテ》と《氷獄竜トロメア》……大災害の象徴。まさかそれが、二体揃ってお出ましとは。ハッ、どこぞでドラゴンのパーティーでも催されておるというのか」

ロズモンドは軽口を叩いていたが、声が震えていた。

「……貴様らも大概おかしいが、アレは魔王だのとはわけが違うぞ。この進路であれば、マナラークの都にも被害が及びかねん。早急に戻って、あの狸爺《たぬきじじい》に知らせねばならん」

「ドラゴンって、そんな特別ヤバいんですか？」

ロズモンドは俺をじろりと睨む。

「まさか貴様、ドラゴンを大きな魔物程度に考えておるのか？」

「違ったんですか？」

「……ドラゴンは、ほとんどの個体が、人間程度には関心を持っておらん。人智《じんち》を凌《しの》ぐ聡明《そうめい》さを持ち、人間には理解できぬ高位の魔法を操る。そして何より、その巨体による、圧倒的な膂力《りょりょく》を誇る。通常の魔物とは一線を画する超存在であるぞ。通常は人間にとっての未開地である魔物領で、魔物の飽和による世界の理《ことわり》の崩壊を止めるべく戦っておるという」

ロズモンドは、呆《あき》れた様子ながらも、そう説明してくれた。

……確かに今まで、ドラゴンそのものを目にしたことはなかった。《人魔竜》もただの人間であるし、《翡翠竜の瞳》もただの竜の目に似た水晶だ。ドラゴンの姿を持つ精霊は見たことがあるが、精霊はまた存在が異なる。

確かに《人魔竜》という名称は、人でありながら超常的な力を得た邪悪な存在である、という意味だと聞いたことがある。この世界では、ドラゴンそのものが神聖視され、力の象徴だとされている節があるようだ。

「邪竜というのは、本来人間に関心のない奴らドラゴンの中で、人間に害意を向けた歴史を持つ存在に与えられる呼び名である。人間がどうこうできる相手ではないぞ」

ロズモンドが説得するように口にする。ロズモンドは、フィリアの力を何度も目にしている。その彼女がここまで言うのだから、本当にドラゴンは圧倒的な力を有しているのだろう。

だが、このままでは、ポロロックが邪竜の災害に遭う可能性が高い。とりあえず奴らのステータスを確認しようと、俺は炎と氷、二体のドラゴンへと目を向けた。

そのとき、巨大な炎の塊が、遠くのドラゴンの口から放たれた。その矛先は、ポロロックへと向いていた。

「ウルッ！」

俺の叫び声と同時に、ウルが地面を蹴って空を飛んだ。

「ななっ！　何をするつもりなのだ！」

「ロズモンドさん、落ちないようにしっかり摑まっててください！」

空に飛び上がってから、ウルが飛び上がるより先にロズモンドを強引にでも落としておくべきだったかもしれないと、遅れて後悔した。彼女のレベルでは、ウルの全力にくらいつくのは少々酷だ。

ちらりと後ろを見ると、フィリアがロズモンドの身体をウルゾットルの背へ押さえつけ、落下しないようにしていた。ロズモンドは苦しげにもがいているが、びくともしていない。

「カナタ……これで、大丈夫かな？」

フィリアが不安げに俺へと尋ねる。

俺は親指を立てて、グッドサインを向けた。フィリアの表情が明るくなった。

またロズモンドのトラウマが増えそうな光景だったが、落ちるよりは遥かにマシだった。そのことは間違いない。

ウルゾットルは素早くポロロックの頭上まで移動し、炎の塊の前へと出た。吐き出された炎弾は、ウルゾットルよりも一回り以上は大きかった。

「水魔法第十二階位《水女神の手鏡《セクアナ》》」

魔法陣を展開する。俺の前方に、盾のように円状に水が展開された。

水は高速で渦を巻く。炎弾は水に呑まれ、音を立てて蒸発した。

「間に合った……」

俺はほっと息を吐いた。

ただ、安心してもいられない。二体のドラゴンは、俺を見つけたらしかった。こちらへ顔を向け、進路を合わせ、速度を上げる。

「炎弾を止められたはいいが、目を付けられたぞ！　どうするつもりなのだ！」

ロズモンドはウルゾットルにしがみつきながら、ドラゴン達へと巨大な十字架を向けた。相手を牽制したつもりなのかもしれない。だが、ドラゴン達は、まるでペースを緩める様子がなかった。

とにかく都市ポロロックの近くにいるのはマズい。戦いの余波で都市に被害が及びかねない。逃走するにしても応戦するにしても、ここから離れなければならない。

「ウル、都市の遠くへお願いします！」

ウルヅットルは方向転換し、奴らに背を向けようとした。

だが、そのとき、バランスを崩したロズモンドが落ちそうになった。片手で杖代わりの巨大十字架を抱えていたため、ウルヅットルの急な動きに身体が支えきれなくなったのだ。フィリアが慌てて、彼女の腕をがっしりと掴む。

「す、すまぬ……」

ロズモンドはフィリアのお陰で無事だった。だが、その一瞬の隙をつかれ、豪炎を纏ったドラゴンが、ウルヅットルの行く手へと回り込む。

『おっと、この俺から逃げられるとでも？　よくも、俺の炎を掻き消してくれたな、ニンゲン如きが』

炎を纏ったドラゴンは、牙を軋《きし》ませて俺達を睨み付ける。相手の思念が、頭の中に直接響いてきた。

『やれやれ……《炎獄竜ディーテ》の名も墜《お》ちたものね、低俗なニンゲン如きに、ご自慢の炎を止められるだなんて』

氷を纏うドラゴンが、俺達の背で深く息を吐いた。挟み込まれた……！

『なにぃ？　貴様の氷の身体を、俺の獄炎で蒸発させてやってもいいんだぜ？　なぁ、《氷獄竜トロメア》よ。そうすりゃ、俺の炎が弱ってないことなんて、すぐにでもわかるだろうよ』

炎を纏うドラゴン……ディーテは、そう言って目を細めて眉間に皺《しわ》を寄せ、苛立《いらだ》ちを露にする。

氷を纏うドラゴンであるトロメアは、呆れたように首を振った。

『ニンゲンの魔法に掻き消された程度の、へっぽこ炎で、ですか？　嘘《うそ》でもいいから弱っていたと口にした方が、貴方の株が下がらずに済んだでしょうにねえ』

トロメアの挑発を受け、ディーテの巨体から炎が勢いを増して吹き荒れる。

『威力を抑えたからに、決まってんだろうがぁ！　それを証明するためにも、このニンゲン共を焼き殺してやるよ。光栄に思え、ニンゲン！　俺の、本気の炎を受けさせてやる。人の身にゃ、余る光栄だろうよぉ！』

凄まじい殺気を感じる……。

これが、ドラゴン。ロークロアの力の象徴、世界の理の守護者。これまでの敵とは決定的に異なる、気迫があった。

どうにか相手の隙を作って、この場から逃げなければならない。俺は《英雄剣ギルガメッシュ》をディーテへと向ける。

最悪ポメラ達だけでも逃がしてみせる。

《短距離転移《ショートゲート》》を連打すれば、俺一人でも空中で戦えるはずだ。相手の図体《ずうたい》が大きいため、身体の周囲を飛び回れば、格上相手でも時間を稼げるかもしれない。

まず俺は、敵のレベル確認を試みた。

ディーテ
種族：ドラゴン
Ｌｖ　：７１１
ＨＰ　：４１９５／４１９５
ＭＰ　：３４８４／３４８４

……散々脅された割には、思ったより高くなかった。

「……もしかして、マザーとアリスって、滅茶苦茶《めちゃくちゃ》強かったのか？」

ロズモンドはドラゴンは魔王などとは一線を画する存在だと言っていた。しかし、魔王にも差がある。最低クラスの魔王はレベル３００程度だと聞いていたので、そういう魔王と比べての話だったのかもしれない。

『んん……？　黒髪の男に、金髪のハーフエルフ……貴様、まさかカナタ・カンバラか？』

ディーテは目を細め、それから大きく裂けた口を開き、笑みを浮かべた。

「俺のことを、知っているんですか？」

『ハッ！　こいつは運がいい！　ニンゲン共のつまらん地を延々飛び回る必要があるのかと、うんざりしてたんだよ！　《空界の支配者》様の命令だ！　貴様を殺して、忠誠を示せとなあ！』

《空界の支配者》……初めて聞いた名前だった。まさか、ナイアロトプが絡んでいるのか？

「そいつは何者なんですか。いったい、何のために俺を……」

ディーテは、俺の問いには答えなかった。

ディーテの纏っている炎が、彼の口へと一気に集中していく。炎が白い輝きを帯びたかと思えば、俺達へと放たれた。

『凄惨に焼け死ぬがいい！　矮小《わいしょう》なるニンゲンよ、受けるがいい！　これが我らドラゴンの力だ！』

そのとき、ポメラがディーテへ大杖を向けた。

「精霊魔法第八階位《火霊蜥蜴の一閃《サラマンダークロウ》》！」

ディーテの放った光線が、炎の爪撃《そうげき》によって掻き消された。

それだけに留《とど》まらず、ディーテの胸部に大きな爪傷が走り、ごっそりと肉が抉《えぐ》れる。衝撃のあまり、その巨体が綺麗《きれい》にくの字に折れ曲がった。

ディーテの両翼が爪撃にへし折れ、切断される。薄い翼は今の一撃に耐えきれなかったらしい。

「ンガァァアアア！」

ディーテが悲鳴を上げながら落下していった。

「え、えっと……ポメラ、少しでも隙を作れないかと思って、撃ったのですが……」

ポメラが戸惑い気味に口にする。

「修行の成果を実感できる、手頃な魔物がいないと思ってたんです。なので、丁度よかったのかもしれませんね」

俺は小さく頷き、ポメラへとそう言った。

「き、貴様……蜘蛛騒動のときには、こんな出鱈目な魔力は持っておらんかったではないか。いったい、何が……」

ロズモンドが困惑の声を上げた。

「もう一体いましたね」

俺が顔を上げると、トロメアの姿が消えていた。どこにいったのかと遠くを見れば、トロメアが豪速で逃げていくところであった。

『聞いてない！　聞いてない！　聞いてない！　こんな化け物がいるなんて聞いてない！』

「どんっ」

フィリアがトロメアへと腕を振るった。

トロメアの頭上に、大きな一つ目の付いた、白く巨大な正四面体が浮かび上がる。謎の物体は急落してトロメアを殴りつける。ドラゴンの巨体が真《ま》っ直《す》ぐに落下し、地面へと派手に叩き付けられた。

「ありがとうございます、フィリアちゃん。あれって、生きてますか？」

二体のドラゴンには、聞いておかなければならないことがある。

『うん！　ちゃんと手加減した！　カナタ、褒めて褒めて！』

フィリアが得意げに胸を張る。

「……貴様ら、本当に何なのだ……？」

ロズモンドは地面に叩きつけられたトロメアを見下ろしながら、そう呟いた。

9

地上に降りた後、二体のドラゴンをフィリアが拘束してくれた。《夢の砂》で作った茨の縄で、二体をあっという間に押さえつけたのだ。茨にはところどころに、中心に大きな瞳のある不気味な花が咲いていた。

ロズモンドは無表情でその花を見つめていたが、花の瞳が彼女を睨み返すと、大慌てで牽制するように武器の十字架を構えていた。

「どう？　どう？　フィリア、すごいでしょ！　褒めて褒めて！」

フィリアが得意げに口にする。俺は彼女の頭を撫で、二体のドラゴンへと目を向けた。

「それで……炎獄竜のディーテさんと、氷獄竜のトロメアさんでしたっけ？　俺のことを知っていたみたいでしたけれど、それについて説明していただいてよろしいですか？」

ディーテは、『《空界の支配者》の命令』と口にしていた。その相手には心当たりはない。だが、俺を始末しようと考えているのならば、ナイアロトプ絡みだとしか考えられない。

『……この俺が、ニンゲン如きに敗れ、拘束されるなど！　だが、貴様ら下等生物に話すことなど、何もない！　殺すならば殺すがよい！　我らは誇り高きドラゴン、たとえ敗れはしても、ニンゲン如きに屈すると思ってか！』

「ウル、食べていいですよ」

俺はウルゾットルを振り返る。ウルゾットルは、ハッハと息を荒らげながら、ディーテを見上げる。口から溢《あふ》れた涎《よだれ》が地に落ちる。地面が溶け、黒い煙を上げていた。

『こっ、殺される覚悟はあるが、我ら忠臣を殺せば、主である《空界の支配者》様が黙ってはいないぞ！　あの御方は、貴様らなぞより遥かに強い！』

「その御方を存じないので、脅されても恐れようがないのですが。説明していただいてもよろしいですか？」

ディーテは俺の言葉を聞いて顔を顰《しか》め、黙った。

どうやら納得してくれたらしい。逡巡《しゅんじゅん》する素振りを見せた後、そうっとトロメアを振り返る。

『あ、あの御方は、自身について口外されることを嫌っているわ』

トロメアが首を振る。

『誇り高きドラゴンを相手に、脅して口を割らせようなど、ニンゲンの浅ましさと愚かさは底を知らずだな！　我らドラゴンは長命故に、貴様らニンゲンのように浅ましく生にしがみついたりはせん！　世界の理を保つという、大いなる使命のために生み落とされた存在！　ただ欲のままに世界を貪り、繁殖する、貴様らニンゲンと同列に語るなど、もはや愚かしいを通り越して悍《おぞ》ましい！』

さっきトロメアへ確認を取っていたのは何だったのか。ディーテは自身の言葉を、一瞬にして翻す。その勢いは、半ば自棄《やけ》になっているようにさえ感じられた。

「ウル、食べていいですよ」

『……だが、貴様らのような小さきニンゲンが偉大なる《空界の支配者》様のことを知っても、どうすることもできんだろう！　貴様らを恐怖の底に突き落とすために、《空界の支配者》様について教えてやろう！』

ディーテは三度言葉を翻した。

ディーテのせいで、俺の中のドラゴン像がどんどんと安くなっていく。横を見れば、ポメラも死んだ目でディーテを見上げていた。

『ディーテ……貴方、《空界の支配者》様を売るつもり!?　どうなっても知らないわよ！』

『ち、違う！　こいつらに畏怖の念を覚えさせるため、蒙昧《もうまい》なるニンゲン共を啓蒙《けいもう》してやるのだ！決して裏切りなどではない！』

ディーテはトロメアにそう言い訳してから、俺へと振り返る。

『く、《空界の支配者》様は、かつてドラゴンとしての禁忌を冒し、それによって膨大な力を得た。だが、その力によって世界の意思より認められ、その罪を許され……この世界の頂点であり、陰にして真なる支配者、《神の見えざる手》の《五本指》に選ばれたのだ』

「《神の見えざる手》……」

聞き覚えのある言葉だった。

『これで貴方を、私のものにできるわ。《赤き権杖》は逃したけれど、フフフフ、そんなこと、もうどうだっていいのよ。この力さえあれば、これでようやく《神の見えざる手》に仲間入りできるわ』

確かに、アリスが口にしていた言葉だ。元々アリスが《赤き権杖》とコトネの《軍神の手《アレスハンド》》を狙っていたのは、《神の見えざる手》の一員となるためのようだった。

そしてアリスはあの騒動を、上位存在が俺を殺すために干渉して造り上げたものであると、そう考えていたようだった。

俺は実際、レッドキング討伐の際にナイアロトプらしき相手に魔法干渉を受け、命を落としかけた。

アリスは上位存在がこのロークロアに干渉していることを知っていたのだ。そして、上位存在より目を付けられることを何よりも恐れていた。俺は今、どうやら《神の見えざる手》から命を狙われているらしい。

そう考えると、自然と《神の見えざる手》の正体にも見当が付いてくる。《神の見えざる手》はナイアロトプ達上位存在の直属の組織で、ロークロアのコントロールを目的としたものだろう。

この世界で人類が滅びず、かつ常に魔物の脅威と隣り合わせにするための、マッチポンプの団体だ。

「……あの騒動では随分と遠回りなことをしていたのに。どうやら、なりふり構わずに俺を潰しに来たみたいですね」

ただ、ナイアロトプが本気で俺を消したいのならば、上位存在を引き連れてこちらに乗り込んで来ればいいはずだ。

ゾロフィリアやレッドキングとは比べ物にならない程強大な力を有しているだろう。

それをしないというのは、随分とこの世界への干渉に制限があるらしい。詰まるところ、《神の見えざる手》は、この世界の平和を乱す、事実上の黒幕ということになる。

どうにかルナエールと接触して相談したいが、彼女がどこにいるのか定かではない。妙な意地を張っているようで、見つけてもすぐに逃げられてしまう。本格的にルナエールを捕まえるための算段を練る必要があるかもしれない。

「それでその《空界の支配者》に、あなた達以外に部下は？　他の《五本指》は？」

『ほ、他の《五本指》のことなど知りはせん！　ただ、《空界の支配者》様は、過去の禁忌より、ドラゴンの間では忌み嫌われている。従うとすれば俺達のような、ドラゴンのしきたりから逸《はぐ》れたような者くらいだろう』

つまり、ディーテやトロメアのような邪竜連中、というわけか。もっともドラゴン界隈《かいわい》の勢力図など知りはしないため、それを聞いたところで何ともいえないのだが……。

『もっとも、部下など使わんだろうがな！　我らを打ち破った貴様らには、もはや一片の容赦もせんだろう！　すぐにでも《空界の支配者》様がこの地に降り立ち、貴様らを焼き尽くす……！　恐怖するがいい、カナタ・カンバラよ！』

ディーテがそう口にしたとき、ディーテとトロメアの身体より、黒い炎が昇り始めた。二体が何かをするつもりかと、俺は慌てて《英雄剣ギルガメッシュ》を構えた。

「下がってください、俺が……！」

だが、二体は苦しみながら、その場で暴れ始めた。ディーテの纏う炎が黒炎に呑まれ、トロメアの纏う氷が一瞬にして溶けていく。

『こっ、これは、《献身の呪い》の……！　違うのです、《空界の支配者》様！　俺はただ、この無知なるニンゲンに《空界の支配者》様の偉大さを示そうとしただけなのです！　お許しを……！』

『私、止めたのに！　どうして、私まで……！　《空界の支配者》様……！』

どうやら《空界の支配者》が、呪いによって二体を監視し、いつでも殺せる状態にしていたらしい。俺が助けようかと前に出たとき、ロズモンドが背後から声を掛けてきた。

「助けるには値せんぞ。こやつらは、生きる災害とまで言われるほど、人間を苦しめてきた邪竜である。元々ニンゲンを虫けら程度にしか思っていないため、何かしてやっても恩義を感じることもないであろう」

ロズモンドの言葉に、俺は掲げた剣を止めた。黒い炎は燃え広がらず、ただ二体のドラゴンの身体だけを燃やし尽くしていく。

「……だが、その《空界の支配者》とやらは、恐ろしく冷酷な邪竜のようであるな。貴様は、何をしでかしたらそんな相手に目を付けられたというのだ？」

第二話 ■ 桃竜郷来訪

1

邪竜騒動の後、時間も遅いため、都市ポロロックの宿で一夜泊まることになった。

ディーテはすぐにでも《空界の支配者》が俺を殺しに来るはずだと言っていたが、あの後特にその《空界の支配者》とやらが俺に干渉してくることはなかった。そのことは気掛かりだが、こちらから向こうに会いに行く術《すべ》もない以上、残念ながら向こうが何か仕掛けてくるのを待つことしかできない。

《空界の支配者》は、ディーテやトロメアとは比べ物にならない程強いはずだ。仮に《空界の支配者》を退けても、《神の見えざる手》は残り四人も残っている。おまけにその上には、ナイアロトプ達《たち》が立っているのだ。

今の俺では力量不足だ。前々から思ってはいたが、《歪界《わいかい》の呪鏡》のレベル上げだけではなく、何か上位存在に対抗できる術を、この世界で見つける必要がある。

ベッドの上で魔導書を読みながらそんなことを考えていると、扉をノックする音が聞こえてきた。

ポメラかフィリアかロズモンドか……恐らくはポメラだろう。俺は魔導書を置いてベッドから下りて、扉を開いた。

「何か、気になることでもありましたか？」

そう言いながら開いた扉の前には、見知らぬ少女が立っていた。藍色のウェーブが掛かった髪をしており、丸っこい金色の猫目が特徴的だった。首には真っ赤な、派手な水晶の首飾りをしている。

だが、猫目や首飾りよりも先に、頭の角と、背の翼、そして二つの尾へと目が向いた。彼女は猫のような愛らしい目で、俺に何かを期待するように見上げていた。

角と翼と尾は、俺にドラゴンを連想させた。また《空界の支配者》とやらの送ってきた刺客かもしれない。咄嗟《とっさ》に下がり、《英雄剣ギルガメッシュ》の柄《つか》に手を触れた。

「君は……！」

「わっ！　きゅっ、急にすいません！　ボ、ボク、そのっ、怪しいものじゃないんです！」

少女はぱたぱたと手を動かし、身体《からだ》を守るように前へと構える。その様子を見て、俺はひとまず《英雄剣ギルガメッシュ》から手を離した。

少女は安堵《あんど》したように手を落とす。

「本当、急にすいません！　あの、貴方《あなた》、都市の外で大きなワンちゃんの背に乗って、双獄竜と戦っていた方ですよね？」

双獄竜……？　炎獄竜と氷獄竜と呼ばれていた、ディーテとトロメアのことだろうか。

「そうですけど……」

「やっぱり！　ボク達竜人は目がいいので、似顔絵を描いて捜し回っていたんです！　カナタさんっていうんですよね！　実はボク、邪竜が人里を荒そうとしているって知って、どうにかニンゲンさん達に邪竜のことを知らせて、彼らの凶行を止められないかと思ってここの都市に来たんです！　結局間に合わなくて、何もできなかったんですけれど……でも、カナタさん達がここにいてくれて、本当によかったです！」

少女は興奮気味に捲《まく》し立てる。

「まさか、ドラゴン界の中でも危険視されていたあの双獄竜を圧倒できるニンゲンさん達がいたなんて、知りませんでした！　ボク達竜人も、いつかニンゲンさん達が滅ぶんじゃないかと冷や冷やしているんですが、カナタさん達がいる当代は心配なさそうですね！」

どうにもドラゴンと竜人にも、何か深い関りがあるらしい。彼女の言動から察するに、竜人も大分ドラゴン寄りの観点を持っているようだが。

「……それで、何の用でしょうか？」

「と、すいません、自己紹介が遅れてしまって！　ボク、桃竜郷《とうりゅうきょう》から来た竜人でして、ラムエルといいます！　ボク達竜人の役割でもあった邪竜討伐を行っていただいて、本当にありがとうございます！　カナタさん達に直接お礼がしたかったのです！」

竜社会もどうやら複雑らしい。

「はあ、どうも……」

眠かったこともあって生返事でそう答えたのだが、ふと双獄竜について詳しく知っているのならば、《空界の支配者》についても何か知っているのではなかろうかと頭に浮かんだ。

話を聞いている限り、個体数が人間よりも遥《はる》かに少ないためか、ドラゴンの社会はそこまで広くないように思えた。それに一体一体が長生きであるため、過去の記録もしっかりと残っている。

《空界の支配者》は、品格はともかく、強さはドラゴンの中でも最上位格であるはずだ。であれば、ドラゴンの中では名が知れていてもおかしくはない。

もし敵の所在地がわかれば、こちらから直接出向いて叩《たた》くこともできる。現状では、下手すれば人里の中で襲撃に遭いかねない。

「お礼がしたいということでしたら、教えてほしいことがあるのですが……」

「はいっ！　何なりと！　ボクの知っていることでしたら、何でもお話いたしましょう！」

「《空界の支配者》について知っていますか？」

俺が尋ねると、ラムエルは目を見開き、表情を強張《こわば》らせた。ラムエルは、すぐには何も答えなかった。

「その反応……知っているんですよね？」

「よくご存じでしたね……。あの邪竜のことは、ドラゴンも竜人も恥だとして、好んで口外したがる者はいないはずなのですが。失礼かもしれませんが、ニンゲンさんに話して、どうにかなるものでもありませんし……」

俺は唾を呑《の》んだ。どうやら、ラムエルは《空界の支配者》のことを知っているらしい。

2

翌日、俺はラムエルを連れて酒場へと向かい、そこで詳しく彼女より《空界の支配者》の話を聞くことにした。俺とポメラ、フィリア、ラムエル、そして場の流れでついて来たロズモンドの五人で机を囲んでいた。

「竜人のことは噂《うわさ》では聞いたことはあるが、実物を見るのは我も初めてであるな。だが……」

ロズモンドがそこまで言って、呆《あき》れたように息を吐く。

ラムエルは目を輝かせながら、鶏の太腿《ふともも》へと豪快に齧《かじ》りつく。口の下がタレで汚れていた。

「ニンゲンさんのご飯って、意外と美味《おい》しいです！　ボク、もっと粗末なものを食べているんだと思っていました！」

「……ナチュラルに失礼なクソガキであるな。秘境に籠もって修行を積みながら静かに生涯を暮らし、人間や魔物を監視する、神聖な存在であると聞いておったのだが」

ロズモンドは目を細め、ラムエルを睨《にら》み付ける。

「竜人の食事って、工夫のないものばかりかもしれません。丸焼きに香辛料を掛けただけだとか、同じ大きさに切った材料を混ぜただけ、だとかがせいぜいで。でも、ここの料理は凄《すご》い工夫を凝らされてるのが、食べているだけで伝わってきます！　凄いです！」

ラムエルは随分とこの都市の料理を気に入ったらしい。

「単純な欲望に直結する文化の発達が深くって、ニンゲンさんってさすがです！　竜人は、平和だとか世界の在り方についてだとか、どうすればより強くなれるかだとかに常に向き合っていて、即物的な欲望は二の次になることが多いので、そういった文化はあまり発達しにくいのかもしれませんね！」

「貴様……我らを馬鹿にしているつもりではなく、素でそう言っておるのか？　そっちの方が余計問題であるが」

ロズモンドが眉を神経質に、ピクピクと震えさせていた。

「ごっ、ごめんなさい……。でも、そういうゆとりと遊びのある種族性って素晴らしいことだとボクは思いますよ。竜人は、ニンゲンさんと比べて長命かつ頑丈なので、生理的な欲が薄いのかもしれませんね」

ラムエルは頭を下げてはいるが、言葉とは裏腹にあまり悪びれている印象を感じない。

「……なかなか強烈な子ですね。あの、カナタさん、本当にこの子が《空界の支配者》について知っているんですか？」

ポメラが不安げに俺へと尋ねる。

「え、ええ。俺も昨日簡単には聞いたんですが、ポメラさんも直接ラムエルさんから聞いておいた方がいいかな、と」

昨日話した際には失礼な印象はなかったのだが、食事は文化の差異が大きく出る。ラムエルも興奮で少し気が緩んでいるのかもしれない。

実際、竜人がニンゲンよりも寿命や能力に長《た》けていて、大きな使命を背負って生きている個体が多いのは事実なのだろう。

ラムエルは鶏肉《とりにく》の骨を噛《か》み砕くと、真剣な表情でポメラへと向き直った。

「ドラゴンの目的は世界の理《ことわり》を守ることなんです。ただ、ニンゲンさんとはあまりに感性が違うため、度々衝突し、無用な争いを引き起こすことがあります。その争いを避けるため、ドラゴンは人里近くに監視役が必要となった際に、ニンゲンさんと交わって竜人を生み落とすんです」

「な、なるほど……それが竜人のルーツなんですね」

ポメラが頷《うなず》く。

「ボクの暮らしていた桃竜郷《とうりゅうきょう》ができたのは、竜穴を守るためです。竜穴っていうのは、地脈の魔力が集中しているところでして、魔力穴だとか、世界の裂け目だとか、そういった名称で呼ばれることもあります。簡単にたとえると、この世界の臓器みたいなところなんです」

竜穴……この世界の臓器、か。なんだか物々しいものが出てきた。

「竜穴の周囲には、結晶化した魔力の塊があったり、強い魔力を帯びた植物が生えていたりします。

どれも貴重なものなのですが、これが好き勝手に荒されると、世界各地で大災害が起きたり、多くの木々が枯れたりしかねないのです。通常はドラゴンが守るんですが、当時既にニンゲンさんの王国内であったため、ボク達竜人が竜穴を守護するための番人として生み落とされました。千年近く昔のことです」

ポメラは頷きながらも、不思議そうな表情を浮かべていた。それがどう《空界の支配者》に繋《つな》がるのだろうかと考えているのだろう。

「……実はここ最近、《空界の支配者》が桃竜郷《とうりゅうきょう》にやってきたんです。《空界の支配者》の狙いは、ボク達の守っていた竜穴でした。自身を崇拝している竜人を引き込んで、正体を隠しながら桃竜《とうりゅう》郷《きょう》を乗っ取ろうとしていたんです。ボクはたまたまそのことを知ったんですが……《空界の支配者》の手先に冤罪《えんざい》を着せられ、桃竜郷《とうりゅうきょう》から逃げ出すことになってしまいました」

ラムエルが《空界の支配者》が人里に双獄竜を向かわせたと知ったのも、そのときだったのだろう。

元々、《空界の支配者》は強さを得るためにドラゴンの禁忌を犯し、邪竜と称されるに至ったのだという。桃竜郷《とうりゅうきょう》を乗っ取った暁には、世界への悪影響など意に介さず、際限なく竜穴から魔力を抜こうとするはずだ。竜穴を守る役割を持った竜人としては、絶対に阻止せねばならないことである。

ただ、ラムエル一人でどうにかするのは不可能だっただろう。

ラムエル
種族：竜人
Lv：10
HP：45／45
MP：45／45

昨日一応ステータスを確認したのだが、ラムエルのレベルはとても高いとはいえなかった。

「ラムエルさんに、そんな事情があったんですね……」

ポメラが同情したようにラムエルを見る。ラムエルは眉尻を垂らして申し訳なさそうな表情を作り、俺達へと頭を下げた。

「ラムエルさん？」

俺が声を掛けると、ラムエルは上目遣いで俺を見上げる。

「カナタさんにも昨日はお伝えしていませんでしたが……ボク、そこでお願いがあるんです！　どうか、桃竜郷《とうりゅうきょう》に向かって、このことを竜人の長である竜王様に伝えてもらえませんか？　双獄竜を一蹴したカナタさん達ならきっと、《空界の支配者》の信者の妨害を撥《は》ね除《の》けて、竜王様との面会に漕《こ》ぎ着けることができるはずです！」

「頭を上げてください」

「お願いします！　本当なら、ニンゲンさんなんかに任せていい問題ではないのですが……このままだと、取り返しのつかないことになってしまうんです！　竜人であるボクが、ニンゲンさんに頭を下げているんです！」

……ラムエルの言動の節々から、ちょくちょくと竜人であることへの誇りが窺《うかが》える。

俺は口許《くちもと》に手を当て、考える。

どの道、《空界の支配者》はいずれ俺達に何らかの干渉を仕掛けてくるはずだ。いつ襲われるかわからないまま人里をうろついているよりは、《空界の支配者》の潜伏している可能性の高い桃竜《とうりゆう》郷《きよう》にこちらから乗り込むのは悪くないかもしれない。

「お礼をできるような品はボクは持っていませんが……桃竜郷《とうりゆうきよう》は、とても綺麗《きれい》なところですよ！　桃竜郷《とうりゆうきよう》の入り口は秘匿されていて、竜人は恩義を感じたニンゲンさんにしかその所在を教えないんです！」

「綺麗なところかぁ……」

さすがに観光目的で行こうと思える程、気楽には構えられない……。

「それに、竜王様への面会で実力を認められれば、竜王様の保管している高価なアイテムが褒美として与えられるんです！　ドラゴンの記した五千年の歴史書や、古くに神々が用いたとされる高位の魔法について記された石板なんかがあるんです！」

「古くに神々が用いたとされる高位の魔法……？」

もしかして……ナイアロトプのような上位存在の用いた魔法だろうか？　だとすれば、習得できればナイアロトプ達への切り札となり得るかもしれない。

「カナタさん、これはチャンスなんじゃないですか？」

ポメラも同じことを考えたようだった。俺はポメラに小さく頷き、ラムエルへと向き直る。

「ラムエルさん、その話、もう少し詳しく聞かせていただいても……」

「すいません店員さん！　このお肉、同じ奴《やつ》を二つください！　あ、やっぱり三つ！　それから、この料理と、この料理も同じものを二つずつ！　ボクまだまだ食べられますから！」

ラムエルが俺の返答を遮り、店員へと手を振った。本当にラムエルは、この騒動を重く見ているのだろうか……？

「あの……かなりの量を食べていらっしゃいますが、お代は大丈夫ですよね？　当店では素材に気を遣っておりまして、その分、近隣の他の店よりやや高額の傾向にあるかなと……」

店員が恐々と尋ねる。ラムエルは手にしていた鶏肉の骨を、テーブルの上へと落とした。

「お、お金……払うんですか？　ボク、世界やニンゲンさんを守るために生まれた、竜人種なのに……」

ラムエルの言葉を聞き、ポメラががっくりと肩を落とした。店員は呆気《あっけ》に取られたように口を開けていた。

「……お金なら俺が払いますから、好きに頼ませてあげてください」

俺は少し呆れながらも、店員へとそう口にした。ラムエルの表情が輝く。

「ありがとうございます！　ボク、カナタさんのこと大好きです！　では、さっき頼んだ分、お願いしますね！」

3

俺は竜王に面会して《空界の支配者》が竜穴を乗っ取ろうとしていることを伝えるため、桃竜《とうりゅう》郷《きょう》へと向かうことにした。

ただ、それはラムエルから頼まれたことである。俺達の本当の目的は、その過程で対立している《空界の支配者》の情報を得ることと、宝物庫にて保管されている、かつて神が使ったと言い伝えられている魔法の記された石板を得てナイアロトプへの対抗手段とすることだといえる。

ウルゾットルを召喚してその背に乗り、ラムエルの指示通りに都市ポロロックから更に南へと向かい、渓谷へと辿《たど》り着いた。

遠くに大きな滝が見える。

「桃竜郷《とうりゅうきょう》は、あの滝の奥に幻影で隠されているんです。畏れずに滝に飛び込めば、桃竜郷《とうりゅうきょう》へと辿り着けるです」

「なるほど……あそこに」

「それでは頑張ってください！　カナタさん達ならきっと、竜王様に面会して《空界の支配者》を止められるはずです！」

ラムエルがぐっと両腕で握り拳を作る。

「ラムエルさんは来ないんですか？」

俺が尋ねると、ラムエルは肩を窄《すぼ》める。

「ボク、《空界の支配者》の一派の企てを知って、冤罪を着せられて追い出されたところなんです。のこのこ戻ったら、竜王様に会う前に《空界の支配者》の手先に殺されてしまいます……」

ラムエルがぶるりと身を震わせる。

確かにそういう話ではあった。だが、だとしたら俺達はコネもなく桃竜郷《とうりゅうきょう》に入って、簡単には会えないとされている竜王との面会に漕ぎ着けなければならないのか……。

「……なかなか難しいですね」

「大丈夫ですよ、カナタさん！　ドラゴンも竜人も、強者は種族に依《よ》らず敬うんです！　カナタさん達の強さなら、竜王様にだって簡単に会えるはずです！」

「だといいのですが……」

「強者はニンゲンさんであっても、名誉竜人として尊重されるんです！　内部の試練で好成績を収められれば、カナタさん達も立派な名誉竜人として敬われます！　その結果次第では、いくらでも竜王様と面会する機会だってありますから！」

ラムエルの言葉に、俺は思わず目を細めた。

「名誉竜人……？」

「やっぱり貴様ら、我ら人間を侮辱しているであろう」

ロズモンドは明らかに苛立《いらだ》っていた。

「何がそんなに不満なんですか！　ニンゲンさんが名誉竜人になれるのは、とっても名誉あることなんですよ！」

ラムエルが両腕を掲げ、頬を膨らませる。

「全てが気に喰《く》わんが、強いて言えばその思い上がった態度が気に喰わんわ！」

ロズモンドはラムエルの前に屈《かが》み、彼女の両頬を摘《つ》まんでぐりぐりと引っ張った。

「やめへっ！　やめへくらはい！　そちらのお二方の無礼は多少許容しまふが、あなたそんなに強くないでひょ！」

「本性を現したなこのクソガキ！」

ロズモンドが腕を引いてラムエルをぶん殴ろうとする。ポメラが慌ててロズモンドの腕を背後から押さえた。

「やっ、止《や》めてあげてください、ロズモンドさん！　子供の言うことですから！　子供の言うことと！」

俺は溜《た》め息《いき》を吐《つ》き、ラムエルへと向き直った。

「とにかく、中で力を示す場があって、そこで結果を出せば竜王にも会えるんですね？」

「竜人は力が全てです。強ければニンゲンさんでも竜人として認めてもらえますが、逆に弱ければ竜人であっても竜人とは認めてもらえないのです。竜人は皆、世界の理だの命の在り方だのなんだと言っていますが、結局大事なのは、強いかどうかなんです。……だから、もしもボクにもう少し力があれば……きっとここまで拗《こじ》れる前に、竜王様にお話も聞いてもらえたはずなのです」

ラムエルが瞳に涙を湛《たた》えて語る。

「ラムエルさん……」

ラムエルはレベルが高いとは言えない。実力不足を理由にパーティーで雑用を押し付けられていた、昔のポメラと同じくらいのレベルであった。

実力主義の竜人であれば、その意味はもっと重く伸《の》し掛かってきていたことだろう。

「そうだったら、ニンゲンさんなんかの手を借りる必要もなかったのに……」

ラムエルは手の甲で目に浮かんだ涙を拭う。

「……本当に貴女《あなた》はブレませんね」

俺は背後へちらりと目をやる。

またロズモンドが仮面の奥で歯軋《はぎし》りをしてラムエルを睨み、それをポメラが必死に諭していた。

「そうです、忘れていました。どうやって桃竜郷《とうりゅうきょう》の存在を知ったのかは、ドラゴンを助けたとでも言っておくといいです。ボクは罪人扱いですし……それに、ボクと関りがあると知れれば、《空界の支配者》の手先から目を付けられるかもしれません。竜王様にだけ、直接全てを明かしてください」

「わかりましたラムエルさん、桃竜郷《とうりゅうきょう》のことは任せてください」

「はい！　ボクはまた、あのニンゲンさんの街に戻らせてもらいます」

「……でも、帰路はウルに任せられるとは言え、ラムエルさんを街に残すのも何だか怖いですね」

召喚精霊が召喚主から離れて活動するには限界がある。数時間も持たないだろう。ラムエルを街に送り届けるくらいならばどうとでもなるが、ラムエルへと《空界の支配者》の追っ手が向かう可能性もないわけではないのだ。

「我が街に戻ろう。流れでここまで付いてはきたが、ハッ、元より貴様らの騒動にこれ以上巻き込まれるのはごめんである。命がいくつあっても足りん。マナラークへ連絡の手紙は出してあるが、貴様らの邪竜討伐についても、あの狸爺《たぬきじじい》に直接教えてやった方がいいであろうからな」

ロズモンドがラムエルの肩を摑《つか》んでそう口にした。狸爺、とはガネットのことだろう。

「おい、クソガキ。悪いがマナラークまで来てもらうぞ。貴様の子守りのためだ」

ラムエルがぽかんと口を開けてロズモンドを見上げ、自分を指で示す。

「ボクのためですか？」

「ロズモンドさん、口は悪いですけれど、結構世話焼きですからね。安心していいですよ、ラムエルさん」

ポメラの言葉に、ロズモンドがムッとしたように彼女を睨んだ。ロズモンドは舌打ちをしてから、ラムエルへと顔を戻す。

「ちぃっ。なんだ、我では実力不足で不安だとでも言うか？」

「い、いえ、そんな。……ただ、少し意外だったので。ありがとうございます」

「フン、急に素直になるでない、気色の悪い。調子が狂うわ」

ロズモンドは照れを誤魔化すためか、敢《あ》えて乱暴にそう言い放ち、ラムエルから目線を外した。

4

「本当に滝の奥に、洞窟があるなんて……。ラムエルさんの言葉を疑っていたわけではありませんが、どうにも奇妙な感じがしますね」

俺はポメラ、フィリアと共に、滝の中の洞窟を通過していた。外から滝を見ても全く奥に道があるようには見えなかったのだが、奥に触れれば壁を擦り抜けることができた。

ラムエルの話が本当であれば、この先に竜人達の住まう桃竜郷《とうりゅうきょう》が存在する。

「でも……洞窟の奥だなんて、桃竜郷《とうりゅうきょう》は、陽《ひ》の当たらないところにあるんですね？」

ポメラがそう口にした。

俺達はウルゾットルに乗って飛んできたのだが、外から見た限りこの滝の奥に賑《にぎ》やかな集落があるようには思えなかった。

「キレイなところって言ってたから、フィリアとっても楽しみ！」

フィリアが楽しげに先へと駆けていく。

「フィリアちゃん！　何があるところなのかわからないので、危な……くはないかぁ」

俺は止めようとして自己完結した。フィリアがちょっと一人で先行したからといって危ない場所だとはとても思えなかった。何せ、彼女は《歪界の呪鏡》の世界でも戦える逸材である。

「きゃっ！　ごめんなさい！」

洞窟の奥の暗がりで、フィリアが誰かにぶつかってその場で尻餅をついた。

「おいおい……痛いじゃねぇか。なんだ、このガキは？　いつから神聖なる桃竜《とうりゅう》郷《きょう》は、ニンゲンの観光地になったんだ？　ああ？　これで二組目じゃねぇか」

上半身裸の、二メートル以上ある巨漢が奥から現れた。

黄色い尖《とが》った髪をしており、顎には鬚《ひげ》があった。ラムエル同様、角や翼、尾を持っている。

「チッ、一人じゃないとはわかってたが、続いて若造二人か。くだらん。我らの同志が認めたのだろうが、全く以《もっ》て気に喰わん。我ら同族が、こうも気軽に他種族を引き込むようになるとは！　我らの高尚なる使命を、蔑《ないがし》ろにしているとしか思えぬわ」

大男が俺達を睨み付ける。

「……あるドラゴンから、竜人は恩義を重んじるため、恩人は快く桃竜《とうりゆう》郷《きよう》に招き入れると聞いていたのですが」

「厚かましい奴らよ。恩義？　笑わせるな。我らの使命を忘れ、ニンゲンを招き入れる不届き者など、最早《もはや》我らの同族ではない」

早速ラムエルの言葉が当てにならなかった。どうにも人間を受け入れてくれそうな雰囲気ではない。

「我はライガン！　《雷の牙ライガン》なり！　十二金竜の称号を持つ、竜人の中の竜人である！　貴様らのようなニンゲンが桃竜《とうりゆう》郷《きよう》を平然と出入りしつつあることを危惧し、自主的に桃竜《とうりゆう》郷《きよう》の門番として名乗り出た！」

「……桃竜《とうりゆう》郷《きよう》や竜王の意志とは関係なく、自主的に？」

ライガンの言葉を纏《まと》めると、何となく今の風潮が気に喰わないから、勝手に入り口に立って人間を追い返している、ということになる。それはつまり、ただの傍迷惑《はためいわく》な差別主義者ではなかろうか。

「カナタさん……その、竜人って、個性的な方が多いみたいですね……」

ポメラがやや呆れたように口にした。恐らくラムエルのことを思い出しているのだろう。

「聖地を貴様らニンゲンの薄汚い血で穢《けが》す前に、お引き取り願おう！　桃竜《とうりゆう》郷《きよう》は、貴様らのような軟弱者が訪れていい地ではない！　我らの桃竜《とうりゆう》郷《きよう》を舐《な》めるでないわ！」

ライガンが、倒れたフィリアへと摑み掛かった。

即座に洞窟の左右の壁より、フィリアの身を守るように大きな白い手が生じた。二本の指が交差して重なり壁を成し、大男の腕を防ぐ。

「……む？　な、なんだ、この奇妙な術は。十二金竜の中でも、膂力《りょりょく》に長けた我の一撃を防ぐなど……」

「おじさん、フィリアの敵？」

フィリアが冷たい目で、ライガンを見上げながら立ち上がる。ライガンは額に脂汗を浮かべたが、すぐに表情を引き締め、顔中に深い皺《しわ》を寄せた。ライガンの筋肉が膨れ上がる。

「多少はやるようだな……だが、舐めるなよ！　この我が、《雷の牙ライガン》と称されているわけを教えてくれるわ！　雷竜の力を見せてくれる！　はあああああああ！」

ライガンの身体に雷が迸《ほとばし》る。

「これが、我の全力……！」

大きな白い手のストレートパンチが、ライガンの身体を吹き飛ばした。

「ぶふぉおおっ！」

ライガンは全身を通路に打ち付けながら奥へと転がっていく。

……そりゃそうなる。フィリアの身を案じるより、フィリアの相手の身を案じるべきだった。

「フィリアちゃん……生きてるよね、あの人？」

「大分手は抜いたけど……思ったより弱かったから、わからないかも……」

フィリアが不安げに答える。

さすがに殺すのはまずい。俺は息を呑んで、先へと駆けた。

「だ、大丈夫ですか？」

ライガンは、綺麗に壁にめり込んでいた。生気のない表情をしていたが、ぱくぱくと口を開く。

「馬鹿な……このライガンが、ニンゲン如《ごと》きに、短期間の内に二度も敗れたのか……？」

よかった……生きていてくれた。俺はほっと息を吐いた。

「いや……我は負けていない……。そう、少し脅しを掛けてやろうとしたら、不意打ちで奇襲を受けたのだ。これは負けではない……」

「フィリアちゃん、やっぱりもう一発お願いします」

フィリアが袖を捲って拳を構えた。

「待て、待て待て待て！　す、少し、試してやったのだ！　貴様らが本当にこの桃竜郷《とうりゅうきょう》で生きていけるのかどうか！　ぎ、ギリギリで合格だと認めてやろう！」

俺はポメラを振り返った。彼女は醒《さ》めきった目でライガンを見ていた。

……竜人は、こんな連中しかいないのだろうか。桃竜郷《とうりゅうきょう》で信頼を勝ち得て竜王と面会する自信が一気になくなってきた。

「わかりましたよ、案内してください」

俺が頭を押さえて頭痛を堪《こら》えながら、そう口にした。

「待て、その前にやらねばならんことがある」

「やらなければならないこと……？」

ライガンが俺達に腕を突き出してきた。

腕……？

戦いのような形になったから、握手で和解しておこうとでもいうのだろうか。

ドラゴンも竜人も、ただ純粋な強さを求める自己鍛錬を好むという。戦いにも神聖なものを感じており、そこに纏《まつ》わる色々な風習があるのかもしれない。

「では……」

「何をぼさっとしておる！　早く我を岩から引き上げよ！」

「ああ、はい……」

あまりにも偉そうすぎて、助けてくれと言っていることに気づかなかった。俺はライガンの身体を引き抜きながら、心底この桃竜郷《とうりゅうきょう》で上手《うま》くやっていける気がしなくなってきていた。

5

ライガンを先頭に洞窟の中を歩く。

「……確かにそこの小娘は、不意打ちとはいえ我に一撃入れられるとは、多少はやるようだな。貴様ら二人は、その怪力異形娘の付き添いというわけか」

ライガンは太い指でフィリアを示す。

果たして不意打ちだっただろうか？　摑み掛かろうとして防がれた後、力を入れようとしてぶん殴られただけだったと思うが。あれが不意打ちだったら世の戦いは全て不意打ちではなかろうか。

「不意打ちとはいえ、十二金竜の一角である我に一撃入れたのだ。そこの童女の力は認めてやる。だが、桃竜郷《とうりゅうきょう》に力なき者の居場所はない。せいぜいそこの童女にくっ付いておくことだ」

「その十二金竜って……？」

「桃竜郷《とうりゅうきょう》の《竜の試練》において、金竜の称号を得た十二人の猛者の総称である！　貴様ら軟派なニンゲンの世界ではどうかは知らんが、ここ桃竜郷《とうりゅうきょう》では強さこそが全て！　我ら十二金竜は、桃竜郷《とうりゅうきょう》において高い格を持ち、竜人の政にも高い発言力を有する。我は本来、貴様らニンゲンが面会できるような相手ではないと知るがよい」

ライガンがぺらぺらと語る。ここだけ聞くと凄そうにも思えるが、ライガンがフィリアにすっ飛ばされたばかりなので、ライガンの格が上がるというよりも、十二金竜と桃竜郷《とうりゅうきょう》自体が安っぽく思えてしまう。

因《ちな》みに《ステータスチェック》で確認したところ、ライガンは『ライガン・ライオネル・ドラゴハート』という長ったらしい名前を有しており、【Lv：212】であった。

まあ……確かに、人里ではS級冒険者に入るレベルのはずだ。これが十二人も狭い土地にいるのだから、人間から見れば規格外の存在の集まりだともいえるのかもしれない。

しかし、《竜の試練》か。ラムエルも確かそんなことを口にしていた。

『強者はニンゲンさんであっても、名誉竜人として尊重されるんです！　内部の試練で好成績を収められれば、カナタさん達も立派な名誉竜人として敬われます！』

………名誉竜人、なぁ。

「どうしたんですか、カナタさん？」

ポメラが尋ねてくる。

「ああ、いえ、なんでもありません」

俺は首を振り、顎に手を当てた。

「あれ……？　ライガンさん、その《竜の試練》ってニンゲンでも受けられるんですよね？」

「ほう、随分と自信家だな？　止めておくがいい。貴様らひ弱なニンゲンに合わせた試練ではない」

「それって、えっと……試練結果に応じた称号が与えられるんですよね？　もしフィリアちゃんが高得点を取ったら、彼女が加わって十三金竜になるんですか？」

ライガンは口を閉じ、渋い表情を浮かべた。俺からフィリアへと視線を移し、下唇を噛む。

「……それは嫌である」

ライガンがか細い声でそう口にした。

「ライガンさん？」

「ニッ、ニンゲンが軽々と金竜の称号を得られるほど、甘い試験ではない！　あまり我らを侮辱してくれるな！　十二金竜はっ……その、そんなに軽いものではないのだ！」

ライガンが必死に手を動かし、自身のさっきの弱音を訂正するようにそう言った。

「なる！　フィリア、十三金竜になる！」

フィリアがキラキラした目で、そう宣言した。何が彼女の琴線に触れたのか、金竜の称号に関心が向いたらしい。

「あっ！　カナタとポメラもいるから、十五金竜！」

「金竜はそう軽いものではない！」

ライガンが牙を剝《む》き出しにしてフィリアへと怒鳴る。

「そ、そういえば、さっき、最近、別の人間とも戦ったことがある、みたいなことを口にしていませんでしたか？」

ライガンがフィリアに敗れた際の言葉だ。

『馬鹿な……このライガンが、ニンゲン如きに、短期間の内に二度も敗れたのか……？』

あの言葉から察するに、最近桃竜郷《とうりゆうきよう》に訪れた別の人間がいるらしい。

「……ああ、他の馬鹿竜人の拾ってきたニンゲンがな。チッ、ニンゲンらしからぬ、馬鹿力の男だった。貴様らの知人ではなかろうな？」

「いえ、心当たりはありません」

「十六金竜……」

ポメラが呟《つぶや》いて、ライガンに鋭い眼差《まなざ》しを向けられていた。

「すっ、すいません！　あの、ポメラ、なんでもありませんから！」

ポメラが慌てて手を振って誤魔化した。

ライガンはその後、拗《す》ねたように無言で淡々と先を歩いていた。

「ポメラさん……今のはまずいですよ。フィリアちゃんは、子供だからまだ許されてたんです。あそこで言ったらどうしても軽んじているような空気になります」

「すいません……。でも、多分、順当に行ったらそうなっちゃうんじゃ……。ポメラ達とは別にここを訪れた人も、かなり腕が立つみたいですし……」

「……おい貴様ら、着くぞ」

ライガンが恨めしそうな目でこちらを睨んでいた。

「は、はい！」

確かに、先の道から光が漏れてきている。足を速めて洞窟を抜けると……大きな、草原が広がっていた。

様々な花が咲いている。

生えている木々からは、ピンクの花弁が舞っていて美しい。桜に似ているが、少し違うようにも見える。大きな滝があり、そこから川が伸びていた。

ざっと周囲を見たとき、大きく広がった角を持つ鹿や、虹色の羽毛を持つ野鳥の姿が窺えた。こちらの世界でも見聞きしたことがない動物達だ。

そして当然、ちらほらと竜人の姿が窺える。また、あちらこちらにドラゴンの像があった。

建造物は平安貴族の寝殿造を思わせる造りをしていた。開放的で、桃竜郷《とうりゅうきょう》の豊かな自然との調和が取れており、雅《みやび》で趣があった。ラムエルは綺麗な場所だと口にしていたが、確かにそうだ。

「が、崖の狭間《はざま》だったはずですのに……」

ポメラが大きな目を瞬かせ、首を振って周囲を眺めている。フィリアも「すごい！　すごい！」と口にして、嬉《うれ》しそうに周囲へ目を走らせる。

「竜穴を用いた結界を張っておるからな。それに、竜穴の魔力で、この地は多種多様な自然で溢《あふ》れておる。欲にかまけて生き、自然を資源としてしか見ぬ下賤《げせん》なニンゲンの世界では、まず目にできぬ光景であろう。しかと目に焼き付けておくがよい」

ライガンは腕を組み、得意げにそう口にした。さっきまで肩身の狭そうな様子だったが、俺達の反応が心地よかったらしく、今は活《い》き活《い》きとしていた。

6

俺達は桃竜郷《とうりゅうきょう》の、ライガンの屋敷へと招かれた。ライガンは俺達を厄介者扱いしているようだったので、この対応は意外であった。

「通常は、招いた竜人が責任を持って見張っておくものだ。下賤なニンゲンから目を放してほったらかしにしていれば、この美しき桃竜郷《とうりゅうきょう》に何をしでかすかわかったものではないからな。それにドラゴンの恩人として招き入れた以上、無下に扱うわけにはいかん」

ライガンは鬱陶しそうにそう口にした。

ラムエルからは自身の名前を出さないでほしいと言われており、そのためドラゴンを助けてこの地を教えてもらった、ということにしている。

「ありがとうございます……」

俺は苦笑しながら、礼の言葉を口にした。

俺の様子を見て、ライガンが口端に意地の悪い笑みを浮かべた。

「招き入れた以上、無下には扱えん。だが、この地には我らのしきたりというものがある。桃竜《とうりゅう》郷《きょう》を訪れたからには、桃竜郷《とうりゅうきょう》の習わしに従ってもらおうか。たとえ貴様ら二人が、童女の付き添いであったとしてもな」

「つまり……？」

俺は嫌な予感がした。ライガンはどうやら、習わしを用いて俺達に何かを仕掛けようとしているらしい。

「人里からしてみれば僻地《へきち》であろう、ここまでご足労いただいたのだ。さぞ腹を空《す》かせていることであろう？　おい、食事と……それから、竜酒を持て！」

ライガンが声を上げる。屋敷奥から使用人らしい女の竜人が二人現れ、食器や料理を運んできた。

料理はラムエルから聞いていた通り、あまり調理に工夫の凝らされてないように窺えるものが多かった。鶏肉や魚をそのまま焼いただけのものや、野菜を盛り合わせにしただけのサラダがあった。

まともに切り分けられてはおらず、一つ一つの量が多く、なかなか豪快だ。

食文化は未発達だとラムエルからは聞いていたが、食べ切れるかどうかの不安こそあるものの、しかしこれはこれで悪くないように思う。だが、竜酒というのは初めて聞いた。

「まずは盃《さかずき》を交わしていただこうか」

ライガンはそう口にして、竜の彫られた壺《つぼ》を机の上に置いた。

「この竜酒……レベルの低い者が口に含めば、身体の奥から焼き切られるような苦痛に襲われる。だが、これをひと口もできぬ程度の者であれば、客人としての対応をすることは難しい。強さを重んじるこの桃竜郷《とうりゅうきょう》ならではの風習だと、理解していただきたい」

ライガンは口許を歪《ゆが》めて笑みを浮かべ、慇懃《いんぎん》にそう口にした。

そういうことか……。俺達をフィリアの付き人と見て、レベルはさほどではないと考えたのだろう。

「この我とて、そう気楽に何杯もは飲めぬ代物……。だが、せめてひと口は飲んでいただかねばな。しかし、人の身で飲むことが難しいことも理解しておる」

ライガンがそう言うと、使用人らしい竜人が大きなタライのようなものを運んできた。

「飲んでから苦しければ、こちらに入っている水を口直しに使ってもらって構わん。もっとも、少々人がするには品位に欠ける飲み方になるが、これだけの量が必要なのだ」

……レベルが足りなければ、竜酒の激痛に襲われた挙げ句、タライに首を突き入れて恥を晒《さら》すことになる、ということか。

「……フィリアちゃんは子供ですし、彼女には勘弁してもらえませんか？」

「それは仕方のないことである。だが、ここ桃竜郷《とうりゅうきょう》では、幼竜人以下と判断される。その場合、フィリアには《竜の試練》を受ける資格を与えるわけには……」

そのとき、机に大きな口が現れ、料理の一部ごと竜酒の壺を呑み込んだ。口はすぐに閉じて、机の中へと消えていった。フィリアを振り返れば、彼女はもぐもぐと口を動かしていた。

「フィリア、甘いものが食べたい……」

フィリアが小さく零《こぼ》す。そのとき、口から壺の欠片《かけら》が落ちた。

「我とて、そう気楽に何杯もは……」

ライガンがもごもごとそう口にした後、屋敷の奥へと顔を向けて怒鳴る。

「あ、新しい竜酒を持ってくるのだ！　早くせよ！」

すぐに新しい竜酒の壺が用意された。ライガンは盃に酒を注ぎ、俺へと突き出した。

かなりの高温らしく、蒸気が昇っている。俺は香りを嗅いでから、竜酒を口に含んだ。

熱い上に異様に辛い。舌が痺《しび》れるような感覚まであった。度数もかなり高いようで、アルコールの塊に香草を突っ込んで熱したもののように思える。

「あまりこういったものは、得意ではありませんね……」

俺が飲み干してからそう口にすると、ライガンが下唇を噛んだ。

「……チッ、痩せ我慢を。おい、次は貴様だ。ポメラとやら」

「ポ、ポメラも、ですか……？」

ポメラが不安げに零す。

俺は血の気が引くのを感じていた。ポメラも飲むことになる、ということをすっかりと忘れていた。

「あ、あの、ライガンさん、俺がもう一杯飲みますから、ポメラさんのことは見逃してあげてもらえませんか？　しきたりなのはわかっているのですが、その、どうか、特例で……」

ライガンは頬に皺を寄せ、笑みを浮かべた。ついに俺達の弱点を見つけたと思ったらしい。

「それはできんなぁ。齢《よわい》を引き合いに出せるほど子供でもあるまい。せめて挑んでいただかねば。それは我らを軽んじることになる。黙っていられるほど、我らは卑屈ではない」

「カ、カナタさん、大丈夫です……。ポメラ、やってみせます！　レベルも上がりましたし、きっと問題ありません！」

「いや、ポメラさんの場合、そういう問題じゃ……」

「本人が挑戦すると言っているのだ。妨げるのは無粋であろう？　さあ、ポメラよ、受け取るがいい」

ライガンが、盃になみなみと竜酒を注ぎ、ポメラへと突き出した。ポメラは息を呑んでから、盃に口を付ける。

「あの、ポメラさん！　ひと口でもいいそうでしたし……そう一気に行かない方が……！」

それから半刻後。

酔ったポメラに竜酒を強要されたライガンが、タライに顔を突っ込んで泡を吹いていた。当のポメラは、酔いで顔を真っ赤にほてらせ、竜酒の壺に口を付けて飲んでいた。

「かーなたしゃーん！　このお酒、美味しいれすよぉ！」

「……いえ、俺は結構です」

俺は葬儀のようなテンションで、がっくりと肩を下げていた。

「口移ししてあげましょうかぁ、口移し！」

「結構です……」

「照れなくたっていいじゃないれすかぁー！　カナタしゃん、かわいいー！」

きっちりポメラの悪癖が出た。

ここが地獄か。フィリアはポメラにわしゃわしゃと雑に頭を撫《な》でられ、嬉しそうに彼女に身体を預けている。

「すいませーん！　あのっ、ライガンしゃんが、追加の竜酒を持ってきてほしいって言ってます！　ライガンしゃんが！」

ポメラが屋敷の奥へ手を振ってそう口にする。そのライガンは今、酔い潰れて気を失っているところである。俺は額を手で押さえ、深く溜め息を吐いた。

7

翌日、俺はライガンに連れられて桃竜《とうりゅう》郷《きょう》を歩いていた。

「……大丈夫ですか？　ライガンさん」

「貴様らに心配されるほどヤワではない！」

ライガンは牙を剝き、俺を睨み付ける。

その後、頭を押さえ、ふらふらと歩みを再開する。ポメラに竜酒で酔い潰されたのがかなり効いているらしい。

「あの……ポメラがやっちゃったんですよね？　ポメラ……その、何か他にも余計なことをしたり言ったりしていませんでしたか……？」

ポメラが真《ま》っ蒼《さお》な顔で、小声で俺に尋ねる。

「………………」

俺はそっと目を逸《そ》らした。

「カッ、カナタさん!?　やめてください！　そういう反応が、一番不安になるんです！」

「いつもよりポメラがにぎやかで、フィリア、たのしかった！」

フィリアがフォローを入れるが、ポメラはより不安そうに顔を引き攣《つ》らせた。ポメラは決心を決めたように顔を引き締め、足を速めてライガンに並ぶ。

「あの……ライガンさん、昨日は本当にすいませんでした！　ポメラ……お酒に弱くて、あの……」

「貴様が何かしたのか？　カナタが酒を飲んだ後辺りから、あまり覚えてはいないのだが……」

ライガンが困惑したように返す。ポメラは目を瞬かせ、唖然《あぜん》としたように口を開く。

「え、えっと……」

俺はポメラの肩を掴み、そっと引き寄せた。

「……幸い向こうも忘れているみたいですし、もう何もなかったことにしましょう。お互い忘れているのなら、きっとなかったことにした方がいいです」

竜人はプライドが高い。ライガンも、ポメラに竜酒を強要した挙げ句に逆に酔い潰されて、自分で用意したタライに顔を突っ込むことになったなど、知りたくもないだろう。なかったことにした方がいいに決まっている。

「貴様ら、何の話をしているのだ？」

「い、いえ、なんでも！　それより、えっと、今向かっているのって、《竜の試練》の場所なんですよね？　詳しく教えてもらっていいですか？」

「……正しくは、《竜頭岩の崖》である。三つの試練の内の一つに当たる。《竜頭岩の崖》について説明するよりも先に、《竜の試練》について説明しておくべきであろうな」

嫌々と言ったふうにライガンが説明を始める。

ライガンはあまり人間に《竜の試練》に挑んでほしくはない様子だった。ただ、俺達がドラゴンの恩義を受けて桃竜郷《とうりゆうきよう》に訪れたと主張しており、実力不足でもないと判断した以上、客人としてもてなす義務が生じているようだ。

「《竜の試練》は、三つの試練の合計点を成績とする。その成績が、ここ桃竜郷《とうりゆうきよう》でのその者の価値に直結する。単に鍛錬として試練の場を使うことができる他、希望すれば一年鍛錬を積んで再度《竜の試練》に挑むことができる。そして、《竜の試練》の成績に応じた称号を得ることができる」

ライガンは続けて、点数別の称号について説明した。それによると、次のようになるとのことだった。

子竜：百点以上
成竜：三百点以上
金竜：六百点以上
聖竜：千点以上
王竜：二千二百点以上

「三つの試練の合計点が百点に満たなかった場合、竜人であれば年齢にかかわらず幼竜と見做《みな》され、様々な制限が課される。一番わかりやすいのが、桃竜郷《とうりゅうきょう》の外へ出ることの禁止である。外の者であれば称号なしとなり、桃竜郷《とうりゅうきょう》内で対等に扱われることはないと思え」

ラムエルは、子竜以上の称号を得られていたのだろうか……？

いや、そうとは考えにくい。となれば、彼女は規則を破ったことになる。《空界の支配者》の手先に命を狙われていたのであれば規則どころではなかっただろうが、この厳格そうな桃竜郷《とうりゅうきょう》で、果たしてそれが通用するのかどうか。

「金竜の上に、二つもあるんですね。ポメラ、てっきり金竜が一番上なのかと」

ポメラが愛想笑いを浮かべながらそう口にする。ライガンが目に力を込め、ポメラを睨み付ける。

「それが、何かおかしいか？」

「い、いえ、何も……」

ポメラがぶんぶんと首を振る。俺もライガンが十二金竜だのと口にしていたので、金竜が一番上なのだろうと思っていた。

「ライガンさん、実は俺達、どうしても竜王に面会したいんです。桃竜《とうりゅう》郷《きょう》は実力至上主義、《竜の試練》で好成績を収めさえすれば、すぐにでも竜王と面会できると聞きました。それは何点から可能だとか、お聞きしてもよろしいですか？」

「ニンゲン如きが、竜王様に面会であると？」

ライガンが鼻で笑う。

「我らとて、招集を掛けられたときにしかお会いできぬのだ。あまり思い上がるでない」

俺は閉口した。もしも事情が拗れれば、ライガンが《空界の支配者》の手先でないことに懸けて竜王に伝言を頼むのもありかもしれないと思っていたが、そもそも彼程度では竜王に自由に会うことはできないようだ。

根は悪くなさそうだったので何かあれば託そうと考えていたのだが、どうやらこの方法は不可能なようだ。

「もしかして、その機会があるのは王竜だけですか……？」

「馬鹿を言うでない。王竜の二千二百点とは、ここ桃竜《とうりゅう》郷《きょう》の竜王様の成績である。《竜の試練》でこの点数を獲得できる者など、現竜王様を除けば、最上位格のドラゴンや、大精霊くらいしかおるまい。ニンゲンの貴様らが到達できる点数ではないわ」

ライガンは、俺の浅慮に呆れたようにそう言った。

だから王竜だけそんなに刻んでいたのか……。

しかし、自身の強さを数値化して誇示するとは、余程自分の力量に自信があるらしい。仮に竜人の中にこの成績を超える者が現れれば、竜王の面子《メンツ》が潰れるはずだ。

「聖竜と認められた者は、竜王様に自在に面会することが許される。もっとも、この桃竜郷《とうりゅうきょう》にも三人にしか与えられていない称号よ。貴様ら程度が取れるとは思わんことだ」

なるほど、俺達は聖竜を目指せばいいらしい。

8

「到着した。ここが第一の試練場、《竜頭岩の崖》である」

ライガンに案内されて辿り着いたのは、草木のまばらな岩場であった。

岩の中には、ドラゴンの頭部のような形をしたものが多く見られた。大きさは大小様々である。

これが竜頭岩というものだろう。

額のところには【二十】だとか【八十】だとか、数字が刻まれている。

「この数字がもしかして、ここでの成績に直結するんですか？」

「そうである。この《竜頭岩の崖》では、どれだけの重量の竜頭岩を持ち上げられるかの試練を行う。最低称号の子竜は三つの試練で合計百点を獲得する必要がある。ここで【三十】以上の竜頭岩を持ち上げられねば、後はないと覚悟することだ」

ライガンがそう言って意地悪く笑う。

確か、竜王と面会が許される聖竜は千点以上だ。ここで三百点、できれば四百点は稼いでおきたい。

周囲を見れば、ちらほらと竜人の姿がある。彼らはここで、竜頭岩を背負って修練を行っているようだった。

やはり人間が珍しいらしく、こちらへチラチラと目を向けている。好奇の目もあれば、明らかに嫌悪を向けてきている者もいた。俺は控え目に小さく頭を下げておいた。

「おお、聖竜の一角、オディオ様がいらっしゃられておったか！」

ライガンが声を上げる。

彼の目線を追えば、巨大な二つの竜頭岩に挟まれている痩せた老人がいた。片足のつま先で立って中腰になっており、片手の指先三本で【三百】と記された竜頭岩を支えて目を瞑《つぶ》っている。修練の最中らしい。

「す、凄い、凄すぎる……さすがはオディオ様である！【三百】の竜頭岩に挟まれながら、三本指で支え続けておる！」

「あ、あの……下の竜頭岩に、何か意味はあるんですか……？」

ポメラが水をさし、ライガンにギロリと睨まれていた。あたふたとポメラが頭を下げる。

「へぇ、オレ以外にここに人間がいやがったのか」

背後から声が聞こえてきて、俺は振り返った。

黒に金の色が交じった、メッシュの髪をした男だった。耳にリングのピアスをしており、巨大な剣を背負っていた。歳《とし》は俺と同程度に見える。

彼の背後には、べったりと黒翼を持つ竜人の少女が付いていた。

ライガンが露骨に嫌そうな表情を浮かべていた。そういえば、もう一人この地を訪れた人間がいた、という話だった。

だが、この顔付き……。

「まさか、転移者……？」

「偶然とは続くもんだな」

男は犬歯を覗《のぞ》かせ、好戦的に笑った。それから目を細め、観察するように俺を見る。いきなりレベルの確認かと思って身構えれば、男は首を振った。

「盗み見するような、無粋な真似《まね》は止めておくか。クク、オレの悪いクセだ。それに、見たって仕方ねぇからな。どうやら、オレの名も知らなかったようだからな。こっちに来たばっかりの、ただのモブってところか。悪いが、同郷だろうが、弱っちい奴には興味ねえんだよ」

有名な人物だったらしい。長くここにいるのならば、当然のことでもあるのかもしれない。

コトネは戦いを好む性格ではなかったが、その《神の祝福《ギフトスキル》》のために、S級冒険者として魔法都市マナラークの窮地には必ず駆り出されている。

「覚えとけ、モブ。俺は数いる異世界転移者の頂点に立つ、S級冒険者のミツル・イジュウインだ」

ミツル・イジュウイン……。やっぱり明らかに日本名だった。

「俺はカナタ・カン……」

「言ったろ？　弱っちい奴には興味ねえよ」

ミツルは俺の言葉を遮り、横を通り過ぎた。

「同じ転移者でも、本人の才覚とレベル、《神の祝福《ギフトスキル》》が物を言う……。同郷のよしみで、教えといてやらぁ、格の差って奴をな」

ミツルはそう前置きすると、すぅっと息を吸った。

「おい、トカゲ共！　この中で、一番重い奴はどれだ」

ミツルの発言に、この場に居合わせていた竜人達がざわつき始めた。ライガンも唇を尖らせ、青筋を浮かべてミツルを睨みつけている。

「ミッ、ミツルさぁん……それはちょっと、あの、まずいですよう。ア、アタシも、散々言ったじゃないですか。桃竜郷《とうりゅうきょう》は本当に、人里とは平均レベルが桁違いなんですってば。あまり敵を作るような発言は……」

黒翼の少女がミツルの傍《そば》へと飛んで移動し、あたふたとミツルを宥《なだ》めようとする。

「面白いことを申してくれるではないか、小僧……！」

ライガンが前に出た。

「オレにイチャモン付けてきて、返り討ちにあった十二金竜だかのライガンじゃゃねぇか。よくもまぁ、偉そうにまた出てこられたもんだ。竜人って奴は、案外気が短いだけでプライドは高くねぇのか？　オレなら恥ずかしくて出てこれねえよ」

ライガンの顔が真っ赤になる。

「ま、前は調子が悪かったのだ！　それに、あ、あのことは関係ない！　貴様、あれほど意気込んだからには、アレを持ち上げてもらおうではないか！」

ライガンがひときわ大きな竜頭岩を指差した。額には【五百】と記されている。

「んだよ……最大五百なのかよ。竜王が二千二百と聞いたから、ここで八百点は稼いでおきたかったのによ」

ミツルはつまらなそうに頭を掻《か》き、【五百】の竜頭岩へと近づき、手を掛けた。

「どれ、見せてやろうじゃねぇか。《極振り《ダブル》》……攻撃モード！」

ミツルの身体から、赤い蒸気が昇り始めた。あれがミツルの《神の祝福《ギフトスキル》》のようだ。

「教えといてやるよ、モブ。別に隠してるもんじゃねぇからな。これが最強の《神の祝福《ギフトスキル》》だ。オレの《極振り《ダブル》》は、一時的に他のステータスを減少させ……代わりに、狙ったステータスを倍増させる」

ミツルが一気に竜頭岩を持ち上げた。竜人達は、あんぐりと口を開けてミツルを眺めていた。

「う、嘘《うそ》であろう……？」

ライガンは眉を垂らし、顔を真っ蒼にしている。いっそ可哀想《かわいそう》な様子であった。

「こんなもんが第一試練の最大か？　オレはまだいけるぜ」

ミツルが不敵な笑みを浮かべる。

「ほう……まさか、ニンゲンがあれを持ち上げるとはの」

竜頭岩に挟まれていた、聖竜のオディオがパチリと目を開いた。ミツルに関心を示したようだった。

9

「《極振り《ダブル》》……か」

確かにとんでもない《神の祝福《ギフトスキル》》だ。本当に攻撃力を倍加させられているのであれば、遥かにレベル上の相手にだって大ダメージを叩き込むことができる。

ステータスの切り替えにどれだけラグがあるのかはわからないが、上手く扱えば実質レベルが倍になるようなものだ。レベルの概念を半ばぶっ壊している。

コトネの《軍神の手《アレスハンド》》と比べても異様な強さの《神の祝福《ギフトスキル》》だ。

「悪いが桃竜郷《とうりゅうきょう》って奴も、期待してた程じゃなさそうだなぁ、ヨルナよ」

ミツルが【五百】の竜頭岩を地に下ろす。

ヨルナ、というのは彼の傍らにいる黒翼の竜人のことのようだった。恐らく、ミツルをここへ招いたのもヨルナなのだろう。

ニンゲンが紛れ込んでいることに奇異の目を向けている竜人達が多かったが、ミツルの剛力には感心したらしく、感嘆の声を漏らしている者が多かった。ライガンは悔しげにミツルを睨んでいたが。

「あのガキ……まさか、聖竜レベルだとでもいうのか？　まさかニンゲンに、あんな怪物がいるとは」

そのとき、【三百】の竜頭岩を支えていた聖竜の一人であるオディオが、自身の持っていた竜頭岩を地面に置き、ミツルの傍へと跳躍して移動した。

「ふむ……ミツル殿……儂《わし》の弟子にはなってみんか？　ニンゲン界では、近頃特に大規模な魔物災害や、悪《あ》しき怪人の策謀が相次いでおると聞く。ただ、無暗《むやみ》にニンゲン界内での騒動には手を出さぬのが儂ら竜人の流儀。しかし、この桃竜郷《とうりゅうきょう》を訪れた者を鍛えるのは、そこには当て嵌《は》まらんじゃろうて」

「オ、オディオ様が弟子を取るだと!? 我がどれだけ頼み込んでも相手にしてもらえんかったというのに！」

ライガンが興奮気味に叫ぶ。

「却下だな。オメェがオレより強いって保証があるのか、トカゲジジイ。第一オレは、世界のためだかなんだかにこき使われるのはゴメンだぜ」

ミツルはオディオに顔を近づけ、舌を出した。

「オディオ様になんという無礼を！」

「聖竜に弟子入りできるのがどれほど貴重なことかわからんのか！」

ミツルを見直しかけていたらしい竜人達も、今の態度には憤慨したらしく、拳を突き上げて怒鳴り声を上げていた。

「そうである！ そうである！ 思い上がるなよ小僧！」

当然ライガンもそこに加わっていた。……何だかこの人、言動が凄くモブっぽいな。

「クック、活きがいい者ほど育て甲斐《がい》があるわい。ここ桃竜郷《とうりゅうきょう》には、ニンゲン界にはない技術がたくさんあるぞ。それに、儂もかつては、数百年と世界を旅したことがある。技術と知識は、お前さんとは比べ物にならんと思うぞ」

オディオは厚意を無下にされ、一方的に暴言を吐かれても動じる様子がない。

自身の長髭《ながひげ》を摩《さす》りながら、人の好《よ》さそうな笑みを浮かべている。ミツルもその様子に毒気を抜かれたのか、舌打ちを挟んでから表情を改める。

「チッ！　何にせよ、オレは面倒なのは結構だ。そもそも小手先を磨くより、レベルを上げた方がずっといい。オレより弱い奴を師と仰ぐのもごめん……」

「もっとも、実力も、今のお前さんでは儂には遠く及ばんがの」

オディオは目を細めて口許を歪め、ミツルをそう挑発した。

「なんだと？　オレを馬鹿にしてやがるのか？」

「事実を言ったまでだがの。残り二つの試練は、そう単純ではない。お前さんの特異な力……練度が低すぎて、実践に近い試練では十全にその能力を発揮でききんと見た。合計点では、儂に遠く及ばんであろう」

「面白いことをほざくジジイだな……。今言った言葉、覚えておきやがれ。後で大恥掻かせてやるよ」

「ほほう？　自信があるようであるの。では、もしも合計点で儂に及ばなかったら、そのときは潔く儂に弟子入りしてもらおうかの」

オディオは憎たらしい表情で、ミツルへそう述べる。

「しつこいジジイだ。そんときゃ何でも従ってやらぁ。だが、オレが勝ったときは、土下座して詫《わ》びてもらうぜ。おい、行くぞヨルナ！」

ミツルは不機嫌そうに叫ぶと、オディオに背を向けて歩き始めた。その後を慌ただしげにヨルナがついていく。

「まだまだ若いのお」

オディオはミツルの背を眺め、満足げにそう呟いていた。

どうやら弟子にするためにからかって言質を取ったらしい。なかなか食えない爺《じい》さんのようだ。

金竜のライガンはともかく、聖竜のオディオは余裕が窺える。力量にも底が見えない。

そして底が見えないのは、《極振り《ダブル》》のミツルも同じことだ。やはり、まだまだこの世界には、俺が知らない強者達が影に潜んでいる。

「俺達も、そろそろ試練を始めましょうか。とりあえず、【三百】のものから始めてみようかと……」

俺がポメラにそう声を掛けたとき、再びこの場にどよめきが上がった。ミツルの置いた【五百】の竜頭岩が持ち上がっていた。

「思ってたより軽い」

フィリアであった。目を放した間に、面白がって興味本位で試しにいったようだ。素の状態のフィリアで充分持ち上げられる程度のものだったらしい。

「な、なんだこのガキは!?」

「化け物か!」

「まだ余裕がありそうだぞ!」

フィリアは竜人達の喚声に気をよくしてか、片手で持ち上げて逆の手を腰に当てて、得意げな表情を浮かべてみせていた。再び喚声が沸き起こる。

ライガンは驚愕《きようがく》のあまりか大口を開き、茫然《ぼうぜん》とフィリアの掲げる竜頭岩に見入っていた。

……もっと重いのかと思ったが、少なくとも俺とフィリアは聖竜の称号を得るのは難しくなさそうだ。

フィリアが竜頭岩を地面に置くと、拍手が沸き起こった。フィリアはドヤ顔で両手を腰に当てて胸を張る。

そこへ目を血走らせたオディオが駆け、地を滑りながら土下座の姿勢になった。

「ふぇっ？　お、おじいさん、なに……？」

「ご尊名を！　ご尊名をお伺いさせていただきたい！」

「フィ、フィリア……」

「フィリア様や！　どうかこのか弱き老人を憐《あわ》れんで、弟子にしていただきたい……！」

フィリアはぽかんと口を開けていたが、すぐに困惑を笑顔に替え、オディオに手を差し伸べた。

「わかった！　フィリアの弟子にしてあげる！」

「フィリア様や！　ありがたき幸せ……！」

ポメラが苦い顔をして俺を見た。

「カナタさん、あの人、どうしますか？」

「……どうにか俺から謝って諦めてもらいます」

ふと、やや離れたところから、茫然とこの珍事を見守っているミツルの姿が目に映った。額に皺を寄せて、何度も目を擦《こす》ってはこの光景を見直している。

10

「もっ、持ち上がりました……！　ポメラもできました！」

ポメラが【五百】の竜頭岩を持ち上げることに成功した。ポメラは【Ｌｖ：１０３２】だが、充分可能だったようだ。

ミツルのレベルも、高く見積もっても１０００以下だと考えて間違いなさそうだ。危険な《神の祝福《ギフトスキル》》持ちだったので、もし敵に回ったらと少し警戒していたのだが、現状ではあまり心配しすぎる必要はなさそうだ。

「ポメラさん、フィリアちゃんみたいに片手持ちってできそうですか？」

「かっ、片手ですか!?　す、少し危ないかも……あ、一応できました！　あんまり長時間は、ちょっと苦しそうですけれど」

ポメラは両手持ちに戻してから、そっと竜頭岩を地面に置いた。

今ので何となく竜頭岩の基準がわかったかもしれない。恐らく、持ち上げられる岩は、レベルの数字近くが限界となるのだ。もっとも個人によってステータスには偏りが大きいので、あくまで目安程度のものだろうが。特にミツルは《極振り《ダブル》》を使っていたので、この法則に当て嵌まらない可能性が高い。

「ゆ、夢である……日に三人も、【五百】を持ち上げられるニンゲンが現れるなど……」

ライガンは肩を窄めてそう口にした。

「ライガンさん、これでポメラさんもフィリアちゃんも五百点でいいんですよね？」

「うむ……」

ライガンは初日が嘘だったように、素直にそう答えた。すっかり自信を失《な》くしてしまったように窺える。

「えっと、最後、カナタさんどうぞ……」

ポメラは竜人達の視線を気にしながら、俺へとそう言った。俺は頷いて、竜頭岩へと近づいた。一気に持ち上げる。フィリアが軽々と持ち上げていただけあって、やはりそう重くはない。この数倍あっても苦ではないだろう。

やはり持てる竜頭岩の限界がレベルの値に近くなるという俺の仮説は、大きく外れてはいなそうだ。

「御《お》三方《さんかた》、素晴らしい怪力じゃ！　さすが儂の師匠のご友人というだけはある！」

「……オディオさん、そのお話はさっき断りましたよね？」

今回ここを訪れたのは《空界の支配者》が目的である。弟子を取っているような余裕はないし、そもそも弟子になられても、別に俺達はオディオに何かを教えることはできない。

俺はルナエールのパワーレベリングの結果であり、細かい技術や知識はオディオの方が遥かに上だろう。フィリアも教えられる何かを持っているとは思えない。

しかし、まだ余裕があるのに、第一の試練は最大五百点なのか……。聖竜は合計千点以上なので、残り二つで合計五百点取ればいいので順調といえば順調なのだが、どんな内容のものが来るかわからない以上、余裕がある間に取れる分だけ取っておきたいというのが本音である。

「あ、そうだ……オディオさん、そっちの三百点の岩、投げてもらっていいですか？」

「む……カナタ様や？　何をなさるおつもりで？」

……様は止めてほしい。ライガンは異様に高圧的だが、オディオは正反対だ。桃竜郷《とうりゅうきょう》には極端な人しかいないのか。

オディオは俺の言葉を疑問に思っていたようだったが、【三百】の竜頭岩を持ち上げた。

「こ、これを、投げればよろしいのですかの？　しかし、危ないと言いますか……」

オディオはそう口にしていたが、俺が引かない様子を見ると、腕を引いて竜頭岩を投擲《とうてき》した。

「ではいきますぞ……ふんっ！」

俺は【五百】の竜頭岩を傾け、投げられた【三百】の竜頭岩を上に載せ、素早くバランスを整えた。

「これで八百点になりませんか？」

「おっ、お、おおおお！」

オディオが感嘆の声を上げる。

「確かに前例がありますの！　元々、一つの試練では最大千点という取り決めになっておりますのじゃ」

「じゃあ、そっちのもう一つも投げてもらっていいですか？」

「すぐに！」

オディオに続けてもう一つ投げてもらい、【五百】の上に【三百】が二つ積み重なった。

これで合計は千百点だ。上限に引っ掛かるので、千点になるが。これで既に聖竜の成績を満たしたことになるはずだ。

竜人達がこれまで以上にざわつき始める。

「な、なんだこれは、幻か……？」

「いくらなんでもあり得ねぇ。まだ余裕がありそうな面をしているぞ！」

俺は三つの竜頭岩を、分けて地面へと置き直した。

「次期竜王様じゃ！　次期竜王様の器じゃ！」

オディオが腕を振り上げてそう叫ぶ。

「次期竜王様に弟子入りできて、儂は感激じゃ……！」

オディオは地面に膝を突き、嬉し涙を漏らす。

「俺一言もそんなこと言ってませんでしたよね!?」

「フィリアの弟子になるって言ったのに……」

フィリアは頬を膨らませて、オディオをジト目で睨みつけていた。

「追加していいみたいでしたし、ポメラさんももう一回挑戦してみますか?」

「ポメラはいいです……。岩が落下した時の衝撃が加わったら、結構危なそうですし……」

「おい、足していいなんて聞いてねぇぞ! どういうことだ、ヨルナ!」

戻ってきたミツルが、顔を赤くしてそう怒鳴った。

「ごめんなさいです……。で、でも、普通、そんなことする人いないんですってば……。アタシも、そんな前例なんて知りませんでしたし……」

「やっていいなら、当然オレも挑む! さっきのが倍に増えるくらい、なんてことはねぇ」

「危ないですし、止めた方が……!」

「黙ってろ! 一番強いのは、このオレだ。こんなもんで勝った気になられちゃ、堪《たま》ったもんじゃねえ」

ミツルが横目で俺を睨み付ける。

竜人に負けず劣らず自尊心の高いタイプに見えた。自分の後でそれ以上の結果を出されて、小馬鹿にされたように感じたのかもしれない。事前に大口を叩いていたこともあって、このままでは引っ込みが付かなくなったようだ。

ミツルはヨルナの制止を振り切り、再び【五百】の竜頭岩を持ち上げた。

「《極振《ダブル》り》……攻撃モードォ！　よし、投げてこい、ジジイ！」

「止めておいた方が、いいと思うがのぉ……。せめて区切って、【五十】くらいから足していかんか？」

オディオが困惑げにそう口にした。

「とっととやりやがれ！　続いて自分より高い点数出されるのが怖いのか？」

「そこまで言うのならやるが……そうっと行くぞ、そうっと」

「早くしろっつってんだろうが！」

オディオはミツルに急《せ》かされるがままに、【三百】の竜頭岩を投げた。二つの竜頭岩が衝突する。

「うおぶふぁっ！」

その瞬間、ミツルの体勢が崩れ、彼の姿が竜頭岩の下に消えた。プチッという音がした。

「ミツルさぁぁぁあああん！」

ヨルナの悲鳴のような叫び声が響いた。

第三話■巨竜の顎

1

第一の試練を終えた俺達《たち》は《竜頭岩の崖》を後にした。ライガンに続いて第二の試練場である《巨竜の顎》へと向かっていた。

「……大丈夫ですかね、ミツルっていう人。ポメラが見た限り、その、結構えげつない押し潰され方をしていたような気がするんですが」

ポメラが不安そうに口にした。

「い、生きてはいましたから、きっと大丈夫ですよ。結構元気そうに見えましたし……」

ミツルが竜頭岩の下敷きになった後、素早くオディオが竜頭岩を退けて彼を助けたのだ。血塗《ちまみ》れではあったが、泣き喚《わめ》くくらいの体力はあったようであった。

それに、ミツルもそれなりにレベルが高い。外見よりも遥《はる》かにタフであるはずだ。

「この桃竜郷《とうりゅうきょう》には、ニンゲン界にはない秘薬も多く存在する。あれくらいの怪我《けが》などすぐに癒えるであろう。もっとも、あんな輩《やから》、治療せずに外へ叩《たた》き出してやればよいのだ。我らを散々こき下ろした天罰である」

ライガンはどこか憑《つ》き物《もの》が落ちたような表情でそう口にしていた。どうにも俺達が来る以前に、よほどミツルに手酷《てひど》くやられていたらしい。

「ライガンさん、俺ってもう千点もらったので、聖竜の称号はいただいているんですよね？　このまま竜王様に会わせていただくっていうことはできないんですか？」

聖竜の最低基準は千点以上である。試練は三つの合計得点が成績になるとのことだったが、俺は最初の一つで既に目標を達成する。可能であれば、このまま竜王に面会してとっとと事情を話してしまいたい。

「駄目に決まっているであろう！　称号を与えるのは、三つの試練が終わった時点だと決まっておる！」

ライガンがムッとしたように口にする。

「き、貴様ら、《竜頭岩の崖》では上手《うま》くやったようであるな。確かにその膂力《りょりょく》は、聖竜格であったと言えるであろう。そのことは認めてやる！　だが、ここからはただ岩を持ち上げるような単純な試練ではない。複雑な試練によって、貴様らの総合力を計る！　そう、重要なのは総合力である！　先程の試練のように、上手く行くとは思わんことだ！　ククク……化けの皮が剥がれることを覚悟しておくがいい！」

「カナタさん、適当に終わらせてしまいましょう。別に高得点を取ることに拘《こだわ》りはありませんし」

意気込むライガンとは対照に、ポメラは醒《さ》めた調子でそう口にした。

そう、ライガンが何と言おうが、既に俺は目的を果たしているのだ。第二、第三試練がゼロ点であろうが俺は一向に構わない。第一試練の点数で聖竜の称号を得て、竜王に会いに行ける。どうしても決まりで試練を受けなければならないというのならば、形だけ受けてしまえばいい。タッチして次の場所へ向かうようなスタンプラリー形式でも構わないはずだ。

「何をほざくかそこの小娘！　し、試練は、全力で挑まねばならんのだ！　《竜の試練》を蔑《ないがし》ろに扱うことは、我ら竜人への侮蔑でもあるぞ！　そんなもの、絶対に我は許さぬぞ！」

「お、落ち着いてください、わかりましたから……」

ライガンがちょっと引くくらい必死に喰《く》らい付いてくる。

「第一、このまま何事もなく終えられては、貴様らの中で《竜の試練》は大したことがないという印象のままになってしまうではないか！　ち、違うのだ！　本当に！　第一の試練は、挑戦者の大まかな実力を計って、後であまり無茶をさせないことが目的に過ぎん！　言わば、ただの計測……！　第二の試練からが本番なのだ！」

「それは計測で終わるシステムにも問題があるんじゃ……」

聖竜は事実上の最高称号である。これより上の王竜は、単に現竜王の点数であるということ以上の意味はないのだから。第一の試練で千点が出た時点で、この試練に最早《もはや》意味はない。

「きっ、貴様が千点など叩き出すのが悪いのだ！　そんなもん前提に組み込んでおられるか！」

「カナタ……受けてあげよ？　ね？」

フィリアが俺の袖を引っ張り、俺を見上げる。

「おお！　童女よ、貴様もそう思うであろう？　気に喰わんクソガキだと思っておったが、いいことを言うではないか！」

「……まぁ、俺達は客人ですし、試験監督でもある案内役のライガンさんに強制されたら、そりゃやるしかないですけど」

ケチを付けられない程度には力を入れた方がよさそうだ。

まぁ、最低限本気で頑張ったという結果さえ示せれば、ライガンもそれ以上は口を挟めないだろう。どうしても難癖を付けてくるというのならば、俺達に親身になってくれそうなオディオに密告してもいい。

しかし、ここまでスムーズすぎるような気もする。

試練のハードルがそこまで高くなさそうなのはありがたいが、問題はそれだけではないのだ。この桃竜郷《とうりゅうきょう》には《空界の支配者》の手先となった竜人が潜んでいる。俺達の素性を勘繰って、何か妨害する奴《やつ》が出てくるのではないかと警戒していたのだ。

ただ、ミツルも別に《空界の支配者》に関与しているようには見えなかった。この時期なので何かあるのかと思いはしたが、ただの力競《くら》べ好きである印象を受けた。

ライガンも最初妙に突っかかって来たのでもしや《空界の支配者》の命令を受けているのではな

いかと思ったが、その後の様子を見るに、ただ桃竜《とうりゆうきよう》郷に誇りを持っていて外の人間が好きでないだけだと窺《うかが》える。

俺達のことは嫌っている様子だが、桃竜《とうりゆうきよう》郷の規則を遵守して客人としての扱いをしている。竜穴の私有化を目論《もくろ》む《空界の支配者》とは、あまりに思想が違いすぎるように思える。

オディオも三人の聖竜の一人と聞いたので、敵であった場合は厄介だと考え、少し警戒していたのだ。しかし、彼にも別に怪しい様子は見られなかった。何より、この時期に来た部外者である俺達に対して、あまりに警戒の色がない。

三人共俺の中では白である。あくまで印象でしかないので、本当のところはわからないが。

特に妨害がないのはいいことだが、それは相手に動きがないということでもある。ここに来て竜人への理解は深まったが、《空界の支配者》の新しい情報を未《いま》だに全く摑《つか》めていない。

2

「着いたぞ。ここが第二の試練場、《巨竜の顎》である」

崖壁に大きな穴が広がっている。内部を覗《のぞ》けば、地面から天井へと伸びる、鋭利な鍾乳《しようにゆうせき》石のようなものが見られる。天井から垂れた滴が長い年月によって堆積したものなのだろう。どうやらあれを牙として見立てて、《巨竜の顎》と呼んでいるらしい。

「この《巨竜の顎》は、凶悪な魔物の蔓延《はびこ》るダンジョンである。こいつを使って、貴様らがダンジョンのどこまで深くへと潜ったのかを確かめる」

ライガンは懐から、白色のビー玉のようなものを取り出した。

「こいつは《竜眼水晶》である。《巨竜の顎》の魔力場に反応して、段々赤に近い色へと変化していく。地下深くへと進むほどに変化の度合いが大きくなっていく。その変化の度合いを見て、第二の試練の点数を決定するというわけである」

「色の変化ですか……。潜っている間、今一つ点数がわからないのが難点ですね」

三百点くらい稼げばライガンも文句は口にしないだろうと考えていたのだが、潜っている間今一つ点数の基準がわからないというのは大きな不安要素であった。

「だいたいでいいんですが、三百点ってどのくらいの色になりますか？」

「貴様……適当に熟《こな》そうとしておるな。この神聖なる、《竜の試練》を……」

ライガンが額に皺《しわ》を寄せ、鼻をひくつかせた。

「い、いえ、そういうわけでは……。基準を知っておきたかっただけですよ」

綺麗《きれい》に考えを言い当てられてしまった。俺は苦笑いをして誤魔化す。

「基準など、知っても知らんでも変わりはせん！　《竜の試練》とは、全力で挑んで己のありのままの実力を示すものなのだ！　貴様の考え方は桃竜郷《とうりゅうきょう》への侮辱であると知れ！」

「だ、大丈夫です。そうさせていただくつもりですから……。そういえば、これは別々に受けるんですよね？」

ダンジョンにどれだけ深く潜れるかであれば、仲間の実力や数によっても大きく左右されてしまうはずだ。そういったことを避けるために単独行動のみとなっているのではないかと、そう思ったのだ。

「いや、そこに制約はない。ダンジョン探索において、元より完全に相互干渉を禁じることはできんからな。それに仲間がおれば多少の有利はあるだろうが、それで実力不相応なところまで潜れば、死地を見るのは本人である」

なるほど、協力して潜ることに制限はないのか。厳密に定義を決めていけばキリがないというのは確かにそうだが、少し意外だった。

フィリアを一人で向かわせれば、迷子になった挙げ句にダンジョンを吹っ飛ばしたりしそうで怖かったのだが、その心配はせずに済みそうだ。

「確かに仲間頼りで深くまで潜ることも不可能ではないが、我ら竜人にとってそれは恥に当たる。自分のありのままの実力を示すことを畏れている、ということであるからな。一応暗黙の了解として、五人以上で入ることは禁じられておるし、単独で挑む者は結果に拘《かか》わらずその勇気を称《たた》えられる、とだけ言っておこう」

ライガンがそう加えた。

ルールの隙をついたような点数稼ぎはそれ自体が恥であるため、敢《あ》えてそれを行うような竜人は滅多にいないようだ。実力主義で、誇り高い竜人だからこそ成立しているルールであると言えるのかもしれない。

俺達も、わざわざそれを行う理由はない。別に普通にしていれば竜王との面会が自由に行える聖竜がほぼ約束されているため、敢えてケチが付くような手法を取るべきではない。

ただ俺達もラムエルより依頼された《空界の支配者》絡みの件と、竜王からアイテムをいただくという重要な目的がある。もしも点数が基準に遠く及びそうになかったときには、ライガンを明確に敵に回したとしても、形振《なりふ》り構わず点数を取りに行っていたであろう。

「フィリアちゃんのことも心配なので、三人で向かわせていただきますね」

俺はライガンから《竜眼水晶》を受け取った。ライガンがニヤリと笑う。

「クク……この試練は、第一試練ほど甘くはないぞ。特に余所者《よそもの》にはな。ダンジョンという自然の生成した巨大な殺人トラップ……初見殺し性能を持つ魔物のオンパレード。そして極めつきには、複雑かつ広大な、入り組んだ迷宮構造！　初見で真っ当に攻略できるものではない。飢えと恐怖に抗《あらが》いながら、貴様らがどこまでこの《巨竜の顎》深くまで潜ることができるのか！　さぁ、今度こそ《竜の試練》の神髄を思い知るがよい、ニンゲン共！」

ライガンが悪辣な笑みを浮かべ、長々とそう語る。

……何日も掛かることが前提の試練だったのか。

ライガンはここぞとばかりに嬉《うれ》しそうに語っている。しかし、俺は別に《巨竜の顎》に入ってすぐ戻ってきて第二試練をゼロ点で終えても、さして痛くもないということを覚えているのだろうか。やる気がないと思われたらまたごねられそうなので、そんな素振りを見せるつもりはないが。

だが、これだけライガンが《巨竜の顎》に自信があるのであれば、さほど点数が稼げなくても案外許されるかもしれない。

「……まあ、せいぜい必死に頑張ってみます。ライガンさんは、屋敷にでも戻ってゆっくりとしておいてください。試練から戻ってきたら、真っ先に向かわせていただきますね」

「ああ、無事に戻ってくることを期待しておるぞ。脅すわけではないが、貴様は《竜の試練》を舐《な》めているようだから教えておいてやろう。《巨竜の顎》で道に迷って出てこられなくなった者など、珍しくもなんともないのだ。第一の試練と違い、多少レベルが高いだけの、中身の伴わない半端者がまともな成績を修められるようなものではないと理解しておくのだな！」

3

《巨竜の顎》の内部を歩む。ただ、正直、あまりモチベーションは高くなかった。

俺はもう千点獲得している時点で、竜王に会える基準は満たしている。第二の試練をまともに受ける必要はない。今すぐ戻ってライガンに報告しようが、別に支障はないはずなのだ。

「……ただ、それだとあの人、機嫌損ねそうなんですよね」

俺が溜《た》め息《いき》を吐《つ》くと、ポメラは苦笑いをしながら自身の杖《つえ》を握り締めた。

「い、一応は、頑張って受けてあげましょう？　ライガンさん、《巨竜の顎》についてあんなに力説してましたし……その、適当に熟すと面倒臭そうですし……」

それは間違いない。ライガンに拗《す》ねられれば、下手したら第三の試練をなかなか受けられなくなったり、竜王に会うのを妨害されたりしかねない。余計なケチが付くことになるような真似《まね》は避けなければならない。

「ね、ね、カナタ、ポメラ、がんばろ？　ライガンおじちゃん、あんまり虐《いじ》めないであげて。フィリアね、あのおじちゃん、根は悪い人じゃないと思うの」

フィリアが俺の裾を引っ張り、上目遣いで俺の顔を見上げた。

勿論《もちろん》俺としても、ライガンを虐めようだなんて考えているわけではない。ただ、《空界の支配者》の手先が潜伏しているであろうこの桃竜郷《とうりゅうきょう》で、あまり《巨竜の顎》だなんて人目につかない、何があるのかもわからないところにいたくはないのだ。

ライガンの話振りでは、数日掛かる試練のようであった。その間に表で動きがあって、不在の間に勝手に悪人扱いでもされていたら堪《たま》ったものではない。

「それにね、フィリアも聖竜になりたいの！」

フィリアが瞳を輝かせ、そう口にした。

フィリアとポメラは、前回の試練で五百点までの岩しか持ち上げていない。聖竜になるには後五百点が必要だ。

俺が注目を集めすぎたことと、転移者のミツルとやらが岩に押し潰されて大騒ぎになったため、あの場に居辛《いづら》くなってしまったためだ。とはいえ無論、別に二人にあれ以上点数を取ってもらう必要もなかったのだが……。

「フィリアちゃんは聖竜になんてならなくても、始祖竜になれるから大丈夫だと思うんだけど……」

ただ、聖竜でないと竜王への面会を行うことはできない。二人に付き添いで来てもらうためにも、確かに第二の試練で五百点は取っておいた方がいいのかもしれない。第三の試練で何をやらされるのかもライガンから聞き出せていないのだから。

『ダンジョンという自然の生成した巨大な殺人トラップ……初見殺し性能を持つ魔物のオンパレード。そして極めつきには、複雑かつ広大な、入り組んだ迷宮構造！　初見で真っ当に攻略できるものではない。飢えと恐怖に抗いながら、貴様らがどこまでこの《巨竜の顎》深くまで潜ることができるのか！　さぁ、今度こそ《竜の試練》の神髄を思い知るがよい、ニンゲン共！』

……ライガンはああ息巻いていたが、正直、ここで《地獄の穴《コキュートス》》以上のダンジョンが出てくるとは思っていない。というか、そう簡単に出てきたら困る。

ガサ、ガサ、と足音が聞こえてきた。そちらへ目を向ければ、顔面に十近い眼球のついた小鬼が、通路の曲がり角からこちらを見つめているのが見えた。

種族：スカウトゴブリン
Lv：33
HP：99／99
MP：82／82

入り口付近は、このレベルの魔物が出てくるわけか……。これはまだまだ先は長そうだ。

随分と不気味な顔をしているが、名前と外見から察するに、偵察用のゴブリンらしい。あの目玉で見た情報を仲間と何らかのスキルを用いて共有したりするのかもしれない。しかし、変わった特性を有しているとはいえ、あのレベルの魔物が脅威になるとは思えない。

俺はライガンより手渡された、《竜眼水晶》を摘《つ》まんで持ち上げる。まだ綺麗な白色をしていた。

地下深くに行けば行くほど、これが段々と赤色に近づいていくという話だったが、まだまだそれは先の話のようだ。

「……これ、単に地下に行けばいいのなら、床貫通して降りられたりしませんかね？」

それなら、下に降りて水晶を真っ赤にして、白くなったらさっさと戻ればそれで済むのだが。

俺の呟《つぶや》きに、ポメラがぎょっとした表情でこちらを向いた。

「カ、カナタさん、ライガンさんに怒られますよ……？」

「ライガンさんは全力で挑めと諄《くど》く言っていました。できることを全てやらないと、全力とは言えないと思います。別に、ルールでも禁止されていませんでしたし。下の階層に降りることが試練の内容なのですから、できることを勝手にこちらで制限したら、試練と真摯に向き合っていることにならないのではありませんか？」

俺は壁を手で叩く。

これなら壊せそうな気がしないでもない。問題は厚みだろうか。

「カナタさん……さっさと戻りたいから、屁理屈《へりくつ》捏ねてませんか……？」

「ラムエルさんとの約束もありますし、ここで桃竜郷《とうりゅうきょう》の状態を確認できないようにはなりたくないんですよ」

無論、好んでダンジョンの中に何日も居座りたくないという気持ちもある。《地獄の穴《コキュートス》》と違って、ここにはルナエールやノーブルがいるわけでもないのだから。

別にダンジョンの床をぶち抜いて水晶を真っ赤にしても怒られる謂《いわ》れはないだろう。もしもダメだったら、二度手間だがそのときはもう一度ダンジョンに潜ればいい。

「いえ、でも、壊すのはちょっと、ポメラは賛同できません……」

「わかった！　フィリアに任せて！　フィリアね、ついていくだけで試練で点数もらうのはイヤなの！　フィリアがやる！」

フィリアがぎゅっと両手で握り拳を作り、自信満々の素振りを見せる。

「はー！」

フィリアが両手を掲げると、床から巨大な二本の真っ白な腕が生えてきた。手には大きな目玉がついており、不気味な芸術作品のような外観をしていた。

遠くからこちらを偵察していたスカウトゴブリンが、大きく口を開けてわなわなと身体《からだ》を震わせていた。

「あの、フィリアちゃん、一旦止《や》めて。繊細にやった方がいいっていうか、多分、フィリアちゃんは向いてなくて、あの、他のところで頑張ってもらった方が……」

「うりゃりゃりゃりゃりゃー！」

フィリアは掛け声と共に、か弱い小さな腕を振るって宙を殴った。それと連動して動く二つの不気味なオブジェが、その巨大な握り拳で床を滅多打ちに殴り始めた。

ダンジョン中が激しく揺れる。床に、壁に、罅《ひび》が走った。

「ひっ、ひいっ！　ごご、ごめんなさいカナタさん！　失礼しますっ！」

ポメラが倒れないようにと、俺の身体へ必死にしがみついた。

天井から落ちてきた巨大な落石が床へとめり込んだ。ダンジョンの揺れに合わせて、スカウトゴブリンの死体が地面を転がっていくのが見えた。

それに続いて、別の魔物の骸《むくろ》も見える。これだけでダンジョン中の魔物が死滅しかねない。

「落ち着いて！　フィリアちゃん、落ち着いて！　ライガンさんの、桃竜郷《とうりゅうきょう》の大切にしてる《巨

竜の顎》が台無しになっちゃうから！」

俺は必死にフィリアの肩を摑み、彼女を止めた。

「え、でもカナタ、できること全部やらないと、試練への冒瀆《ぼうとく》になるって……」

「俺が間違ってました！　とにかく止めて、フィリアちゃん！」

4

どうにかフィリアの凶行を止められた頃には、ダンジョン内部はすっかりと荒れ果てていた。本来の通路は落石で塞がれ、床や壁のあちらこちらに鋭い亀裂が走っている。そして叩き落とされて真っ赤なトマト状態になった、拉《ひしゃ》げた魔物の残骸がいくつも転がっている。

少なくともここの階層はしばらく試練のダンジョンとしては機能しないだろう。下の階層がどうなっているのかは、無事であることを祈るのみである。被害が全く出ていない、とは期待できないが。

「ご、ごめんなさい、カナタ……。フィリア、ライガンおじちゃんに怒られちゃうかな……？」

「俺も止められなかったから、一緒に謝ろう……」

俺は額を押さえ、溜め息を吐いた。

とはいえ、事態を知れば、ライガンはフィリアを怒ることもできないだろうが。ライガンも自信満々で難関ダンジョンであると語っていた《巨竜の顎》が、自分より遥かに小さい少女に素手で叩き壊されたとは夢にも思っていないだろう。

「いや、もしかしてこれ、ただの地震だって言い張ればバレないいんじゃ……」

俺が呟くと、フィリアからジトっとした目で見つめられた。俺は手を激しく振って誤魔化した。

「じょ、冗談だよ、は、ははは」

正直に言っても自然災害のせいだと思われかねない事態ではあるが。

俺は床の亀裂へと視線を移す。

「……ここを抜ければ、下層へと移れそうですね」

「け、結局使うんですか!?　さっきカナタさん、やっぱりよくないって言ってたのに！」

「さっきはほら、とにかくフィリアちゃんを止める必要がありましたし……」

それに正しいルートがどこかなんて、最早判別もつかなくなっているのだ。別にちょっと近道をするくらい、今更何の問題もないだろう。

床の亀裂を、三人で覗き込む。確かにここから降りられそうだが、少し狭そうでもある。フィリアなら潜《くぐ》り抜けられそうだが、俺やポメラは怪我をしそうだ。

ポメラは目を細めて穴の奥を覗き込んでいたが、俺へと顔を上げた。

「どうします、カナタさん？　やっぱり、極端なショートカットみたいなことはしない方向で行った方がいいんじゃ……」

「ポメラさん、ちょっと下がってください」

「えっ……？」

俺に言われるがままに、ポメラは身体を引いた。

「時空魔法第十階位《次元閃《ロムスラッシュ》》」

俺は人差し指を横へシュッと走らせた。邪魔だった部分の床が綺麗に切断され、下階層へと落ちていく。

ふむ、この魔法で充分らしい。あまり広い範囲に影響を与えないし、邪魔な部分を《次元閃《ロムスラッシュ》》で切断していけば丁度いい通り穴を作っていけそうだ。

床ががっつり残っている部分はこの魔法では心許《こころもと》ないので、十七階位の《空間断裂《フラクチャー》》と使い分けていく必要がありそうではあるが。

「結局まだ壊すんですね……」

ポメラががっくりと項垂《うなだ》れる。

「今更このくらい、変わらないかなと……」

俺は咳払《せきばら》いをしてから、床を蹴って穴の下へと飛び降りた。

それから手にしている《竜眼水晶》へと目を向ける。白に、仄《ほの》かに赤みが交じっていた。説明されていた通り、このダンジョンの魔力の影響を受けたようだ。

「お、この方法でよさそうです。ポメラさん、フィリアちゃん、行きましょう」

「……ごめんなさい、ライガンさん」

ポメラは目を瞑《つぶ》って小さく呟くと、フィリアを抱えて俺のいる階層へと降りてきた。

下の階層も、瓦礫《がれき》の山と、魔物の潰れた死体で溢《あふ》れていた。俺はそれらからそっと目を逸《そ》らす。

「すごい！　すごい！　フィリアのもらった水晶も、赤い筋みたいなのが入ってる！」

フィリアが大はしゃぎで《竜眼水晶》をべたべたと触っていた。

「床に罅の入っている場所を探しますか。そこから下へと降りていきましょう」

「うん！　フィリア、もっと水晶さんを赤くしたい！」

ライガンに気を遣ってか心苦しそうにしていたフィリアだが、水晶の変化を目前にして気が紛れたらしい。目をキラキラと輝かせていた。

それから三人で、どんどんと下の階層へ、下の階層へと降りていった。その度に《竜眼水晶》は赤い輝きを増していく。五階降りたところでこのくらいにしておこうかと思ったのだが、フィリアがもっと綺麗な色になるのを見たいと口にするので、どんどん下へ、下へと進んでいくことになった。

「時空魔法第十九階位《超重力爆弾《グラビバーン》》」

俺は床目掛けて、黒い魔力の塊を射出する。床がどんどん沈んでいき、崩れ、光の中央に集まるようにして消失していった。ぽっかりと大穴が開き、余波で亀裂が走った。

この階層では大きな亀裂がさほど見つからず、床も分厚かったため、《空間断裂《フラクチャー》》でもまだ足りなかったのだ。結局、《超重力爆弾《グラビバーン》》まで使わされることになった。

できた穴を潜り、更に下の階層へと降り立った。

「わー！　すっごいきれい！」

フィリアは《竜眼水晶》を手にして声を上げた。《竜眼水晶》からは、眩《まばゆ》い赤の光が放たれていた。

「今更、ちょっとくらい傷つけても変わらないという考えはわかりますけれど……あの、カナタさん、これ、ちょっと迷宮の亀裂を削る、の範囲から逸脱してませんか？」

ポメラが複雑そうな表情でそう口にする。

「こ、この階層が最後ですから、まぁ……」

俺は苦笑しながら周囲へと目を走らせる。やはり大きな瓦礫がいくつも地面に突き刺さっているが、魔物の死骸があまり見つからない。

ただ、魔物の骨が辺りにいくつも散乱している。死後それなりに経過しているらしいものばかりだ。

——何か、妙な予感がした。

ハッとなって振り返る。

その先に、三つ首の巨人が立っていた。全長は五メートル以上はある。

何故《なぜ》気が付かなかったのか。気配が一切しなかったのだ。こんな近くまで魔物が接近するまで気が付かなかったのは、《歪界《わいかい》の呪鏡》以来であった。

肌は赤く、全身は筋肉の鎧《よろい》で覆われている。三つの頭は、どれも鬼のように恐ろしい顔つきをしていた。一目見た瞬間、理解した。この三つ首の巨人こそが、この《巨竜の顎》の主であるのだと。

三つ首の巨人は、俺達を見下ろす姿勢で直立していた。

赤の暴力
種族：ティタン
Lv　：971
HP　：0／5826
MP　：2913／2913

三つ首の巨人ティタンは、天井から落下してきた大きな瓦礫に、背中から胸部を貫かれる形になって息絶えていた。

既に死体だったのだ。道理で気配がしなかったはずである。びっくりして損をした。

「……帰りますか」

俺がそう言うと、ポメラは醒めた目でティタンの死に顔を眺めながら、こくりと頷《うなず》いた。

「……ええ、そうしましょう」

5

無事に《巨竜の顎》の下層まで降りて、《竜眼水晶》を真っ赤にすることができた。これ以上色が変化するとは思えない。

赤くてあまりに眩《まぶ》しかったため、一旦ポメラとフィリアの分を合わせて三つ共、俺の魔法袋に回収させてもらうことにした。

空中を動き回ることのできる風魔法、《風の翼《フリューゲル》》を用いて上の階層へと戻ることにした。ポメラ、フィリアの背を押すようにして、上の階層、上の階層へと飛んでいく。

「わーい、きもちいい！」

フィリアは向かい風を受け、気持ちよさそうにしていた。

あっという間に元の地下一階層へと戻ることができた。後は入り口へと向かうだけだ。

「第一試練に比べて面倒臭そうだと思いましたが、案外簡単に終わりましたね」

「カナタさん、それは《巨竜の顎》を壊したせいだと思いますけれど……。あの、本当にこれ、突破できたと言えるのでしょうか？　下手したら桃竜郷《とうりゅうきょう》を追い出されるんじゃ……」

痛いところを突かれ、俺は下唇を噛《か》んだ。

最大の問題を見逃していた。ことの顚末《てんまつ》を伝えれば、ライガンが駄々を捏ねることは容易に想像がつく。

「……でも、考えてみてください。試練を受ける人間が、簡単に壊せる程度のダンジョンなのも悪いと思いませんか？」

「カナタさんとフィリアちゃんがおかしいだけですよ!?」

「大丈夫ですよ……。魔物なんて、その内勝手に湧いてきます。ダンジョンの道筋がわかる方が試練として間違っていると思います。ちょっと通路が変わったくらい、そんなに関係ありませんよ」

「そ、そうかもしれませんけれど……でも……」

「しばらくは落石に気を付けた方がよさそうですが……まぁ、ライガンさんも、元々危険なトラップが多いと言っていましたし……」

「……カナタさん、意外と自己擁護するときは舌が回るんですね」

ポメラが呆《あき》れた表情を浮かべる。

通路を進んでいると、前方から足音が聞こえてきた。俺はびくっとして、思わず通路の角に身を寄せた。竜人がダンジョンの様子を見に来たのかもしれない。

「カナタさん、どうしたんですか？」

「……いえ、バツが悪くて」

俺は咳払いを挟んでから答えた。

ポメラが醒めた目で俺を見る。そうっと首を伸ばせば、目立つツートーンカラーの髪が目についた。

「あれは、ミツルさん……」

竜頭岩に押し潰されて瀕死《ひんし》の重傷を負っていたはずだが、既に復活して第二の試練に挑んできていたらしい。その凄《すさ》まじいバイタリティには見習うところがあるが、さすがにもう少し養生しておいた方がいいのではなかろうか。

この桃竜 郷《とうりゅうきょう》には傷を癒やす秘薬があるとはライガンも言っていたが、ここまで生き急ぐこともないだろう。

「ミツルさぁん、さすがに戻って休みましょうよお。何か、妙なことが起きているみたいですし……」

黒翼の少女、ヨルナも同行している。怪我をしたばかりのミツルだけで第二の試練は危険だと判断したのかもしれない。

「ウゼェぞヨルナ！　あの転移者が入ったところなんだろ？　このまま勝ち逃げされて堪るかよ！　一番強いのはオレだと、あのひょろモヤシ優男に証明してやる！　竜王はその後だ！」

ミツルはヨルナへとそう怒鳴った。ヨルナは身体を縮こめ、「うう……」と漏らしていた。

「でもお、今のダンジョンじゃ、実力試しにもなりませんよお。ほら、魔物は死んじゃってますし、トラップだっていくつも潰れてて……」

俺はバツの悪さに、思わず咄嗟《とっさ》に耳を塞いだ。その際、壁に肘をぶつけてしまい、通路に音が響いた。

「あっ……」

「おい、誰かそこにいやがるな？　竜人か？……あ、テメェ、さっきの転移者じゃねえか！」

ミツルはこちらまで歩み寄ってきて俺を見つけると、声を荒らげた。

「ど、どうも……」

「ハ、なんだ、思ったより時間は空いてなかったみてぇだな。こうもすぐ追いつけるとはよ。チンタラしやがって、《神の祝福《ギフトスキル》》の手品で乗り切っただけで、第二試練は苦戦してるらしいじゃねえか。やっぱり、気にする程の奴じゃなかったみてぇだな」

ミツルは俺を挑発しながらも、どこか安堵《あんど》したような顔をしていた。

「いえ、帰りで……」

「はあ!?」

「あ、いや……変な地震があったので、手早く戻ろうと相談していたんですよ」

「しょうもねぇ野郎だ。オレは事情がどうだろうが、このまま進んで二千二百点取らせてもらうぜ」

二千二百点といえば、聖竜の千点を超えて、王竜の点数だ。

ミツルの第一の試練の点数は五百点なので、かなり厳しいだろう。聖竜が事実上の最高称号だ。別に無理をして王竜を目指す意味も感じないが……。

「クク、竜人共は実力主義……竜王も、力だけを認められて今の地位を得た奴だ。んな奴が、見下してたぽっと出の人間に負けたら、どんな顔をしやがるのか楽しみだからな」

ミツルは口を大きく開き、好戦的な笑みを浮かべた。

「試練は所詮試練ですし、点数は……」

「関係なくはないさ。王竜の点数を超えれば、竜王への挑戦権が認められる。その挑戦を、竜王は規則上拒めねえ。ぶっ倒せば、次の奴が竜王ってわけだ。んな座に興味はねぇが、宝物庫のアイテムを物色する権利も認められる。高慢な馬鹿共の鼻っ面へし折った挙げ句、奴らのお宝を頂戴できるわけだ。最高だろ？」

そんなルールがあったのか。ラムエルやライガンからは聞いていなかった。

いや、ラムエルは、竜王への面会で実力が認められれば、竜王の保管しているアイテムを褒美として受け取ることができると言っていた。このことだったのかもしれない。

「説明不足……」

俺は溜め息を吐いた。脳裏では、ラムエルが無邪気な笑みを浮かべながら、ピースをしている様子が浮かんでいた。

桃竜郷《とうりゅうきょう》に対して悪意を持っている者が試練を受ければどうするつもりなのだろうかと思ったが、大前提として竜か竜人の恩人しか、この桃竜郷《とうりゅうきょう》を訪れることができないようになっている、ということを思い出した。

加えて、竜人の傲慢な気質と、実力主義が合わさった結果なのだろう。恐らく、負けさえしなければ問題ないの精神なのだ。

「まあ、俺達はここで帰るので、頑張ってください……」

俺がそう言って去ろうとしたとき、背後よりミツルに肩を掴まれた。

「おい、待てよ。第一の試練では、テメェの手品のせいで引くに引けなくなって、瀕死の重傷を負ったんだぜ。いや、怪我のことはいい。だが、よくも竜人共の目の前で大恥を掻《か》かせてくれたな？　このままで済むと思っていやがるのか？」

「それはあなたが勝手にしたことですよ。放してください。タイミングが悪かったことは謝罪しますが……どうしろって言うんですか？」

俺は睨《にら》み返し、ミツルの手首を掴んだ。

「決まってやがるだろう、モヤシ野郎！　ここで会ったのは話が早い。卑怯《ひきょう》な手品でオレを嵌《は》めやがったんだ。オレと勝負して、堂々とここでぶっ倒されやがれ！　なに、入り口近くだ！　血塗れんなって、お仲間に外まで運び出してもらうことだな！」

ミツルが逆の手で殴り掛かってきた。

まさか突然殴って来るとは思わなかった。俺は押さえているミツルの腕を咄嗟に捻《ひね》り、そのまま宙に持ち上げ、遠くへと放り投げた。

ミツルは背中から壁と衝突しそうになったが、素早く反転して壁を蹴り、体勢を整えて床へと降り立った。

「何を考えてるんですか！」

わかっていたことだが、恐ろしく喧嘩《けんか》っ早《ぱや》い。元地球人である転移者の感性とは思えない。

「悪くねぇ反応と力だ。多少はちゃんと戦えるみたいじゃねぇか。そうじゃねぇと、倒し甲斐《がい》がねえよなぁ！」

ミツルが腕を交差に組み、身体中に力を入れる。筋肉がやや膨張し、赤い蒸気が昇り始めた。

「《極振り《ダブル》》……攻撃モード！　さぁ、テメェの《神の祝福《ギフトスキル》》を出してみやがれ！」

そのとき、ダンジョン内に小さな揺れが起こった。

「……あん？」

ミツルが天井へ目を向ける。次の瞬間、落石がミツルの姿を押し潰した。

「ミツルさんんんんんん!?」

遠目からハラハラした様子で見守っていたヨルナが悲鳴を上げた。

崩落したてで不安定だったダンジョン天井の均衡が、ミツルの蹴りで崩れたらしかった。

俺は顔を両手で覆った。しばらく人が入るのは危険かもしれないとポメラと話していたが、その通りになってしまった。

6

　ヨルナに土下座され、瀕死のミツルの救助を手伝うこととなった。ヨルナは血塗れのミツルを背負い、俺達に何度もぺこぺこと頭を下げていた。

「ヨルナさん……なんだか、可哀想《かわいそう》ですね。ただでさえお固い人が多そうな桃竜《とうりゆうきよう》郷を、あんな人連れて歩き回らないといけないなんて」

《巨竜の顎》から出てから、ポメラがそう口にしていた。

　何にせよ、これで第二の試練は終わったはずだ。後はライガンに報告し、第三の試練に挑めば、竜王への面会が叶《かな》うはずであった。

　……ただ、足取りは重かった。さすがにダンジョンを叩き壊したことは黙っておくわけにはいかないだろう。下手したら即座に叩き出され、ラムエルとの約束を果たせなくなってしまう可能性も高い。

　最悪の場合、ライガンにラムエルの話を託して、ここ桃竜《とうりゆうきよう》郷を去ることになるかもしれない。

　早速俺達は、ライガンの屋敷へと訪れた。使用人の女竜人らに連れられ、客間でライガンと顔を合わせることになった。

「貴様ら、戻ってくるのが随分と早かったではないか！　どうした？　威勢がいいのは、口と第一の試練だけであったようだな！」

ライガンが活《い》き活《い》きとした調子で俺達を罵倒する。

「まあ、そう上手くはいかんということである！　ガハハハハ！　第二の試練は、第一の試練ほど単純なものではない！　貴様らには少々難しかったようであるな？　んん？」

「えっと……あの、すいません。実は、ダンジョンが……」

俺が歯切れ悪く切り出すと、ライガンは太い指を左右に振った。

「チッチッチ。異常があった、のであろう？　ハ！　そんなことは知っておるわい！　異常など、起きて当然なのだ！　想定内のことしか起きねば、何もできんのか？　そんな奴が実際の戦場で何の役に立つ！　第二の試練で必要なものは対応力なのだ！　予想外の魔物や罠《わな》、そして異常事態！　貴様らは重要な戦いの最中、何か事情があれば敗れても仕方がないと思うのか？　試練であるのだから、何か不公平なことがあれば仕切り直されて然《しか》るべきであると？　笑わせるな！　外の要因に惑わされる程度の強さなど、結局のところその程度のものなのだ！」

ここぞとばかりに、ライガンは溢れんばかりの笑顔で説教を続ける。

ただ、一言だけ言わせてほしい。違う、そうではないのだ。

ライガンにとっては、ダンジョンがどえらいことになったことよりも、俺達が第二の試練を失敗しているかどうかの方がよっぽど重要なことのようだ。

「如何《いか》なる事態に陥ろうとも、持てる全力を尽くして目的を成し遂げる！　それこそが重要なことなのだ。竜人の試練とは、ニンゲンのそれのような甘っちょろいものではない！　まぁ……貴様らには、難しかったようであるな」

ライガンの言葉を聞き、俺は思わず立ち上がった。ライガンがびくっとしたように身体を震わせる。

「な、なな、何であるか！　文句でもあるのか！　やり直しは認めんぞ！　どうしても悔しければ、鍛錬を積み、然るべき期間を空けてから再挑戦することであるな！　まあ、やり直したとしても、一度目の試練で怯《おび》えた貴様らが途中で投げ出したという事実は変わりはせんが……」

「そう！　そうですよね、ライガンさん！　やっぱり俺も、試練はできる手段を全て使って、全力で挑んだ結果でないと意味はないと思うんです！」

「む……？　そ、そうか。わかってくれたようで何よりである。まあ、第二の試練は散々だったようだが、第三の試練で頑張るといい。第二の試練の結果は変わらんがな」

ライガンは俺が立ち上がったのを警戒していたようだが、俺が納得していると知ると、ほっとしたように目を瞑った。それから腕を組み、こくこくと小さく二度頷く。

「ごめんなさい……あのね、ライガンおじちゃん。ダンジョンこわしちゃったの、フィリアなの」

フィリアが気まずげに頭を下げる。ライガンの顔が一気に真《ま》っ蒼《さお》になった。

「な、何を、馬鹿げたことを……」

「すいません、実は俺が、床を砕いてどうにか楽に降りられないかと提案してしまって……」

ライガンが凄《すご》い表情で俺の顔を見た。何とも形容しがたい顔だった。

「で、でも、あの、できることを全部やって試練には挑むべきだって、ライガンさんはそう言っていましたよね！」

「そ、そう言う意味ではないわ！　ばっ、馬鹿……貴様ら、全員馬鹿か！　きょ、《巨竜の顎》で、いったい何をやらかしたというのだ！」

ライガンが声を荒らげる。

「ごめんなさい……床を強めに……」

フィリアがしょんぼりとした顔で、か細い腕でしゅっと宙を殴った。ライガンは顔中に皺を寄せ、フィリアの拳を睨んでいた。

気まずい沈黙の中、俺は魔法袋から三つの《竜眼水晶》を取り出した。

「あの……一応これ、下層までは持っていったので。鑑定していただければ……」

机の上を転がし、ライガンの方へとそっと向かわせた。ライガンは慌てて《竜眼水晶》を掻き集め、腕に抱えた。

「な、なんであるか、この赤さ！　聞いたこともないぞ！　まさか、貴様ら……先代竜王様が捕らえて最下層に閉じ込めた、《赤の暴力ティタン》の許《もと》まで辿《たど》り着いたと……！」

「……死んでいました。落石で」

「ああ、そうであるか……」

ライガンはがっくりと肩を落とした。

「あの……やっぱり、まずかったですか？」

俺はそうっと尋ねた。

ライガンは苦しげな顔をしていたが、そっと首を左右に振った。

「……力で壊したというのであれば、何も言えんわい。ただ、もう生涯、《巨竜の顎》に入らんでくれ」

「……ありがとうございます。その、本当にすいませんでした」

三人揃《そろ》って頭を下げた。

7　――竜王リドラ――

桃竜郷《とうりゅうきょう》の最奥地、竜王城。

竜王の居城であると同時に、世界の魔力の集まる箇所、竜穴を守護するための場所でもある。竜王城の地下には竜穴と直結している《竜穴の間》があり、竜穴の魔力を用いた結界が展開され、厳重に守護されている。

その竜王城の最上階層である《竜王の間》にて、一人の竜人が竜王への面会に訪れていた。聖竜の称号を持つ老いた竜人、オディオである。

「顔を上げよ、オディオ。何用で余の許を訪れたのだ？　世間話に余を訪れる程、貴殿も暇ではあるまい」

竜王……リドラ・ラドン・ドラフィクが、オディオへと問う。

リドラは薄い緑色の、長い美しい髪をした美青年の外見をしていた。頭部には大きな枝分かれした角があり、背には金の翼があった。

リドラは豪奢《ごうしゃ》な椅子に肘を置いて頭部を傾け、その蛇のような切れ長の目でオディオを見る。

「竜王様や……お伝えしたいことが。この桃竜郷《とうりゅうきょう》に、四人のニンゲンが訪れております。そしてなんと……内の三人が、皆、第一の試練で五百点を出したのです」

「ほう、興味深い」

リドラは顎に手を当て、クク、と笑った。

「表で有名な者共なのか？　《人魔竜》ではあるまいな？　人の身にして魔の道を行き、ドラゴンの強さを得た咎人《とがにん》共。ここ桃竜郷《とうりゅうきょう》に招くべきではないのは無論のこと、余程のことがない限り、連中との接触自体が御法度だ」

「儂《わし》らは、ニンゲン界には明るくない……。ただ、人里好きの娘、ヨルナの話では、どの者も《人魔竜》ではない、と。内一人は《極振り《ダブル》》と呼ばれ、英雄視されておるS級冒険者のニンゲンであるそうです」

「他の二人は、無名だと？　面白い……そのような者らが、第一の試練で五百点を取るとは。並外れた力を持ったニンゲンが、道を踏み外さぬように導くのも我ら竜人の使命の一つ。オディオよ、見極めておけ」

「はっ、無論、そのつもりですじゃ」

「また、動く時期なのかもしれんな。ニンゲンの世の、歴史が。古来、闇の軍勢が栄えたときは、稀代《きたい》の英雄が集まって打ち倒すもの……。そうやってニンゲンの歴史が、今にちまで紡がれてきたのだ。だが、逆もまた然り。百年に一度の勇者が揃うとき……それは、大いなる闇の到来の予兆なのだ」

「いかにも。仰《おっしゃ》る通りにございます」

オディオが深く頷いた。

「我らはニンゲンの危機に、直接は手を貸さぬ。ただ、見守り、記すのみ。それが、ドラゴンとの盟約だ。奴らは奴らで、世界の意思の試練を乗り越えねばならん。非力なニンゲン共には残酷なことではあるがな」

リドラは少し顔を伏せ、寂しげにそう零《こぼ》した。だが、それからすぐにリドラは大きな口を開いて牙を露《あらわ》にし、笑みを浮かべた。

「それはそれとして、クク、楽しみであるな。第一の試練で、五百点が三人か。一人くらい、余の二千二百点を超えぬとも限らん。久方振りに、余へと挑む者が現れるかもしれんな。まさかそれが、ドラゴンでも竜人でもない、ただのニンゲンに過ぎぬとは！　ああ、これだから、ニンゲンは面白いのだ。久々に、余の力を示すときが来たのかもしれん。余の牙が鈍ってはおらぬところを見せてやろう」

「リドラ様……まだ、肝心なところを伝えてはおりません」

「む……？　どうしたというのだオディオ、申せ」

リドラが額に皺を寄せる。

「第一の試練で、三人が五百点を……そして、一人が千点を取ったのです！　必ずや、リドラ様の望みは叶うでしょうや！　お楽しみください。儂も竜王様と、その御方《おかた》との戦いを楽しみにしております」

「……一番単純で、誤魔化しの利かない第一の試練で千点を？」

リドラの顔がやや引き攣《つ》った。

「ええ、ええ、はい！　これはリドラ様の九百点を上回る成績でございます！」

「そ、そうか……随分と力が強いのだな、そのニンゲンは」

「ええ！　幼子もいたのですが、その子も軽々と五百点の竜頭岩を！　あの様子であれば、あの子も千点の竜頭岩を持ち上げられたのやもしれません！」

「……な、何かのまやかしであろう。謀《たばか》られたのだ、オディオ。我らの試練を穢《けが》すのは重罪であるというのに、ニンゲンはいつの時代もそれを理解せん。余はそれが嘆かわしい」

リドラは服の袖で額の汗を拭う。

「いいえ、儂も見ておりました！　そのようなことは絶対にあり得ません！　我が師は、そのようなことをする御方ではありません！」

「我が師……？　オディオよ、冷静に信頼に足る相手なのか考え直せ。詐術に掛けられた者は、最初は皆そう口にするのだ」

「竜王様、顔が何やら青いですが、ご体調が優れぬのでは……？」

リドラは首を振り、顔を上げた。

「まぁ、よい。第二の試練で明らかになるであろう。極端な力持ちなのか、真の実力者か……はたまた、ただの詐術師であるのかな」

そのとき、《竜王の間》の扉が開かれた。

入ってきたのは、背の高い竜人であった。紫の髪をしており、やや長めの顎が特徴的な男であった。彼もまた聖竜の一角であり、名をズールという。

「竜王様ァ！　ご報告が！　ご報告があります！」

ズールは甲高い声でそう訴える。

「ズール殿、控えぬか！　なんと乱暴なのじゃ！　竜王様の御前であるぞ！」

オディオが一喝する。ズールは卑屈に、リドラへとぺこぺこと頭を下げ、上目遣いでリドラを見上げる。

「三人で第二の試練へ挑んだニンゲン共が……最下層の《赤の暴力ティタン》を討ち、《巨竜の顎》を踏破したのですよ！　また、その余波で《巨竜の顎》は壊滅状態となっております！　これにより、第二試練の段階で二千点の者が一人、千五百点の者が二人ニンゲンから現れたのです！　彼らは、竜王様の記録さえ大きく上回りかねません！　ここ、これは、我ら竜人の尊厳を穢す、大事件！　私は、私は、これを許容できません！」

ズールが顔を真っ赤にし、腕を振り上げる。リドラの顔が大きく引き攣った。

「もう一人おったであろう？　ほれ、第一試練で五百点取っておった、ミツル殿は？」

「崩落に巻き込まれて引き返し、第二試練は二十点になったと。いえ、そんな輩はどうでもいいのです！　竜王様や、竜人を代表して言わせていただきます！　やはりニンゲンなど下賤《げせん》な存在、どのような理由があれどこの桃竜郷《とうりゅうきょう》にいれるべきではないのです！　今からでも試練の権利を剝奪し、この桃竜郷《とうりゅうきょう》から追い出せとご命令ください！　そして今後、もうニンゲンは決して入れるなとご厳命を！」

ズールはヒステリックに叫ぶと、リドラへと頭を下げる。

「何を言っておるのじゃズール殿！　儂ら竜人が、ニンゲンに実力で及ばぬからと恥を恐れて追い出すなど、それこそ最大の恥であろう！　種族に拘わらず、実力者は歓待する！　それが儂ら竜人の矜持《きょうじ》である！」

ズールの言葉に、オディオが怒りを露にした。

「老害は黙っているのですよ！　ニンゲンなど、たかが百年と生きられぬ、地を這《は》うばかりの、欲に塗《まみ》れた下賤な獣！　実力者を称えるというのは、あくまでも名誉竜人として、その強さが竜人に匹敵することを称えるということなのです！　少なくとも、貴方《あなた》以外の竜人はそう考えている！　それが、我らの竜王の点数を大きく上回りでもしてみてください！　我ら竜人の尊厳にかかわる問題なのですよ！」

売り言葉に買い言葉。ズールもまたオディオの言い草に激昂《げきこう》し、腕を大仰に振るってそう抗弁した。

「黙るのは貴殿であるぞ！　そのような軽薄な自己の思想を、桃竜郷《とうりゅうきょう》全体のものと置き換えるでない！」

「現実として、奴らをこのまま残せば、竜王様への信仰は薄れ、桃竜郷《とうりゅうきょう》の秩序は乱れることでしょうが！　あんなニンゲンのガキ共をのさばらせていれば、ニンゲンより遥かに強いという前提の基に成り立っている我らの使命が、何の意味もなさないものになってしまう！　理想論は結構！だが、押し付けないでいただきたい！」

「そのような思考こそ弱者のものじゃ！　事実を前に大半の竜人が打ち倒されるというのであれば、精神を一から鍛える必要があるわい！　ズール殿は強敵が現れれば、尾を巻いて逃げ出すというのか？　おお、愉快、愉快！　こんな男がよく聖竜になれたものである！　同列であることが恥ずかしいわい！　みみっちい自尊心に囚《とら》われておるから、そのような考えに至るのじゃ！　竜王様は、貴殿のような小物ではないわ！　下がれい！」

「ななな、なんと言いましたか!?　この頭の固い爺《じじい》め……ぶっ殺してさしあげましょうか！」

「いつでも掛かって来るがよいわ！　実戦が少なくて鈍っていたところ！　貴殿の血は、爪牙《そうが》を研ぐのに丁度いいわい！　その腐った腑抜《ふぬ》け精神が移らなければよいがのぉ！」

オディオとズールは、顔を合わせて睨み合う。元々意見の合わない二人であったが、今この場は特にそれが顕著であった。

二人が言い争っている間、リドラは端整な顔を歪《ゆが》め、汗をだらだらと垂らしていた。

「第二試練までで、二千点……二千点かぁ……。これ、レベル１０００じゃ済まないんじゃ……。どうしよう、挑戦してくるのかなあ、できれば面会せずに帰ってくんないかなぁ」

俯《うつむ》いたまま、小声でぶつぶつとそう呟いていた。

リドラとしては、ニンゲンの実力者を無下に扱うのはポリシーに反するところであった。オディオほど極端でもないが、どちらかといえば彼と同じ意見であった。

ただ、今回は明らかに何か異常なことが起きようとしていた。リドラも立場がある。ニンゲン相手にボコボコにされ、それを下手に吹聴《ふいちょう》されようものなら、桃竜《とうりゅう》郷《きょう》での権威が地に落ちてしまう。

ズールの言うことにも理があった。竜王の権威が落ちれば、それはリドラだけの問題ではないのだ。そもそも竜人に竜穴を守護する力がない、ということになってしまう。

誇りを失った竜人達の一部が何か事件を引き起こしてもおかしくはない。また、使命を果たせないとなれば、ドラゴンから何らかの圧力を受けることも考えられる。

追い返して済むのなら正直それでもよかった。ただ、万が一抵抗されれば余計に事態が悪化しかねない。また、一度でもニンゲンを追い出した前例を作れば、桃竜郷《とうりゅうきょう》に大きな影を落とすことになる。

「竜王様や！　ズール殿に言ってやってくだされ！　我らはそのような、恥知らずで軽薄な生き方をしていてはならんのだと！」

オディオがリドラへとそう訴える。リドラは唇を噛んで、嫌そうにオディオへと目を向けた。

リドラはしばし逡巡《しゅんじゅん》していたが、カッと目を見開いたかと思うと、大袈裟《おおげさ》に腹部を押さえ、大きく身体を捩《よじ》った。

「痛い痛い、痛い痛い痛い痛い痛い！　痛い痛い痛い痛い！」

リドラは突然、大声でそう喚き始めた。言い争いをしていたオディオとズールは、呆気《あっけ》にとられた顔でリドラを見つめていた。

「痛い痛い痛い！　痛い、腹が痛いぞ！　余は病魔に冒された！　即刻この《竜王の間》を立ち去るのだ！」

オディオとズールは、事態が把握できず、ただ沈黙して口を開いたまま、痛がるリドラを眺めていた。

「ニンゲン共が帰るまで……いや、余の腹の痛みが治まるまで、決して使用人以外この竜王城に入れるでないぞ！　さあ、お前達も早くこの《竜王の間》から立ち去るのだ！　これは竜王の命令であるぞ！」

桃竜郷《とうりゅうきょう》に影を落とさず、竜人達の尊厳を守る方法。
竜王リドラ・ラドン・ドラフィクが思い至った解決策は——仮病であった。

第四話■三大聖竜ズール

1

第二の試練が終わった後、ライガンの屋敷で一日休ませてもらうこととなった。翌日、朝食が終わった後、どこかやつれた様子のライガンから、第二の試練の評価を言い渡された。

「……一応、聖竜の方々に今回の件について報告して確認したが、貴様らのやったことは正式に不問にするということになった。我ら竜人の寛大な心に感謝するがよい」

ライガンは言うなり、はあ、と重い溜《た》め息《いき》を漏らす。

「ありがとうございます……」

俺達《たち》はライガンへと頭を下げた。

本当に心底安堵《あんど》した。揉《も》め事《ごと》に発展すればラムエルとの約束が果たせなくなる、というのもあるが、それ以上に賠償問題になったときが怖かった。

ポメラもほっとした表情をしていた。フィリアも思ったより大事になってしまったことを深く反省しているらしく、しょんぼりとした表情を浮かべている。

「《竜眼水晶》の色も基準と照らし合わせたが……三人共、千点ということになった。喜ぶがいい、貴様は二千点で、そっちの女共は二人共千五百点である」

「ほ、本当!? やったぁ！ なる！ フィリア、王竜になる！」

フィリアが顔色を輝かせてそう口にしたが、ライガンから生暖かい視線を向けられ、さすがに空気を読んだらしく俯《うつむ》いて黙った。

「あの……今更で申し訳ないのですが、やっぱり下手に王竜の点数取ったらまずいですよね？ もう二千点ということにして、竜王にだけ会わせてもらえませんか？」

竜王の宝物は、ナイアロトプと戦う手助けになるはずだ。王竜の称号を得なければもらい受けることができないらしいので、できることならば逃したくはない。

ただ、そうすると竜人との間に余計な隔たりができそうで怖い。ひとまず聖竜の称号を得て面会して、どうにか竜王と交渉しよう。

「な、ならんわい！ 貴様、我らの神聖なる試練を馬鹿にしておるのか！」

「……でも、正直もう、消化試合感が。第三の試練は、第一の試練、第二の試練とそこまで大きく異なるものなのですか？」

俺が問うと、ライガンが沈黙した。

どうやら第三の試練も、第一、第二とそこまで大きな違いがあるものではないらしい。第二の試練こそは俺達がしくじるはずだと信じていたライガンも、第三の試練にはもう何も期待していないようであった。

「わかりました……あの、俺達、百点くらいに抑えるので……」

「……神聖な試練である。手を抜くことは許さん。我も同行して確認する。もし手を抜いたと判断すれば、その場で何十回でも何百回でもやり直させてやる」

ライガンがムスッとした表情でそう口にする。

「そ、そう拗《す》ねなくても……」

「拗ねておるわけではないわ！」

ライガンが声を荒らげながら机を叩《たた》く。

わかっていたことではあるが……この人、面倒臭い。外の者に高得点は取ってほしくないが、手を抜かれるのはそれ以上に嫌らしい。

「わかりました……。あの、今から出向いてもらっていいですか？　できるだけ早く、竜王に面会したいんです」

「わかったわい……今から向かうとするか。桃竜郷《とうりゅうきょう》のやや僻地《へきち》にある、付いてくるがいい。もう、さっさと千点でも二千点でも取って終わらせてくれ……」

ライガンが力なくそう口にする。

俺達が来てから、随分と気苦労を掛けてしまったらしい。そのことについては本気で申し訳なく思う。

俺達がライガンに案内されて長い石段を上った先に、真っ赤な鳥居のような門があった。

「着いたか。この竜門の先が、竜門寺……第三の試練を行う場所である」

「竜門寺……」

俺はライガンが口にした言葉を繰り返した。

竜人達の着ている服は着物に近い。建物が開放的な寝殿造だったことからも薄《うっす》らと察していたのだが、どうやら竜人の文化は地球の日本にやや近いらしい。

竜門を越えた先には、大小様々のドラゴンの像が、百体以上も並べられていた。

石の残骸のようなものも散らばっている。小さいものは全長一メートル程度だが、大きいものは全長二十メートル近くある。そして第一の試練同様、額に【五十】だとか、【五百】だとかの数字が刻まれている。

一番巨大な像は、全長四十メートルはありそうであった。他の像から距離を置いたところで胡坐《あぐら》を掻《か》くように座っている。額には【千】と記されている。

やや離れたところに、二階建ての大きな寺があった。あれが竜門寺なのだろう。ドラゴンを模した瓦が屋根についていた。

「これは《竜魔像》といって、魔力を付与することで起動できるゴーレムである。ここまで言えばわかるであろうが、自分が倒せそうな《竜魔像》を起動し、無事に打ち壊せば、額の点数がそのまま第三の試練での自身の点数になるのだ」

ライガンが、像の一つに触れながらそう口にする。なるほど、第一の試練では純粋な膂力《りょりょく》を、第二の試練では探索能力を、第三の試練では総合的な戦闘能力を試すらしい。

……ただ、第一の試練と第二の試練で点数を取れている人間が、第三の試練で低スコアを出すとは思えない。ライガンもそれがわかっているから落ち込んでいるのだろう。

ライガンも言っていたが、さっさと終わらせることにしよう。正直、結果は見えている。今更こんなところで苦戦するとは思えない。

「よお……会いたかったぜ、モヤシ野郎。ここで張ってりゃ、いずれは来るよなあ」

聞き覚えのある声に、俺は顔を向ける。ミツルが、殺気を込めた目で俺を睨《にら》んでいた。背後には、おどおどとした表情のヨルナが立っている。

しゅ、執念深い……。しつこいにも程がある。

「また貴方《あなた》ですか……」

「そう邪険にするんじゃねぇよ、ツレねぇなあ。前回は、歯切れの悪い形で中断になっちまったからよぉ。今度こそ、白黒はっきりさせようじゃねえか」

「あ、貴方、二度も石の下敷きになったのに、まだ懲りていないんですか……?」

ポメラが呆《あき》れを通り越して、若干憐《あわ》れむような表情をミツルへと向ける。ミツルは下唇を嚙《か》み、大きく右手を振るった。

「二度も虚仮にされたから言ってるんだろうがぁ！　テメェら、馬鹿にしくさりやがって！　第一、懲りるも何も、前回も前々回も、別にテメェにやられたわけじゃねえだろうが！」

「俺のせいじゃなくて自分のせいだってわかっているのなら、俺に目を付ける理由はないんじゃ……」

「黙りやがれ！　テメェにやられたわけじゃねぇが、テメェのせいであぁなったんだよ！」

百歩譲って第二の試練の《巨竜の顎》での件は非を認めるが、第一の試練の《竜頭岩》は絶対に俺達は関係ないはずだと断言できる。

2

「テメェのせいで、二度も竜人共の治療所で散々笑いもんにされたんだ！　百回はあそこにぶち込んでやらねぇと気が済まねぇ！」

ミツルが背の大剣を手に取り、俺へと斬り掛かってきた。

俺は身体《からだ》を曲げ、ミツルの刃を避けていく。空振りした刃が地面を穿《うが》つ。

「……なんやかんや言って、ここの竜人達、結構優しいんですね」

「世間話してるんじゃねぇんだよ！　馬鹿にしてやがるのか！　さっさと仕掛けてきやがれ、ぶっ殺すぞ！」

ミツルが俺へと怒鳴る。

正直、どうしたものか悩んでいる。

ミツルのレベルは、恐らくそこまで高くはない。推定だが、【レベル300】から【レベル400】の間くらいだろう。本人に殺意もないらしいので、こっちとしても対応しにくい。

あまりムキになって対応する必要もない。なるべく穏便に宥《なだ》めて、できることならそのまま一生会いたくない。

「余裕振りやがって、とっとと剣を抜きやがれ！　これならどうだ！　《極振り《ダブル》》……攻撃モード！」

ミツルの全身の筋肉が膨れ上がり、身体から赤い蒸気が昇る。

力強く振られた刃の一撃を、俺は素手で受け止めた。渾身《こんしん》の一撃を正面から防がれれば、さすがのミツルとて戦意が失《う》せるのではないかと思ったのだ。

「あ、あの男の一撃を止めるとは……化け物め」

ライガンがそう呟《つぶや》くのが聞こえた。ライガンはミツルと一度戦って敗れていたそうなので、彼の実力を詳しく知っているのだろう。

ミツルも目を細め、驚いたように俺の手を見ていた。

「……もう、止《や》めにしませんか？」

切り出すならここだと思った。だがミツルは、表情を崩し、不敵に笑ってみせた。

「なるほど……それがテメェの《神の祝福《ギフトスキル》》か」

「はい……？」

「今の刃の不自然な止まり方じゃ、このオレの目は誤魔化せねえぜ。明らかに人間の手で止められたって感覚じゃなかった。何か……『そういう法則』で止められたようなものだった。お仲間の女共に岩を担がせたのも、その《神の祝福》《ギフトスキル》だったわけか。タネが割れりゃ、つまらねぇ手品だ」

俺はミツルの言っていることが一切理解できなかった。

それが顔にも出ていたのだろう。ミツルは俺の顔を見て、鼻で笑った。

「図星みてぇだな。オレは馬鹿みてぇな規模の魔法を操る人魔竜も、テメェみたいな《神の祝福》《ギフトスキル》も、何人もぶっ倒してるんだよ。特定条件下で、物に掛かる力の向きを操作できる《神の祝福》《ギフトスキル》か？　効果的に発揮できる場面を探って、わざわざ逃げに徹してハッタリ掛ける機会を探ってたわけか」

どこで図星だと判断したんだ。もうレベルを見て引き下がってほしいとも思うが、見られたら見られたで厄介なことになりそうなのがまた面倒臭い。

コトネもあのスキルを使っている素振りを見なかったし、ミツルも俺に使おうとしてすぐに止めていた。レベルを確認できる転移者同士で、仲間でもない相手のレベルを確認するのは何となくタブーになっているのだろう。

その気持ちはまあわかる。わかるにはわかるが、ここまで余計な疑いを着せられるのなら、もう勝手に確認してくれとも言いたくなる。

「だったら攻略は簡単だぜ！　《極振り《ダブル》》……防御モード！」

ミツルの身体から、今度は青白い蒸気が昇り始めた。どうやら防御能力にステータスを振ったらしい。

「テメェの《神の祝福《ギフトスキル》》は、止まっている物体相手でもなきゃ、見に徹して隙を窺《うかが》わねぇと使えねえんだろ？　オレの洞察力の前じゃ、バレバレなんだよ！　だったら話は早い。こっちもカウンター気味に戦って、テメェの発動条件を見抜いて、その隙を突けばいい！　残念だったなぁ、オレと《極振り《ダブル》》の前に隙はねぇ！」

俺は飛び掛かってくるミツルに対し、正面からグーパンチをお見舞いした。ゴシャッと鼻の拉《ひしゃ》げる音がして、ミツルの身体が地面を転がっていき、竜魔像の一つに激突した。

土煙が周囲を覆い、ミツルの姿がしっかりとは見えなくなる。だが、地面に伏しているのは煙に浮かぶ影で判断することができた。

「……さすがにもういいですか？」

軽くやっただけなので、死んではいない。さすがにもういいだろう。

「な……なるほど、そういう使い方な」

ミツルは大剣を杖《つえ》代わりに、よろけながら立っていた。

何が彼をそこまで駆り立てるのか。そして一体何がそういう使い方だったのか。

一切何もわからなかったが、ミツルに思いの外根性があることがわかった。無駄な方面に。

「だが、これでテメェの手札は全部暴けたぜ！　悪くねぇ《神の祝福《ギフトスキル》》だったが、明確な弱点がある！　《極振り《ダブル》》……魔法モード！」

ミツルの身体から紫色の蒸気が昇った。ミツルは自身の潰れた鼻を押さえて呼吸を整えた後、俺へと手を向けた。

「単純な肉弾戦なら、スキルで拳速を高めて威力を底上げできるわけだ。だが、スキルの性質上、直線攻撃になる！　隙を突かれねぇように、確実に当てられるタイミングまで取っておく必要があったわけだ！　しかし、それで仕留めきれなかったのがテメェの運の尽きだ！　オレの防御モードを甘く見たな！」

「いえ……俺は別に、《神の祝福《ギフトスキル》》は持っていないので……」

「これで終わりだ！　炎魔法第六階位《大型火炎弾《パワーフレイム》》」

ミツルから、巨大な炎弾が俺目掛けて放たれてきた。

……魔法なら通用すると思ったらしい。

「炎魔法第九階位《竜式熱光線《ドラゴレイ》》」

俺は二つの魔法陣を浮かべた。

その重なっている箇所から、真っ赤な光線が伸びた。ミツルの炎弾を消滅させ、彼の頬を光線が掠《かす》めた。真っ赤な火傷《やけど》痕となって顔に刻まれ、衝撃で吹き飛ばされたミツルが、また地面を転がった。放り投げた大剣が地面へと突き刺さる。

「べふぇっ！　があああ！　痛え！　痛え！」

ミツルが顔を押さえ、地面の上でもがく。顔を押さえながら、近くの竜魔像へと逆の手を這《は》わせ、半ば抱き着くような姿勢で立ち上がった。

「ク、クソ……んだよ、あの魔法……！　嵌《は》められた……弱点補うために、キッチリ中距離対策してやがったのか！」

「ええ……」

「いいぜ……認めてやらぁ。ただのヒョロモヤシじゃねぇらしいな。テメェぶっ倒すのに、単純な攻略法って奴《やつ》は存在しないらしい。所詮は無名だと甘く見てたが、かなりやりやがるな。こっからが本番だ」

ミツルは俺へと指を突き立てる。まだやるつもりらしい。

何を考えてるんだこの男は。もう本当に負けでいいから放っておいてほしい。

「ミッ、ミツルさん！　もう、本当に止めましょうよお！　多分、見てる限り、何やっても絶対無理ですよ！　一旦戻って、ゆっくり休みましょう？　ね？　ね？　もう身体、ボロボロですからミツルさん！」

ヨルナがミツルの肩に手を触れ、彼を止める。

「女は黙ってやがれ！」

「傍《はた》から見てる限り、《極振り《ダブル》》使ってる状態で全分野完封されてるんでもう絶対に駄目です！

諦めて退きましょう！　ミツルさんは充分頑張ってましたよ！　もう満足していいですよ！」

どうやらミツルの付き添いの竜人であるヨルナが止めてくれそうな雰囲気であった。……ミツルがまだ突っかかってきそうな雰囲気を残しているのが面倒だが。

桃竜郷《とうりゅうきょう》の綺麗《きれい》な風景や、無骨ながらに特色のある料理を少し気に入っていたのでできることならゆっくりと休みたかったのだが、試練が終わって竜王と会ったら、とっとここから立ち去ることにしよう。

元々、ロズモンドにラムエルを預けたままなので早めに戻った方がいいに越したことはない。あの我儘《わがまま》娘をロズモンドの許《もと》に置いておくと、いくら面倒見のいいロズモンドとはいえ、その内怒りが限界に達しかねない。

「ホホホホホ！　ニンゲン同士、仲間割れで消耗してくれるとは、都合のいいことですねぇ！　この神聖な地を訪れてまで同種族同士で足の引っ張り合いとは、やはりニンゲンとは愚かしい！」

そのとき、いやに高い男の声が聞こえてきた。

目を向ければ、紫の長髪の竜人の男が、千点の竜魔像の頭に立っていた。手には、背丈以上の長さの槍《やり》があった。

化粧をしているのか顔が白く、唇も真っ赤であった。眼《め》の下には紫のアイラインを引いており、道化のような風貌であった。蝙蝠《こうもり》のような翼を広げ、こちらを小馬鹿にするように笑っていた。

「さ、三大聖竜の一角であられる、ズール様……！　なぜこの竜門寺へ!?」

ライガンが驚いたようにそう口にした。

3

「三大聖竜の一人、ズール……」

聖竜……《竜の試練》で、千点以上を獲得した者に与えられる称号だ。聖竜の上には王竜しかない。《竜頭岩の崖》で会ったオディオと同列で、桃竜郷《とうりゅうきょう》最強格の竜人の一人ということだ。

竜人達は偏った実力主義である。竜人の強さは、桃竜郷《とうりゅうきょう》内での権威に匹敵する。桃竜郷《とうりゅうきょう》の幹部的な立ち位置であると、そう考えても間違いはないだろう。

そしてどうやら、ズールは俺達に敵意を向けているようであった。

「なぜこの竜門寺へ……と言いましたね、ライガン。決まっています、決断力のない竜王様と、脳《のう》味噌《みそ》が筋肉でできている老害に代わって、私が直々に下賤《げせん》なニンゲン共の始末にきたのですよ」

ズールは高笑いしながらそう口にした。

俺はズールへと身構えた。

……敵意を向けているのは察していたが、ここまで直球だとは思わなかった。《空界の支配者》の手先なのかとも思ったが、どうやらそういうわけではないように見える。

ライガンもヨルナも状況を理解できていないようで、二人共動揺を隠せない素振りで、俺達とズールへ交互に目をやっていた。

「ンフフフ、この竜門寺ならば、私の管轄であり、そう訪れる竜人もいないため、ニンゲン共を秘密裏に始末できる。ニンゲンの付き添いが、物分かりのいいライガンでよかった。手伝いなさい、ライガン」

「お、お言葉ですが、ズール様……！　こ奴らを始末する理由がわかりません！　《巨竜の顎》での一件は、不問にすることになったはず！　その件だとしても、何も命を奪わずとも……！」

ライガンが必死にズールへと説得を試みる。

「ニンゲンが戯れで《竜の試練》を穢《けが》すなど、許されることではないのですよ。ライガン、これは桃竜郷《とうりゆうきよう》のためなのです。ヨルナはまだ若く、竜人の使命をわかっていない。ライガンが拘束なさい。口封じに、しばらく牢《ろう》にでも入れておきましょう」

ズールが呆れたような素振りを見せ、諭すような口調でライガンへとそう説明した。

「く、口封じ、とは……。ズール様、それは、やってはならんことであると、ご自覚なさっているからこその言葉なのでは？　確かにこいつらは気に喰《く》わん奴ばかりではありますが、皆、恩人としてこの桃竜郷《とうりゆうきよう》へと招いておるのです。不都合だから秘密裏に暗殺するなど、そのように卑屈な手段は、我々は取ってはいけないのです。やはり、お考え直しを！」

ライガンが地面の上に膝を突き、ズールへと深く頭を下げた。

「ライガンさん……」

オーバーラップ文庫& ノベルス NEWS

文庫
注目作
俺が転生したのに
エロゲ世界の
嫌われ貴族!?
エロゲ転生
運命に抗う金豚貴族の奮闘記1
著：名無しの権兵衛　イラスト：星夕

ノベルス
注目作
山育ちの少女・小恋。
今日から後宮に
仕えます。
後宮の雑用姫
～山育ちの知恵を駆使して宮廷をリフォームしたり、
邪悪なものを狩ったりしていたら、
何故か皇帝達から一目置かれるようになりました～1
著：KK　イラスト：花邑まい

正直、俺はライガンのことを舐《な》めていたかもしれない。

暴力的で傲慢で、変に偉そうで、上には諂《へつら》うような竜人だと。だが、この桃竜《とうりゅう》郷《きょう》に愛着と誇りを持っているからこその言動だったのだと、今理解できた。

ズールが目を鋭く細め、青筋を浮かべて怒りを露《あらわ》にする。

「どいつもこいつも、単細胞の愚物ばかり……！　やってはならないことと、公にできないことは違うのです。政とは即《すなわ》ち、采配、優先順位。何かを立てるためには、何かを折らなければならない。綺麗ごとだけでは動かないというのに！　ライガン、貴方は十二金竜の器ではなかった。もういいです、であれば、全員に死んでいただくのみ！」

ズールは興奮しているらしく、蝙蝠のような翼を大きく開き、甲高い声でそう怒鳴った。

「ライガンさん……」

「礼には及ばん。我は、我が正しいと思った道を行くまでである。それに……これは、我々竜人の落ち度である」

ライガンは苦悶《くもん》の表情でそう口にした。ライガンも全く迷わなかったわけではないのだろう。

桃竜《とうりゅう》郷《きょう》において、聖竜がいかに絶対的な存在であるのかは、ライガンのオディオへの対応からも察している。

「……あ、もしかしてライガンさん、カナタさんについた方が安全だと思って、こっちに来たんじゃ」

ポメラがそう口にした。思いついて、つい口に出てしまったらしい。慌てて口を手で押さえていた。

「違うわ！　貴様、この期に及んで我を侮辱するか！」

「ポ、ポメラさん、今のはさすがに謝った方がいいですよ！」

「ごご、ごめんなさい！　つい、その……！」

ポメラがぺこぺことライガンへ頭を下げる。

「第一……この状況、分が悪いのは我らの方である。ズール様は、強さは無論のこと、計算高く、残酷……負け戦をする御方《おかた》ではない」

そ、そこまでズールは強いのか……？

ライガンから見て、順当に行けば俺達が王竜の称号を取れるのはわかっていたはずだ。それでもなお、ズールの方に分があると考えているらしい。

「あんなカマトカゲ、オレ一人で充分だ。竜王ならいざ知らず、聖竜なんざそこのライガンに毛が生えた程度の奴だろうが。トカゲジジイに舐めた態度取られて、頭に来てたんだ。丁度いい、オレが聖竜以上だと証明してやらぁ。おいモヤシ、このカマトカゲが片付いたら仕切り直しだ！」

血塗《ちまみ》れのミツルが前に出た。……さすがに大人しくしていた方がいいのではなかろうか。

「ホホホ……その余裕、いつまで持ちますかねぇ。いいことを教えておいてさしあげましょう。竜魔像は戦闘訓練のために使われていますがねえ、竜穴を狙ってきた悪《あ》しき者共を追い返すための、番人でもあるのですよ。竜人は少々、数が少ないですから」

ズールはそう言うと、左手を空へと掲げた。左手についていた、金の腕輪が輝きを放つ。

「さあ、竜魔像よ！　我が命を聞いて、桃竜《とうりゅう》郷《きょう》に仇《あだ》をなす者共を喰らい尽くすのですよ！　ホホホホホ！」

腕輪の光を受けた竜魔像の瞳が、赤々と輝く。

竜門寺にあった、百以上の数の竜の像が一斉に動き始める。ズールの乗っている千点の像も動き出し、頭を持ち上げて咆哮《ほうこう》を上げた。

「なるほど……これは少し、危険かもしれませんね」

ズールは竜門寺の竜魔像を一斉に起動できるようだ。恐らくこれまでの試練の基準から考えて、千点の像は【レベル１０００】に匹敵する力を有している。

敵の数も多い。ライガンやミツルを庇《かば》いながら戦うには、ちょっと面倒な相手だ。

4

竜魔像は、まるで生きているドラゴンのように叫び声を上げ、俺達目掛けて襲い掛かってくる。

ざっと見て百体以上……。だが、大半は【レベル３００】以下だ。大技は必要ない。とにかく小技で数を減らしていく必要がある。

「……我が時間を稼ぐ。貴様らとヨルナは逃げるがいい。これは、桃竜郷《とうりゅうきょう》の不始末である」

ライガンが静かにそう言った。

「いえ、ライガンさん、そんな命を張っていただかなくとも……」

俺がそう口にすると、ライガンは鼻で笑った。

「安心せよ。これはほとんど、ズール様の独断であるはずだ。さすがに三大聖竜の方々が、皆口を揃《そろ》えて貴様らを殺すと判断したとは思えぬ。オディオ様にズール様の凶行を伝えるのだ」

「ですから、あの……」

ライガンはゆっくりと首を振った。

「フン、頼りないと、そう言いたげだな。なに、この《雷の牙ライガン》……そう簡単にはやられはせぬ。奥の手は、貴様らにも見せておらん。それに、貴様らのためではない。我は我と……桃《とう》竜郷《りゅうきょう》の尊厳のために、ズール様を止めるのだ。それ以上でもそれ以下でもない」

「気持ちはありがたいんですが、あの、本当に、そこまで覚悟を決めていただかなくても……」

話をまともに聞いてくれない。何が何でもここで命を張りたいらしい。

「精霊魔法第八階位《雷霊犬の突進《ライラプスファング》》」

ポメラの前に、獣を象《かたど》った雷の塊が生じた。獣は地面を抉《えぐ》って直進し、竜魔像達を噛み砕いていく。獣が駆け抜けた後は、八体の竜魔像が残骸と化していた。

「こ、小娘……貴様、ここまで強かったのか！」

ライガンが驚いたように口にする。

「カナタさん、一気に数を減らさないと、ちょっと面倒ですよ！」

ポメラが俺を振り返る。俺は頷《うなず》き、《英雄剣ギルガメッシュ》を抜いて竜魔像達へと向け、横に一閃《いっせん》した。

「時空魔法第十階位《次元閃《ロムスラッシュ》》」

視界の竜魔像が、一斉に同じ高さで上下に分かたれる。ライガンは呆然《ぼうぜん》と大口を開け、動かなくなった竜魔像へと目を向ける。

「あの、本当にどうにかするんで、ライガンさんはヨルナさんとミツルさんを連れて下がっててください」

「これほどまでとは……化け物共め！　ですが、こちらには千点の竜魔像がある！　雑兵などどうでもよいのですよ！」

ズールの乗る千点の竜魔像がこちらへ飛来してくる。

「どーん！」

地面から伸びた巨大な白い腕が、巨大な竜魔像の腹部を貫いた。フィリアのアッパーである。一瞬で竜魔像が崩壊し、瓦礫《がれき》の山と化した。

「こっ、こんな馬鹿なことがぁっ！」

ズールが悲鳴のような声を上げる。

「さすがフィリアちゃん……！」

この調子なら、百体の竜魔像もすぐに壊滅させられそうだ。

一番点数の高い千点の竜は既に倒した。後は残党処理のようなものだ。

安堵したのも束《つか》の間《ま》、全長十メートル近い像に、前後から挟まれた。どちらも額に【五百】と刻まれている。

俺は刃を大きく振るう。

前後の竜魔像の腹部に大きな亀裂が入った。その裂け目がどんどんと広がり、バラバラになって地面へと落ちていく。

五百点の竜魔像もそう多くはない。せいぜい五体程度だったはずだ。敵の戦力は着実に減っていっている。

そのとき、視界端に俺へと槍を向けるズールの姿が見えた。ズールは飛び散った竜魔像の断片の瓦礫に、逆さの姿勢で張り付いて俺を睨んでいる。

数の限られている五百点の竜魔像が、二体同時に俺を狙ってきた理由がわかった。ズールが俺を標的にしたのだ。

二体の竜魔像で挟み撃ちにし、飛び散った瓦礫を利用して死角から俺へと飛び掛かるつもりだったらしい。

「隙ありです！　貴方が大将と見受ける！　この槍の前には……どれだけレベルがあろうと、関係ない！　ホホホ……毒邪竜ヴェルギフの胃石を研いだ、私のとっておき……！」

穂先の紫の石が光る。

ズールが竜魔像の瓦礫を蹴り、俺へと弧を描くように飛び掛かってきた。

翼を上手《うま》く利用しているらしく、軌道の読みづらい、歪《いびつ》な飛び方だった。速度が変わったかと思うと、左右に姿がブレて、ズールの姿が三つになった。

「竜技、《多影疾風閃》！」

体勢がまだ間に合っていない。ズールだけでなく、別方面からもまた竜魔像が向かってきている。

俺は息を吞《の》んだ。

ライガンの言う通り、ズールは侮ってはいけない相手だった。竜魔像との混戦でひと目で俺が一番レベルが高いと見抜き、短期決戦を掛けるしかないと踏んで、貴重な戦力である五百点の竜魔像を二体、即座に俺へと嗾《けしか》けてきた。

相手の注意を分散した状態で死角を突き、武技を用いて、レベル上の俺へと確実に毒槍を当てに来た。

決して褒められた戦法とは言えない。だが、勝つことを目的とした戦いの立ち回りとして、完全に俺はズールに出し抜かれた。レベルではない、実践の経験差がまともに出た形になった。

「お死になさい、ニンゲン！」

俺は足を伸ばし、三人になったズールの腹へと、それぞれ一発ずつ蹴りをかました。ズールの動きが止まると共に、二つの影が消える。ズールは白眼《しろめ》を剝《む》き、舌を大きく伸ばして地面の上へとへなへなと倒れ込んだ。

「う、ウソ……なんで……？　見切れる、わけが……」

俺はズールの槍の穂先を握った。少し手のひらに熱が走る。これくらいの毒ならば、どこに受けても問題はなかっただろう。

ズールの策略には綺麗に嵌められた形になったが、肝心なレベル差があまりに大きかったため、特に痛手にはならなかった。

恐らくズールは【レベル５００】程度だ。技術はともかく、単純な身体能力は五百点の竜魔像と大差ない。

ただ……もしもゾロフィリアやレッドキングが似たような不意打ちを仕掛けてきて、同じようなステータス頼みの甘い対応をすれば、命の危機に陥っていたとしてもおかしくはない。

俺はナイアロトプから狙われているのだ。もっと警戒して身構えておくべきだろう。

5

主犯のズールを無事に気絶させることができた。後は、残った竜魔像を壊し切るだけだ。

周囲を見れば、最初は百体であった竜魔像も、気が付けばそのほとんどが残骸と化しており、動いているのは三十体程度となっていた。全ての竜魔像を壊すまで、最早《もはや》時間の問題だろう。もう千点の竜魔像も残っていない。ライガン達を庇いながら、《次元閃《ロムスラッシュ》》で適当に減らしていけばいい。

なるべく点数の高い竜魔像から壊していく。遠くのものは《次元閃《ロムスラッシュ》》で切断し、近くの竜魔像は《英雄剣ギルガメッシュ》で叩き斬った。ポメラとフィリアの攻撃もあり、竜魔像の数は二十、十へと減っていく。

「よし、そろそろ……」

「ク、クソ、オレだってやってやらぁ！」

これで片が付くと思ったとき、怪我《けが》だらけのミツルが飛び出すのが見えた。ライガンとヨルナの制止を振り切り、そこそこ大きい竜魔像へと斬り掛かっていく。

「お、おい、貴様、無茶をするな！　奴らがバサバサとなぎ倒しているから感覚が狂うが、竜魔像は本当に強力なのだぞ！」

「あ、あまりライガンさんから離れないでください、ミツルさん！　お怪我をされてるんですから！」

ライガンとヨルナが大慌てでミツルの後を追い掛けていく。また余計なことを……と思ったが、ミツルの斬り掛かっている竜魔像は、二百五十点のものだった。

ミツルは五百点の竜頭岩を持ち上げている。あの点数の半分である。それなら負傷しているミツルでも別に問題はなさそうだ。俺はミツルから目を離し、目前の竜魔像へと意識を戻す。

「《極振《ダブル》り》……攻撃モード！」

その声を聞いて、俺はぎょっとした。

ミツルの《極振《ダブル》り》は、単純に狙ったステータスを倍加させるものではない。他のステータスをちょっとずつ減らして増加分のステータスを補っているようだった。

確実に一撃で倒すつもりなのだろうが、もし攻撃が当たらなければ、他のステータスが下がった状態で竜魔像の攻撃に対処しなければならない。ただでさえミツルは負傷しているのだ。

気になって視線を戻す。ミツルの刃が竜魔像の左肩を斬った。もげた左腕が、地面に落ちて砕け散る。

「チッ……捉え損ねた！」

ミツルが脂汗を浮かべてそう零《こぼ》す。

左肩を斬ったのではない。左肩で防がれたのだ。

おまけに竜魔像は背後に引いて、衝撃を殺している。速度がなかったため、対応されたのだ。

ミツルは大剣を慌てて構え直そうとする。だが、竜魔像の爪が伸びる方が早い。

「クッ、クソ、来るな、来るんじゃねぇ！」

やはり、今、《極振《ダブル》り》で攻撃力を伸ばすべきではなかったのだ。元々、《極振《ダブル》り》を使わずとも攻撃力は充分足りていたはずだ。

恐らく、ミツルの性格から考えて、初手で攻撃力を伸ばしてぶん殴るのが半ば定石になっているのだろう。

魔法を撃って助けようとしたが、俺の視界を遮るように三百点の竜魔像が飛んできた。俺は《英雄剣ギルガメッシュ》を両手持ちに切り替え、地面を蹴って宙へ跳んだ。

「本気で振るうのは、鏡以来だな」

全力で《英雄剣ギルガメッシュ》を振り切った。斬撃が三百点の竜魔像を断ち、そのまま地面を斬り、その先のミツルを襲っていた竜魔像を断った。

斬撃は延長線上にいた他の竜魔像を叩き斬り、その先の竜門寺にまで及んだ。建物に巨大な亀裂が走った。

「あ……」

咄嗟《とっさ》だったので、加減が利かなかった。かなり高そうな建造物を叩き壊してしまった。な、中に人がいなければいいのだが……いや、その点は心配はいらないか。他に竜人がいるようなら出てきていただろうし、ズールも竜人はあまりここには来ないと口にしていた。

「すごい、カナタ、すごい！」

フィリアがきゃっきゃと、無邪気に燥《はしゃ》いでいた。

彼女の足許《あしもと》には、また新しい竜魔像の残骸が増えている。どうやらこれで竜魔像自体は全て無事に叩き壊せたようだ。

「え、えっと……大丈夫でしたか、ミツルさん？」

ミツルは呆然と口を開けていたが、俺と顔を合わせると、びくりと身体を震わせ、倒れた姿勢のまま後退《あとずさ》った。

「ば、化け物め……」

ミツルはそう零し、ヨルナに助けられるように立ち上がっていた。

「千点でも二千点でも取れとは言ったが、まさかここまでだとは思っておらんかったわ。まあ、助けられたが……」

ライガンが呆れたようにそう口にした。

「ライガンさん……その、竜門寺、大丈夫ですかね？」

「大丈夫に見えるか？　真っ二つであるぞ」

「そ、そういう意味じゃなくて……あの……価値的な意味と言いますか……」

「そうであるな。先代の竜人が、樹齢千年の木を用いて築いたという神聖なものである。値がつけられん建物であることは間違いない」

ライガンはそう言って自身の額を抓《つね》るように押さえ、溜め息を吐《つ》いた。俺とポメラは両手で顔を覆った。

「まぁ……その、我からも、貴様らを責めるべきではないと言っておいてやる。竜魔像を倒すために仕方がなかったと言えば、ズール様の責任に仕立て上げられるであろう。幸い、ズール様は今、気を失っておる」

ライガンは地面で伸びているズールへと目を向けてそう言った。

「ありがとうございます……ライガンさん。その、優しいですね」

「貴様らが来てから色々とありすぎて、我はもう疲れた……。正直もう、どうにでもなれという気分である」

ライガンはそう言ってから、ふとミツルの方を向いた。

「そう言えば貴様……ズール様をどうにかしたら、その後でまた仕切り直してカナタと戦うと言っておったな。アレを見ても、まだやるつもりなのか？」

ライガンは投げやりにそう言って、二分された竜門寺へと目を向けた。

ミツルは顔を真《ま》っ蒼《さお》にして、ぎょっとした表情を浮かべる。竜門寺に走る斬撃の跡と俺を、素早く交互に見比べていた。

「え……まさか、さっきの今で、まだそんなことを……？」

俺ももう、ミツルの相手は疲れた。

これ以上やるというのなら、ミツルの鳩尾《みぞおち》を殴って気絶させて逃げるつもりでいる。怪我を負わせたくはなかったが、さすがに付き合い切れない。

俺が《英雄剣ギルガメッシュ》を鞘《さや》に戻そうと手を動かすと、ミツルの身体が神経質に震えた。

「《極振り《ダブル》》……素早さモード！」

ミツルの身体から黄色い蒸気が昇った。かと思えば、素早くヨルナを脇に抱えて、地面を蹴って豪速で階段を下りていった。

俺はその様子をぼうっと眺めていたが、自分の手許《てもと》を見て、もしかしたらミツルは俺が《英雄剣ギルガメッシュ》を振るうつもりだと思ったのかもしれないと気が付いた。

「……逃げていきおったな。我らもズール様を連れて、下りるとするか」

ライガンはまた、深く溜め息を吐いた。

6

第三の試練が終わった後、俺達はライガンと共に竜人達の集落へと戻った。ズールも無事にオディオへと引き渡すことができ、竜門寺を壊した一件も上手く彼に擦《なす》り付けることができた。

縄で何重にも縛ったズールを、オディオは米俵のように担いでいた。

「このようなことは、あってはならぬこと……！　儂《わし》ら竜人の、それも聖竜の中からこのような事件を引き起こす者が出るとは、なんとも嘆かわしい！　師匠方には大変なご迷惑をお掛けしましたな。この悪党は、儂らの手で処罰を加え、地下牢へと閉じ込めておきます故」

「ありがとうございます。師匠ではありませんけども」

……オディオはまだ、師匠の件を諦めてはいなかったらしい。

ポメラがズールを見上げ、不安げに眉を寄せる。

「あの、ズールって、かなりレベルが高いんですよね？　拘束するときもそれが不安だったのですけれど、閉じ込めておける牢屋があるのですか？」

「竜人は、ニンゲンの方々に比べて平均的な筋力が高いですからな。牢も特別なものを使いますし、力を振るえぬように常に手枷《てかせ》を嵌めることになります。加えて、膂力を抑える呪符もございますので」

なるほど、そのようなものがあるのか。

都市の冒険者はせいぜいトップでも【レベル１００】程度のようだった。だが、竜人は二百超えがゴロゴロといる。三大聖竜に至っては恐らく三百超えだ。この域になってくると何かしらの工夫がなければ、罪人の拘禁もまともに行えないのだろう。

「それから……カナタ様や、《竜の試練》、三千点おめでとうございます。いや、まさか、全試練で満点を取る者を儂の目で拝むことができるとは、思ってもおりませんでした！　歴代の竜王でも、こうはいくまいて……！」

オディオは興奮げにそう口にした。

第三の試練の俺達の点数は、三人共千点という判定をもらったのだ。第二試練とは違い、規定では何体同時に倒そうが、戦った竜魔像の最高点数で判断されるらしい。その判断基準であると、本来千点はフィリアだけとなる。

ただ、今回のズールの竜魔像一斉起動事件により、千点分の戦闘能力を充分に示したという評価を受けることになったのだ。これによってポメラとフィリアは二千五百点、俺は三千点という結果になった。これで晴れて三人共王竜の称号を得られたこととなる。

余談ではあるが、ミツルはあの事件の際にまともに倒した像が五十点の竜魔像一体だけだったらしく、第三の試練の評価もそのまま五十点となったらしい。第一試練五百点、第二試練二十点、第三試練が五十点の合計五百七十点となり、あと一歩金竜に届かなかったようだ。

ライガンがミツルに勝ったと喜んでいた。余程ミツルにボコボコにされたことを根に持っていたのだろうが、本当にそれでよいのだろうか。

「本当にお見事でございます。桃竜郷《とうりゅうきょう》の歴史をどれだけ遡っても、《竜の試練》で満点を収められた者は、竜人でもただの一人しかおりませんでした」

その言葉を聞いて、ポメラが瞬きをした。

「一人……いたんですか？　カナタさんみたいなとんでもないお方が」

ポメラに問われ、オディオはバツが悪そうに下唇を噛んだ。

「ああ、はい……いえ、しかしつまらない話でしたな、つい。儂から言っておいて申し訳ないのですがな、あまり口にしたい名ではないのです」

そう聞いて、何となくピンときた。

「《空界の支配者》……ですか？」

俺がその名を言った途端、ライガンとオディオの表情が同時に変わった。二人共驚いているようだった。

しまったと思った。どちらか片方ならともかく、複数の竜人を前にして軽はずみに口にしていい名前ではなかった。竜王に会う前に《空界の支配者》について探っていると知られれば、厄介なことになる可能性もあるという話であった。

「ご存じでしたか……」

オディオは苦い表情でそう言った。

「え、ええ……その、噂《うわさ》で聞いたことがある、程度のものでしたが。ドラゴンだと思っていましたが、竜人なんですね」

「そうでしょうな。恐らく今は、ドラゴンとして振る舞っておるのでしょう。あまり口にするべきことではないのですが……《空界の支配者》は、桃竜郷《とうりゅうきょう》の始祖の一人なのです。ドラゴンから生まれた一代目であり、高いレベルを有しておるので、ドラゴンの姿に先祖返りすることができるのだと」

「えっ……」

ここ桃竜郷《とうりゅうきょう》の出身だったのか。それは知らなかった。

竜人はドラゴンが人間の国近くを管理する際に、人間との軋轢《あつれき》を生じさせないように生み出すものだと聞いていたので、そう考えれば竜人であれば桃竜郷《とうりゅうきょう》か、もしくは同様の目的で作られた集落の出身であることは当然といえば当然なのだが。

「千年前、奴は桃竜郷《とうりゆうきよう》で禁忌を犯しました。竜人として守るべき竜穴の魔力を、自身が力を得るために悪用し、この地を追われたのです。実際には奴を追い払うだけの力が当時の桃竜郷《とうりゆうきよう》にもあったとは思えませんので、奴が勝手に離れたというのが正しいのでしょうがな。表立って事を起こすことはないようですが、千年に亘《わた》って歴史の裏で暗躍していると……そういう話を聞きますな。奴は、この桃竜郷《とうりゆうきよう》最大の汚点なのです。ただ、儂らだけでなくドラゴンらも、奴を捕らえることは半ば諦めているようで」

ここに来て《空界の支配者》の新しい情報がどんどん出てきた。確かにラムエルも、《空界の支配者》はドラゴンとしての禁忌を犯した邪竜だと言っていた。それが竜穴のことだとまでは言っていなかったが。

ライガンの表情を確認した。少し苦々しげな表情をしていた。

正直、心中は測れない。オディオにしても、心から本当に《空界の支配者》を敵視しているのかは依然不明のままだ。

「……まあ、あまり愉快な話ではありませんな。竜人の中には、あの名を聞いただけで気を悪くする者もおるでしょう。あまり口に出さん方が」

オディオはそう言って苦笑した。

「それより、貴様ら、竜王様と面会したいと言っておったな。王竜称号を取ったため、竜王に挑む権利が認められるわけだが……まさか、挑むつもりか？」

ライガンが俺へとそう尋ねる。

「あまり無《む》暗《やみ》に桃竜《とうりゅう》郷《きょう》を騒がせることはしたくないのですが……どうしても、貸していただきたいアイテムがあるんです。なので、恐らく挑ませていただくことになるかな、と……」

「そうであるか……」

ライガンががっかりしたように肩を落とす。

俺もできることなら事を荒立てたくはない。話し合いで済むならそうしてもらえるように竜王に提案させてもらうつもりだが、プライドの高い竜人の長である。

きっと受け入れられないだろうし、下手に口にすれば馬鹿にしているとも取られて機嫌を損ねることになるかもしれない。

「……カナタ様や、実はそのことでお話がありましてな」

オディオが言い辛《づら》そうにそう切り出した。俺が顔を上げてオディオを見ると、額を掻きながら、そっと視線を外した。

「実はその……竜王様は腹痛で、今は使用人以外、絶対に竜王城に入れるなと言い張っておりましてな」

「ふく、つう……？」

第五話■竜王との面会

1

「ここが竜王城ですか」

俺は目の前の大きな城を見上げる。

白い壁に、暗色の屋根。金の竜の装飾があちらこちらにあしらわれている。和風の雅《みやび》な巨大建造物であった。

「あの……師匠方や、その……やはり竜王様には、今はお会いにならない方がよろしいかと……」

オディオはここまで道案内をしてくれたものの、歯切れ悪そうに、ずっと俺が竜王に面会することを止めていた。

「……正直、元々竜王と面会がしたくてここまで来たので、それで退《さ》がるわけには。すいません」

竜人達《たち》からの心証は悪くなるだろうが、ここではそう言うしかない。

竜王城のアイテムのことは後回しにもできるが、竜王に《空界の支配者》が動いているということを大急ぎで伝えなければならないのだ。竜王が体調を崩したというのであれば、これを好機と捉えた《空界の支配者》やその手先が行動を急ぐこともあるかもしれない。

「腹痛だと言っていましたが、そんなに竜王の体調は悪いんでしょうか？」

高レベルの竜人達を束ねる長である。レベルが低いわけがない。簡単に体調不良を起こすのはちょっと想像がつかない。何か裏があるのではないだろうか。

「儂《わし》も竜王様に仮病で逃げるような卑屈な真似《まね》をしてほしくはありませんでしたが、竜王様が桃《とう》竜郷《りゅうきょう》のためを思ってそうご決断されたのであれば……」

オディオは苦しげに小声で何か漏らした後、慌てて顔を上げて激しく首を振った。

「ご、ごほん！　で、ではなく、その、竜王様は現在、本当に体調が優れませぬ故……！」

「大丈夫ですよ、オディオさん。いくつか病魔や呪いに効く霊薬を持っているんです」

「い、いえ……その……この桃竜郷《とうりゅうきょう》にも、そうした薬はあるのです。それに竜王様自体、生半可な病魔や呪いに掛けられるお方ではありません。そう、そう……であれば、何やら桃竜郷《とうりゅうきょう》の外敵の怪しい術に掛けられた可能性も、その、なくはないかな……と」

「外敵の怪しい術……？」

そのとき、俺の中で繋《つな》がったことがあった。このタイミングで高レベルの竜王が怪しい術に掛けられたというのであれば、《空界の支配者》絡みでないわけがない。本人でなくても、《空界の支配者》の送り込んだ刺客の仕業であるのかもしれない。

「え、ええ、そうなのですじゃ！　だからその、ここはどうか、ひとまずお時間を……。儂もどうにか竜王様と連絡を取って、穏便かつ真っ当な対応をしていただけるよう説得を……いえ、お身体《からだ》の調子について聞いておきますので。師匠方はどうか、しばらく桃竜郷《とうりゆうきよう》でご休息を」

「外敵の手の可能性があるとすれば、尚更《なおさら》急いだ方がいいかもしれませんね。俺の師匠は錬金術に長《た》けていまして、こと霊薬に関しても世界で最上位に入る知識を持つ人でした。必ず力になれるはずです」

ルナエールは俺が《地獄の穴《コキユートス》》を出る際に、多種多様な霊薬をこれでもかと詰めた魔法袋を持たせてくれた。竜王に掛けられた術を解くのにも役立つはずだ。

仮に効果がなかったとしても、こうなった以上は《空界の支配者》について何がなんでも竜王と相談しておく必要がある。

「そ、そうですか……い、いえ、しし、しかしですな、ううむ……」

オディオが苦しげに呻《うめ》き声《ごえ》を漏らす。

なんだろうか、やはりオディオの言動は妙に思える。全ての試練を終えてから再会して以来、終始様子がおかしいのだ。まるで何か後ろ暗いことがあるようにさえ見えてしまう。

「……ポメラさん、オディオさんの言動、少し妙ではありませんか？」

俺は声を潜めてポメラへと相談した。

疑いたくはないが、もしかしたらオディオは《空界の支配者》と何かしらの繋がりがあるのではなかろうか。

オディオが桃竜郷《とうりゆうきよう》を裏切るとは思えないが、もしかしたらそんなオディオだからこそ、誰かを人質に取られて竜王を罠《わな》に掛けざるを得なくなったのかもしれない。これまでの情報から察するにも、《空界の支配者》は平気で卑怯《ひきよう》な手を使ってくるような奴《やつ》だ。

「……多分、カナタさんが疑っているようなことはないと思いますよ……。その、オディオさんの話に乗ってあげて、やっぱり数日だけ待ってあげませんか？」

「何故《なぜ》ですか？　《空界の支配者》の件もありますし、さすがに先延ばしにするべきではないと思いますが」

何か事が起こってからでは取り返しがつかないのだ。

「う、ううん……まあ、それは間違いなくそうなんですけど……」

ポメラが困ったように眉を寄せる。

竜王城の前まで来たとき、一人の見張りが立っていた。

桃色の髪をした、無表情で冷たい印象の女竜人であった。スリムではあるが牙や爪が大きく、身長も二メートル近くある。爬虫類《はちゆうるい》のような鋭い目が、俺達へと品定めするように向けられた。

彼女のことはオディオから既に聞いていた。十二金竜の中で最も聖竜に近いとされている竜人、《凶爪《きようそう》のフラウス》である。竜王を深く敬愛しており、普段は竜王城の番をしているとのことであった。

「そ、そう！　竜王様の言葉は、誰も通すなというものであった。この言葉がある以上、竜王様を慕っておるフラウスは通してはくれぬであろう。無理に通るというのも、師匠方の風聞を落とすことになるでしょうな。儂からまた説得してみますので、今日のところはやはり……」

「……オディオ様と、ニンゲンの方達ですね。お三方の噂《うわさ》はかねがね伺っております。王竜の称号を得たこと、おめでとうございます」

フラウスが淡々とした声でそう言い、頭を下げた。俺とポメラ、フィリアも各々に礼を返した。

「しかし、現在竜王様は誰も入れるなとのこと。残念ながら面会はお断りさせていただきます」

俺は息を呑《の》んだ。言葉遣いこそ丁寧だが、威圧的な雰囲気があった。

「……それについてなんですが、病魔や呪いに効く霊薬を持っているんです。ぜひ竜王様に贈らせていただければと。それから……あまり大きな声では言えないのですが、実は竜王様に呪いを掛けた人物に心当たりがあるかもしれないんです。事態は急を要しているかもしれません、どうか会わせていただけませんか！」

俺はフラウスへと頭を下げた。フラウスはしばらく黙って俺をじっと見つめていたが、やがて決断したらしく、口を開いた。

「なるほど……そういうことでしたら、私の判断でお通しいたしましょう。竜王様をよろしくお願いいたします」

フラウスは静かに頭を下げる。駄目かと思ったが、俺の熱意が伝わったらしい。

「ありがとうございます！」

「フ、フラウスや、竜王様の確認もなくお通しするのは少しまずいのではないかの!?」

オディオが慌てた様子で口を挟む。

「竜王様は様子が妙でございまして、確かに私も引っ掛かるところを感じてはおりました。不敬にも、もしや旅人からの挑戦を嫌ってこのような真似を……とも私の浅はかさから疑ってしまいましたが、何らかの敵対者の攻撃を受けたのであれば納得がいきます。それに、ドラゴンの恩人であり、オディオ様も人柄を認めていらっしゃるこの方々の言葉でしたら、安心してお通しすることができます。竜王様の命令とはいえ、融通を利かせずここでお三方を無為に足止めをする理由はないかと」

フラウスはオディオへとそう返した。

「い、いや、フラウスや、それは少し考え直したほうがいいと儂は……」

「親しい様子ですが、オディオ様はこの方々を信頼してはいないのですか?」

「何を言うか、フラウス！　師匠方は素晴らしいお方である！　儂も長生きした身よ、人を見る目には自信がある」

「ならば問題ないでしょう」

激昂《げきこう》した様子のオディオへと、フラウスはあっさりとそう返す。

フラウスはこちらについてくるように目で合図をし、竜王城の扉へと歩み始めた。

「フラウスよ……それは少し、話が違ってだな……」

オディオは小さくそう口にした後、深く溜《た》め息《いき》を吐《つ》き、首を左右に振った。

「……竜王様や、ご健闘を。このオディオは竜王様の無事を祈っております……」

オディオは諦めるように、力なくそう零《こぼ》す。それから祈るように、手を合わせて目を閉じていた。

2

フラウスに竜王との面会を認められた俺達は、オディオとは入り口で一度別れ、三人で竜王城内部へと進むことになった。事前に聞いていた通りに中央の階段を上り、竜王のいる《竜王の間》を目指す。

「試練のお陰で随分と遠回りになりましたが、これでようやく竜王との面会ができます」

俺は安堵《あんど》の息を吐いた。

ようやくラムエルからの伝言を竜王へと届けることができる。

ただ、ラムエルも竜王ならば信じてくれる、対策を打ってくれるはずだとは口にしていたものの、本当に竜王の人柄が信用できるのかどうかにはまだ少し不安がある。ライガンのような偏屈な人物ではなく、話の通じる相手だといいのだが……。

「カナタさんは竜王さんの持つアイテムが気になると言っていましたけれど、今回はひとまずお話と、竜王さんの治療を行うことになりそうですね。竜王さんへの挑戦は、また間を置いてから考えましょう」

ポメラがそう提案した。

まあ、そうなるだろう。俺の目的の一つに、竜王の持つアイテムがあった。ただ、それをいただくためには、王竜の称号を持つ者が、竜王へと挑戦して勝利する必要がある。

しかし、仮に治療ができたとしても、病み上がりの竜王を襲撃してアイテムを奪い取った形になれば、不要な禍根を残すことになりかねない。

《空界の支配者》の件もあるため、それどころではない可能性も高い。ひとまず今回は面会だけ、という形になりそうだ。

規則に則《のっと》っているとはいえ、竜人の宝を人間が掻《か》っ攫《さら》うのだ。慎重になって、なりすぎるということはないだろう。

「……そういえば、別に俺だけじゃなくて、ポメラさんもフィリアちゃんも王竜なんですよね？　もしかして全員で一回ずつ挑めば、宝物庫のアイテムを三つもらえるんでしょうか？」

「カ、カナタさん、それはちょっとあの、他の竜人さん達から反感を買うんじゃないですか……？」

……勿論《もちろん》、俺も竜人から反感は買いたくない。

ただ、仮にナイアロトプへの牽制《けんせい》になりそうなアイテムが宝物庫にあるのであれば、正直多少無理をしてでも数を回収しておきたいという気持ちがある。スーパーのおひとり様一つまでを家族で手分けして回収するような作戦は、竜王城ではさすがにやめておくべきだろうか。

「フィリアもっ！　フィリアも竜王に挑みたい！」

フィリアがちょっとしたアトラクションに並ぶかのような気軽さで竜王に挑戦しようとしている。

俺は笑って誤魔化しながら、妙なことになりませんようにと心の中で祈った。

階段を上がり、最上階の《竜王の間》へと到達した。豪奢《ごうしや》な椅子に、薄い緑色の長髪の男が座っている。背からは金の翼が伸びている。

「貴方《あなた》が、竜王リドラ……」

「噂になっているカナタだな。如何《いか》にも、余が竜王リドラだ」

「あの、体調が優れないところを申し訳ございません。ただ……」

俺が弁解しようとしたところ、リドラは手を前に出して言葉を遮った。

「よい、全てわかっている。皆まで言うな」

リドラはそう言うと、左手の人差し指を突き出した。

大きな虹色の宝石の嵌《は》め込まれた指輪があった。

「《竜穴の指輪》である。元々竜王の使命とは、竜人を束ね、竜王城地下にある竜穴を守護することにある。この指輪は竜穴の制御及び、竜王城周辺を動く魔力を感知する能力がある。貴殿らがオディオと共にここへ来ていたことはとうに知っている」

リドラは落ち着いた声色でそう口にした。

物分かりの悪い相手だったらどうしようとは思っていたが、リドラは異様に察しがいい。概《おおむ》ねこちらがどういったやり取りを経てここへ来たのか、既に見当がついているらしい。

さすが竜王と称《たた》えられているだけのことはある。リドラには妙な貫禄《かんろく》があった。初対面ではあるが、こちらの動きや考えは全て見抜かれているような気さえしてくる。

「オディオとフラウスが通した、か。いや、二人の様子を見ていて、こうなる気はしていた。余の決断に対して懐疑的であったからな。桃竜郷《とうりゅうきょう》を守るためには一番の手であると思っていたが、結局聖竜や金竜らの不信感を煽《あお》っただけであったか」

リドラはどこか寂しげな様子であった。

「……何の話ですか？」

確かにオディオの様子は少し変であった。

俺達に隠し事があったように思う。リドラもそれについて思うところがあるらしい。

ただ、状況が呑み込めない。まさか、リドラが《空界の支配者》と繋がっており、オディオもそのことを察していたのか？　いや、さすがにそれはないと思いたいが……。

俺が混乱していると、続いてリドラが口を開いた。

「カナタよ。貴殿らが竜王である余に会いに来たのは、確固たる目的があったためであろう」

「は、はい、そうです。既に察せられておられるようですが……」

ひとまずアイテムだの竜王への挑戦云々《うんぬん》は後日でいい。とにかくラムエルから聞いた、桃竜郷《とうりゅうきょう》が《空界の支配者》に狙われているという話をリドラに伝える必要がある。それが終わればラムエルを桃竜郷《とうりゅうきょう》へと帰してあげることもできる。

「……その目的、一度忘れてもらうことはできんか？　こちらにも事情というものがある。必ずや貴殿らの損にはならぬように埋め合わせはさせてもらおう」

俺はその言葉を聞き、目を見開いた。

やはりリドラは最初から《空界の支配者》が竜穴を狙っていることを知っていたのだ。だが、知っていた上で、それを見過ごそうとしている。

だとすれば、《空界の支配者》の一派から狙われて、低レベルのために誰にも信じてもらえず、たった一人で桃竜郷《とうりゅうきょう》を守るために助けを求めて外へ飛び出したラムエルの努力はなんだったというのか。

「そ、その……余の口から直接的に言うのは立場上憚《はばか》られるのだが、貴殿らはこの地の名誉やしきたりに拘《こだわ》る理由もなかろう？　信じて欲しいのだが、決してこれは余の保身のためではないのだ。ただ、申し訳ないが、わかりやすくいえば、桃竜郷《とうりゅうきょう》は貴殿のような高レベルの存在が訪れることを想定してはいない。その、宝物庫へは後日余の友人として改めて招くとして、そこでまた話し合いを……」

「ふざけないでください！　理由がある、立場があると煙《けむ》に巻いて誤魔化さないでください！　リドラさん、貴方、全部知っていた上で、嘘《うそ》を吐いて竜王城に隠れて静観しようとしていたんですか！　それが竜王の役割なんですか！　いえ……別に、竜王の立場なんて俺達にはどうでもいい話です。ですが、そんな言葉で納得して引き下がれるわけがないじゃないですか！」

俺だってラムエルと約束したのだ。

俺自身も《空界の支配者》から既に一方的に敵視されている。せめて誤魔化さずに、ここ桃竜《とうりゅう》郷《きょう》で何が起きているかの説明くらいはしてもらえないとこの場は下がるわけにはいかない。

「やはり、そうなるか……。いや、諦めの悪い妄言であった。今の言葉こそ忘れてもらいたい。これで余も腹が決まった」

リドラは苦しげに息を吐くと、椅子から跳び上がって床の上に立った。前傾姿勢になり、両手を構えて爪を伸ばす。

「このリドラ・ラドン・ドラフィク、逃げも隠れもせん！　正々堂々、竜王としてカナタの挑戦を受けようではないか！」

「……うん？」

俺は混乱して、思わず素っ頓狂な声を出してしまった。

「……む？　どうした、カナタ？　余へと挑戦したかったのではないのか？」

「いえ、そっちは別に急がないというか……」

何か噛《か》み合っていない、とんでもないすれ違いがあったように思う。

「ちょっと待ってくれ。もしかして、余が仮病で戦いを延期にしてどうにか有耶無耶《うやむや》にしようとしていたことに憤っていたわけではないのか？」

「そんなしょうもないことしようとしてたんですか!?　竜人の王が!?」

思わず素で大声が出てしまった。

俺は慌てて口を塞ぐ。それからしばし、気まずい沈黙が訪れた。

どうやら《空界の支配者》と繋がりがあるのではという疑惑は、完全に俺のただの勘違いであったらしい。

「いえ……想定していたのとのギャップで驚いて、つい……。あの、そういうことでしたら融通は利かせられそうといいますか……」

「さ、さあ、来るがよい、ニンゲンよ！　世界の守護者たる余の力、貴殿にお見せしようではないか！」

俺の言葉を掻き消すようにリドラが叫んだ。半ばヤケクソ気味の大声であった。羞恥のためかバツの悪さからか、リドラの顔は赤くなっていた。

3

「炎魔法第九階位《竜式熱光線《ドラゴレイ》》！」

リドラが叫ぶ。彼の前方に二つの魔法陣が重なるように出現し、その中心を貫いて極太の赤の光線が放たれた。

俺はまだ本気でリドラが勝負を始めるつもりなのかどうかさえ判別がついておらず戸惑っていたのだが、まさか開幕と同時に範囲魔法をかましてくるとは思わなかった。

戦いを始めるにしても、別に場所があるのだと思っていた。ここでそんな大技を使ったら《竜王の間》が滅茶苦茶《めちゃくちゃ》になりかねない。

俺は横へと大きく跳んで光線を躱《かわ》す。振り返ると、光線が城内の壁に大穴を開けていた。

い、いいのか、アレ……？

風を切る音に、俺は視線を戻す。いつの間にかすぐ横まで迫ってきていたリドラが、俺へと爪を振るっていた。

「余所見《よそみ》をしたな！　悪いが、桃竜郷《とうりゅうきょう》の権威を背負って戦っている！　余もそう簡単に敗れるわけにはいかんのでな！」

どうやら《竜式熱光線《ドラゴレイ》》を放つと同時にその後を追い掛け、自身の姿や移動音を誤魔化しながら接近していたらしい。

「貴殿ならば、必ず今の魔法に対応してくるだろうと思っていたぞ！　このまま決め切らせてもらう……！　竜技、《瞋恚竜舞《しんいりゅうぶ》》！」

俺はリドラの爪を、身体を捩《よじ》って躱す。リドラは腕の勢いと翼を利用して軽やかに宙で一回転をしつつ、二度俺へと蹴りを放ってくる。

俺はその二発をどちらも左腕で防いだ。流れるように体勢を整えたリドラは、また両腕を用いた爪撃《そうげき》へと繋げてくる。

「あの……リドラさん。その、別に挑戦を受けたくない事情があるのなら後回しでも……」

俺はリドラの攻撃を防ぎながら声を掛ける。

「余の技を受けながら、よくもそれだけの余裕を……！」

リドラが歯を食いしばり、俺を睨《にら》みつける。

「余とて竜王である！　不意打ちを仕掛けて、温情を掛けられて中断などできるものか！」

再びリドラに魔力が集まっていく。また先程と同じ、二つの魔法陣が重なって展開される。

「確かに貴殿は桁外れに強い。だが、余の連撃を受けながら、至近距離の《竜式熱光線《ドラゴレイ》》を躱せる道理などな……！」

俺は裏拳でリドラの頬を打ち抜いた。魔法陣が崩れ、リドラは顔を押さえながら床に身体を打ちつけて転がっていき、竜王の椅子と衝突した。

確かに《瞋恚竜舞《しんいりゅうぶ》》の対応に精一杯だったのならば、至近距離の《竜式熱光線《ドラゴレイ》》に繋げられれば一溜《ひとた》まりもなかっただろう。だが、俺は別に《瞋恚竜舞《しんいりゅうぶ》》の連打から抜ける術《すべ》がなかったわけではない。

リドラの《竜式熱光線《ドラゴレイ》》も別に発動までさほど速いわけではないので、この手順で倒せる相手ならば普通に戦ってもどうにかなるのではなかろうか。

確かに早期決着は狙いやすいかもしれないが、俺の方がレベルが上だと判断していたのならば取るべき作戦ではなかった。ただ《瞋恚《しんい》竜舞《りゆうぶ》》の精度を下げて隙を晒《さら》しただけである。焦りから決着を急いだのだろう。

「あの……もう、これでいいですか？　別に話したいことがあるんですが……」

俺が声を掛けるも、リドラは起き上がってこない。

「カ、カナタさん……まさか、今のでリドラさん殺しちゃったんじゃ……」

フィリアと共に部屋の隅へと退避していたポメラが、小声でぼそっとそう零した。

「え……!?　い、いえ、軽くでしたよ、軽く！」

「カナタさんの軽く、全然当てになりませんし……」

冷や汗が俺の頬を伝った。

い、いや、そんなはずはない。リドラもそれなりにはレベルが高いはずだ。先程の連撃もそれなりの重みはあった。軽く殴り飛ばしたくらいなら充分耐えられるはずだ。

ただ、一応ステータスを確認しておくことにした。

リドラ・ラドン・ドラフィク
種族：竜人
Ｌｖ　：８７５

ＨＰ：２７６４／４９００
ＭＰ：３８５７／４７２５

……よかった。やっぱり全然体力が残っている。

「大丈夫です、半分以上残ってます」

「……軽く引っ叩《ぱた》いただけのつもりで半分近く体力が抉《えぐ》れてるの、やっぱり危なかったんじゃないですか？」

あ、当たりどころがよくなかったのだろうか……。

起き上がってこないところを見ると、顎に衝撃が入ったせいで意識が飛んだ可能性もある。ここで終わりにして治療した方がよさそうだ。

そう考えていたとき、目前の床から妙な音がした。俺が退いたと同時に、床が爆《は》ぜて衝撃波が巻き起こり、天井を穿《うが》った。

リドラがゆらりと立ち上がる。

「《是空掌《ぜくうしよう》波《は》》……掌撃そのものを魔力で纏《まと》い、物質を伝導させる竜技の完成系の一つ。初見で完全に回避したのは貴殿が初めてだ」

「なんで……」

俺は出かかった言葉を呑み込んだ。

なんで狸《たぬき》寝入りから不意打ちをお見舞いしてこんなに強者風を吹かせているんだと思ったが、さすがにそれを突っ込むのは躊躇《ためら》われた。

一瞬俺もなんだか格好良く見えてしまったが、よくよく考えれば全くそんなことはなかった。

「《是空掌波《ぜくうしょうは》》！」

リドラが壁に手のひらを当てる。俺がその場から動けば、またすぐ背後の床が爆ぜた。

「竜技、《涅槃千羽《ねはんせんば》》！」

リドラが両翼を大きく展開させる。彼の翼から放たれた黄金の羽が、俺目掛けて真《ま》っ直《す》ぐに飛来してきた。俺は先頭の羽を手で摑《つか》み、それを振るって他の羽を叩《たた》き落とした。

「あの……リドラさん。もう、ここまでにしませんか？」

「余は誇り高き竜人の王である！　こうして戦いが始まった以上、軽々しく敗北を認めるような真似は許されんのだ！　言ったであろう、余はもう逃げも隠れもせんと！」

リドラは背後へ大きく跳んでまた互いの距離を伸ばし、壁を叩いて《是空掌波《ぜくうしょうは》》を放ってくる。

俺が前に出て避ければ、《涅槃千羽《ねはんせんば》》を飛ばしながらまた別の方面へと跳んで間合いを保つ。

「それに……余も、戦いを神聖視する竜人よ。久しく忘れていた、己の全てを投じて戦うこの感覚……思い出させてくれたことに感謝しよう！　カナタよ、決着がつくそのときまで、共に舞おうではないか！」

リドラが壁を蹴って、《竜王の間》の角へと宙を舞いながら移動していく。

「リドラさん……」

この人……格好いいこと言いながら、一発顔面にもらって以来、全くこちらに近づく素振りを見せてこない。ひたすら隙の少ない遠距離用の竜技を連打しながら、俺から距離を取れる方向へと常に全力で移動している。

発動準備中に一撃入れられたのが脳に鮮明に焼き付いているのか、もはや主戦力にしていた《竜式熱光線《ドラゴレイ》》さえ使ってこない。逃げも隠れもしないと宣言していたが、これは逃げるには入らないのだろうか。

リドラが腰を落とし、床へと手のひらを打ち付ける。俺の立っている床が爆ぜるが、俺は敢《あ》えて避けずに受け止めた。

「《是《ぜ》空掌 波《くうしょうは》》！」

「よ、よし、一撃入った！　多少これで面子《メンツ》は保たれ……」

リドラが安堵の息を吐く。

俺は土煙の中から、リドラの黄金の羽を勢いよく投げ返した。これで初動を隠すことができる。

リドラも一撃入れたと思って気が多少緩んでいたらしく、反応が遅れていた。喉元へと黄金の羽が突き刺さる。

「うぐっ……！」

リドラは黄金の羽を引き抜きながら、《竜王の間》の別の角へと飛んで逃げようとする。更に追撃が来ることを警戒したのだろう。

ただ、戦場としてさほど広いわけではない《竜王の間》の四隅の角を飛んで移動するリドラの動きを予想するのは容易であった。

俺はリドラが逃げた角へと先回りする。リドラは着地と同時に、俺に背を向けて再び飛ぼうとする。

「……すいません、リドラさん」

俺はその臀部《でんぶ》へと蹴りを放った。

「ふぐぉぅっ!?」

リドラの身体が床の上へと頽《くずお》れた。

ぴくぴくと身体が痙攣《けいれん》する。白目を剥《む》いており、口からは泡を吹いていた。

ちょっと力を入れて蹴らせてもらった。リドラはタフであるし、諦めも悪い。攻撃の加減が難しかったのだ。

ただ、尻であれば大事に至ることはないだろうと判断したのだ。首が折れたり脳に衝撃が入ったりする心配もない。

4

竜王への挑戦の後、俺はリドラに肩を貸して彼の身体を支えながら、ゆっくりと竜王城の階段を下りていた。

「見事であったぞ……カナタよ。この余がニンゲン相手に敗れることがあろうとはな。この世界は、何が起きるのかわからぬ。フフ、だからこそ美しく、面白い。そうは思わぬか？」

「いえ、あの……」

「言うな、城の崩壊など、戦いの甘美な味に比べれば安いものだ。この竜王リドラ・ラドン・ドラフィク、カナタを至上の友として敬おう。貴殿はニンゲンの身で、この桃竜郷《とうりゅうきょう》での最大の名誉を得たのだ。竜王の名に掛けて邪険にはすまい。だが、ニンゲンの身でそれだけの偉業を成し遂げたことが、桃竜郷《とうりゅうきょう》内で要らぬ妬みを買うこともあるかもしれぬ。竜人で失礼な者がおれば、この余に言うがいい」

「えっと、城壊したのはリドラさんですよね……？」

竜王への挑戦が終わり、宝物庫にて褒美の品を賜ることになったのだ。

竜王城の宝物庫は地下にて厳重に保管されているらしい。リドラは臀部へのダメージで現在足が麻痺《まひ》しているらしく、俺が肩を支えることになったのだ。

そこまで急いで褒美の品をいただかなくてもよかったのだが、どうやらリドラ側が随分と俺へと褒美の品を出すことを急《せ》いている様子であった。直接理由は聞いていないが、恐らく桃竜《とうりゆうきよう》郷の規則のためだろう。

桃竜《とうりゆうきよう》郷では強さが地位に直結する。元々竜王への挑戦は、竜王の座を懸けた戦いであるという話だった。宝物庫のアイテムを褒美として拝領できる規則は、その代わりのようなものなのだ。

ただ、桃竜《とうりゆうきよう》郷の規則は、竜人以外が竜王への挑戦に勝利することを想定していない節がある。竜人でもなんでもない部外者が竜王になりたいと言い出せば、恐らくとんでもない騒動に繋がりかねないのだ。ズールの凶行もそれを見据えたものだったのだろう。

リドラとしては、とっとと俺にアイテムを与えておかなければ安心できないのかもしれない。

「……あれだけ壊しておけば、まさか余が一方的に敗れたとは皆思わんだろう」

リドラが上の階層へと目を向けて、ぽつりとそう零した。……立場があるため仕方ないのだろうが、どうにもリドラの言動が狡《ずる》く思えてしまう。

「カナタよ、竜人の長として……世界の調整者であるドラゴンとして、貴殿へ忠告しよう。この世界は大きな天秤《てんびん》のようなものだ。片側に重い石が乗れば、もう片側にも同じだけの重量の石が載せられる。貴殿が強大であればある程に、予期せぬ強者との邂逅《かいこう》が待ち受けているものだ。今この世界に何が起きようとしているのか、余でさえまるで見当がついていない。ただ、一つだけわかることがある。貴殿はいずれ、この世界の行く末を左右する大きな戦いに巻き込まれることになるだろう」

リドラが真剣な表情でそう語った。

俺は息を呑んだ。リドラの言葉の意味は理解できる。

要するにドラゴン達が認識している世界のルールは、ナイアロトプ達のエンターテインメントのことだ。

既にその予兆はある。《屍《しかばね》人形のアリス》の言っていた『世界の大きな流れ』、そして邪竜ディーテの言っていた《神の見えざる手》……。既にナイアロトプは、俺を狙って動き出している。

「貴殿も気付いているからこそ、ここ桃竜郷《とうりゆうきよう》を訪れたのであろう。よく選ぶがいい。我らドラゴンは、直接ニンゲンの危機を助けてやることはできん。だが、貴殿らの、そしてニンゲンの平穏を祈っているぞ」

「リドラさん……ありがとうございます」

俺は頭を下げた。

リドラは元々この世界の住人でありながら、この世界を俯瞰的《ふかんてき》に見ているところがある。ドラゴンの性質なのかもしれない。

リドラの言葉には重みがあった。先程の戦いで、最大限まで逃げ回りながら必死に遠距離技を連打していたリドラと同一人物とは思えないくらいである。俺も何か、先の戦いは接戦であったかのような錯覚さえ覚え始めていた。

竜王城の地下には大きな石の扉があった。ドラゴンの絵が刻まれている。

「開け」

リドラの言葉に応えるように、彼の指輪が輝きを帯びる。石の扉が左右へと分かれた。それを見たリドラが、少し顔を顰《しか》めた。

「……む、余が気を失っていたため仕方がないが、宝物庫への結界が少々緩んでいるな」

「だ、大丈夫なんですか、それ……？」

「この指輪で竜穴を管理しているとは言っていたであろう？　竜穴に安易に近づかれんよう、竜穴の魔力を用いた結界を展開しているのだが……その範囲内に宝物庫も置いているのだ。ただ、その竜穴の魔力の制御自体をこの指輪で行っているため、余の身に何かあればこちらにも多少影響が出てしまう」

リドラが手の《竜穴の指輪》を俺へと向ける。

な、なるほど……。

竜王は思っていた以上に竜穴の制御と保護に関わっているようだ。竜人が異様に強さに拘っている理由も、竜王が簡単に強さで入れ替わる理由もわかった。そもそも竜王が一番竜人の中で強くなければ成立しないのだ。

「それって……もしかして、侵入されたりしている可能性があるっていうことですか？」

「いや、あくまで多少弱まっていただけだ。余がここを離れていたわけでもないため、そう簡単に破られる結界ではない。仮に侵入を許していれば、結界自体が途絶えている」

リドラは俺の腕を解き、宝物庫へ向かって歩き始めた。

「すまないな、もう大丈夫だ。わかってはいるだろうが、宝物庫内ではくれぐれも余計なことはせぬように頼むぞ」

「本当に大丈夫ですか？　足、滅茶苦茶震えてましたけど……」

俺が問い掛けたとき、リドラが何か答えるより先に、フィリアが屈《かが》んで彼の太腿《ふともも》を軽く突いた。

リドラの膝がガクンと下がり、太腿を抱えながら地面へと頽れた。

「つぅっ！　痛い痛い痛い痛い痛い！」

「ごっ、ごご、ごめんなさい！　ごめんなさい！　フィリア、つい……！」

……やはり痩せ我慢をしていたらしい。この人、凄《すご》い人物ではあるのだろうが、微妙に頼りなく見えてしまう。

第六話 ■ 空界の支配者

1

扉を越えた先は、巨大な空洞へと続いていた。

床や壁は、仄《ほの》かに七色に発光しており美しい。竜穴の魔力のためなのだろう。どうやら宝物庫へ行くまでに竜穴を経由する必要があるらしい。

「どうだ？　この桃竜《とうりゅう》郷《きょう》の中でも最も美しい光景だろう」

リドラの言葉に俺は頷《うなず》いた。

「ええ。ただ、ここって下手に荒らされると、それだけで不味《まず》い場所なんですよね？　いいんですか？　人間が来てしまって」

「何を言うか。桃竜《とうりゅう》郷《きょう》に招いた時点で同胞の恩人であり、我らにとって大事な賓客だ。そして、余に勝利した貴殿には、この場へ訪れる資格がある。見よ、あの遠くに見えるのが竜穴である」

離れた場所に巨大な裂け目が空いていた。

これが世界の裂け目……竜穴らしい。穴の奥からは、虹色の輝きが色濃く放たれている。

そしてその周辺には、光の届かない地下であるというのに木が生えていた。透き通った瑠璃色の幹を持ち、色とりどりの葉を付けている。

「竜穴の魔力から溢《あふ》れ出た生命力によって生まれたものだ。あの辺りの植物も、根っこで竜穴と繋《つな》がっていてな……下手に触れれば、竜穴の魔力を乱すことになる。そうなれば、世界のどこかで大きな災いが起こりかねない。仮に貴殿らが何かしようものなら、余は敵《かな》わずとしても命を張って止めねばならん」

この世界にとって重要な場所であることは事前に知っていたが、改めて目前にするとその事実を強く認識させられる。

「……なので、本当に止《や》めてもらいたい」

リドラは懇願するような表情を浮かべていた。切実すぎる。

「仮に竜穴を狙った外敵が現れれば、余は竜穴の魔力を使ってでも撃退することになるが、それは結局竜穴を乱すことになる。そして、仮にそれを用いても余では貴殿らに敵うビジョンが見えない」

……赤裸々すぎる。

本当にこんな世界を左右するような場所をリドラに任せていて大丈夫なのだろうか。地上に出てから会った人の中では桁外れに高いレベルを有しているし、実際に凄《すご》い人ではあるはずなのだが、いまいち締まらない。

ふと、リドラのステータスを思い出す。

リドラ・ラドン・ドラフィク
種族：竜人
Lv　：875
HP　：2764／4900
MP　：3857／4725

……リドラ・ラドン・ドラフィク。

何となく違和感があった。俺はなぜか、桃竜郷《とうりゆうきよう》の竜人には姓がないという先入観があったのだ。

しかし、思い返せばライガンにも姓があった。

「……あ」

ふと、ライガンが最初に口にしていたことを思い出した。

『三つの試練の合計点が百点に満たなかった場合、竜人であれば年齢にかかわらず幼竜と見做《みな》され、様々な制限が課される。一番わかりやすいのが、桃竜郷《とうりゆうきよう》の外へ出ることの禁止である。外の者であれば称号なしとなり、桃竜郷《とうりゆうきよう》内で対等に扱われることはないと思え』

そう、ラムエルには姓がなかったのだ。恐らくは彼女の試練での点数が低いために、姓を持つことを許されていないのか、剝奪されたのかもしれない。

最初はあまり印象のよくなかった桃竜郷《とうりゅうきょう》も、今ではいい場所だったと思えるようにはなってきた。ただ、そうして考えると、やはり実力主義や排他的な考え方がこの桃竜郷《とうりゅうきょう》に影を落としているようにも感じてしまう。

それが悪い部分もあれば、いい部分もあるのだろう。特に竜人は、重大な使命を背負って生まれた種族である。俺みたいな部外者があれこれとケチを付けるべきことではないのかもしれないが、それでも知人が蔑ろ《ないがし》にされているのを知れば、あまりいい気分はしない。

「どうした、カナタ？」

「いえ……あの、この桃竜《とうりゅう》郷《きょう》の竜人の中に、姓を持つことさえ許されていない子がいますよね」

「……む？」

リドラが顔を顰《しか》めた。

「あ、いえ、突然すいません、こんな話をして。ただ……」

「いや……そんな竜人はいないぞ」

リドラはあっさりとそう返してきた。

一瞬、何を言われたのかわからなかった。もしや同胞と見ていないためにこう言ったのかと思ったが、リドラの顔を見ていれば、とてもそんなふうには思えない。

ラムエルのステータスを覗《のぞ》いたのはほんの数秒だ。もしや、俺の勘違いだったのだろうか？

いや、そんなはずはない。あれ以来ずっと、竜人に姓はないのかと勝手に思い込んでいたくらいだったのだ。

「遠い昔のことか……はたまた、他の地を守っている竜人ならば知らないが……竜人は、さほど多い種族ではない。少なくともこの国内においては、ここ以外に竜人の集落などないはずだが」

俺は口を押さえた。

ラムエルは桃竜郷《とうりゅうきょう》の竜人ではなかったのか？

振り返ってみれば、ラムエルは裏切り者対策で自分の名前を出さないでほしいと言っていたため、彼女が桃竜郷《とうりゅうきょう》の出身であることを確認することができなかった。

俺も疑いもしていなかった。ライガンのステータスを見たときに疑いを持つべきだったのだ。

何か、とんでもない思い違いをしていたのかもしれない。

「うぐ、熱っ……！」

リドラが手を押さえてその場に屈《かが》み込んだ。

「リ、リドラさん？」

「みょ、妙だ……《竜穴の指輪》が、発熱している！　暴走しているのか？　今まで、こんなことが起きたことはなかったというのに！」

リドラの手許《てもと》を覗けば、指輪が真っ赤に変色している。指が焼けて煙が上がっていた。

「リドラさん、指輪を外すべきです！」

リドラは苦悶《くもん》の表情を浮かべ、必死に自身の腕を摑《つか》んで苦痛に耐えていた。

「外すわけにはいかんのだ！　この指輪で我々竜人は代々竜穴を制御している。指輪がおかしいということは、竜穴に異常が起きているということ。こんな状態であるからこそ、余の指が焼き切れようと、この指輪を外すわけにはいかん！」

そのとき、広大な地下全体を包み込むように、虹色の光の壁が浮かび上がってきた。リドラが目を見開いて光の壁を睨《にら》みつける。

「こ、これは、非常事態に備えて先代竜王が準備していた、竜穴の魔力を用いた結界だ！　普段から結界自体は展開しているが、ここまで出力が高いものは余は使ったことがない！　何故《なぜ》このタイミングで……！」

指輪が何かしらの暴走を引き起こしているようであるし、誤発動したのかもしれない。ただ、それにしても、何か意図的なものを感じる。

「もしかして誰かが、竜穴をコントロールしているんじゃ……」

「そんなはずはない！　竜穴を自在に制御することができるのは、この指輪の他に存在はしない！」

続けて竜穴より轟音《ごうおん》が鳴った。

黒い巨大なドラゴンが、翼を広げながら竜穴より姿を現した。二つに裂けた巨大な尾が宙を舞う。

黒竜は、身体《からだ》の表面は、この場の岩々と同様に虹色の光を帯びている。竜穴の魔力に間違いなかった。

「く、《空界の支配者》……！　奴《やつ》が何故ここへ!?」

リドラが唇を噛《か》み締めてドラゴンを睨む。あのドラゴンが《空界の支配者》に間違いないらしい。

状況整理に頭が追いつかない。何故この場に先回りすることができたのか、そして何のために先回りしていたのか。そして、ラムエルの目的がなんだったのか。

ただ、間違いなくわかることがある。今が非常事態だということである。

黒いドラゴンが大きく息を吸う。

「フィリアちゃん！　ポメラさんをお願い！」

「うんっ！　フィリアに任せて！」

俺はリドラの腰に手を回し、地面を蹴ってその場から離れた。

フィリアもまたポメラの手を引き、遠くへと飛んでいた。

俺達《たち》の背後に、黒い炎柱の列が巻き上がった。奴が口から黒炎を吐き出したのだ。

安全な場所へと移動してから、俺はリドラを下ろした。

「や、奴め……！　この場が荒れると、世界に何が起こるかわからんというのに！」

リドラが歯噛《はが》みしながら《空界の支配者》を睨みつける。

「《空界の支配者》に、竜穴を乗っ取られた……？　すいませんリドラさん、俺が騙《だま》されて、アイツがこの地へと入り込む隙を作ってしまったのかもしれません」

疑いたくはないが、ラムエルは暫定でほぼ黒だ。元々俺に竜王へと会うように依頼したのはラムエルだ。アイテムのことも仄めかしていた。

恐らくラムエルは、俺がリドラと戦い、竜穴の管理に隙ができるのを狙っていたのだ。

竜王は基本的に竜王城から出ず、常に竜穴の守護と制御を行なっている。管理が甘くなるのは、王竜の称号を得た者が挑戦に訪れたときだけなのだ。

『キヒヒ……それは少しばかり違うね。確かに竜王は常に竜王城周辺の魔力の動きを感知している上に、危機を感じれば結界を強めて竜穴に誰も近づけなくすることもできる。それは多少厄介だが、ボクならそんなもの、少しばかり準備をして策を弄せば、いくらでも掻《か》い潜《くぐ》る術《すべ》はある。ボクがそれをしなかったのは、単にやる意味がなかっただけなのさ。ボクの全身は、とっくの昔に竜穴の魔力で満たされているからね。今更ここの魔力を追加で吸い上げたくらいじゃ、レベルもステータスも大して伸びないいんだよ』

《空界の支配者》から思念波が送られてくる。その巨軀《きょく》が強い光に覆われたかと思えば、輪郭がどんどんと小さくなっていく。

『ボクが狙っていたのはキミの方だよ。ここに誘《おび》き寄せて結界で閉じ込めてしまえば、竜穴の無限の魔力を使って、一方的に攻撃することができる』

ドラゴンの姿が、少女の姿へと変わった。見覚えのある藍色のウェーブの掛かった髪に、丸っこい金色の瞳。大きな水晶のついた、真っ赤な首飾りをしている。

記憶に違うのは、大きな角と、身体以上の長さを誇る二又の尾と、大きな翼。そして何より、腕は黒い鱗《うろこ》に厚く覆われたままであり、その先端には禍々《まがまが》しい凶爪《きょうそう》がついていた。
「お人好《ひとよ》しの馬鹿は利用しやすいので嫌いじゃありませんけれどぉ、キヒヒ、馬鹿にも限度っても
のがありますよ。悪いけどこっちも大事な使命があるんですよねぇ、カナタさん」
わざと作ったような白々しい猫撫《ねこな》で声《ごえ》で、そいつは俺へとそう言った。
「ラムエル!?」
確かに《空界の支配者》が竜人であることは聞いていた。しかし、ラムエルが《空界の支配者》
であるはずがない。彼女はそもそも【レベル10】であったはずなのだ。
「ヴェランタに押し付けられたときには、こんなものボクには要らないと思っていたけれど、確か
に役に立ったみたいでよかったよ。いや、双獄竜を偵察に送っておいてよかった」
ラムエルは巨大な鉤爪《かぎづめ》で首飾りの水晶を握り潰した。その瞬間、ラムエルの纏《まと》う気配が変化した。

ラムエル
種族：竜人
Lv　：1780
HP　：9078／9078
MP　：9256／9256

レベルの、偽装……？

完全に転移者対策だ。《神の見えざる手》は、そんな技術まで持っていたのか。

今となっては、引っ掛かっていたことがポロポロと見えていた。双獄竜が《空界の支配者》の手で始末されたときにはあまりに残忍な奴だと思っていたが、理由があったのだ。

双獄竜を通して俺の実力を知ったラムエルは、早々に正攻法では敵わないと判断し、俺と接触して行動を誘導することにしたのだろう。そのために、何としてでも自身の情報を双獄竜に落とされるわけにはいかなかったのだ。

「いや、さすがにキミのステータスが想定していたより数倍は高くて驚いたよ。だが、ボクの魔力は元々竜穴から奪ってきたものでね。竜穴も、ボクを自身の一部であると判断しているのさ。そんな安っぽい指輪がなくったって、ボクはここにさえ入り込めば、いくらでも竜穴を操ることができる」

……確か、オディオも《空界の支配者》は、竜の規則を破って竜穴の魔力に手をつけた罪人だと言っていた。

道理で竜穴の結界の出力を引き上げることができたはずだ。結界が維持されていたのに中に入り込んでいたのも、リドラが気を失っている間に入って内側から結界を張り直して、誰も侵入していなかったかのように偽装していたのだ。

「わかるかい？　竜穴にいる限り、ボクの命も魔力も無限なのさ。多少レベルの差があろうと、そんなことは些事《さじ》でしかない」

ラムエルがそう言って笑い声を上げた。

2

「キヒヒ……悪いけれど、今のボクは絶対に戦いじゃあ死なないんだよ」

ラムエルが鱗を覆った巨大な腕で指を立て、俺達を挑発するように笑った。

「ちょ、ちょっと待ってください！　じゃあ、ラムエルを見ているはずだった、ロズモンドさんは……！」

ポメラが叫ぶ。

俺はそれを聞いて、目を見開いた。確かロズモンドは、ラムエルと共に都市ポロロックへと戻り、彼女を《空界の支配者》の手先から護衛するという話になっていた。

「ああ、ロズモンド……あの弱っちいニンゲンの女だね。いやぁ、適当に振り切ってやろうと思っていたけど、思いの外しつこくってうんざりしたものでね」

「お、お前、ロズモンドさんに何を……！」

俺達が慌てる様子を見て、ラムエルが大きく舌を出した。

「キヒヒ、無事だといいねぇ。あのニンゲン」

頭の中で、何かが切れたような感覚があった。

ロズモンドは態度は大きくて喧嘩《けんか》っ早《ぱや》いが、面倒見のいい善良な冒険者である。ラムエルの護衛を買って出たのも、彼女の優しさからだ。ラムエルが弱者を装っていたために、気掛かりだったのだろう。

それをしつこいと断じて始末するなど、真っ当ではない。ラムエル程のレベルがあれば、ロズモンドがどれだけ粘ろうとも振り切るのは不可能でもなんでもなかったはずだ。

いや、まだ、殺されたと決まったわけではない。だが、いち早くロズモンドを捜しにいくためにも、一刻も早くラムエルを倒す必要がある。

「……俺が狙いなら、桃竜《とうりゆう》郷《きよう》や他の人を巻き込むな」

俺は《英雄剣ギルガメッシュ》を抜き、地面を蹴ってラムエルの許《もと》へと駆けた。

「ちょ、挑発に乗るな、カナタ！　《空界の支配者》は、竜穴の魔力を吸って永遠に近い寿命を得た、我ら竜人の祖にして怨敵だ！　まともに戦ってどうにかなる相手ではない！　その上に奴は今、竜穴と完全に繋がっている！　身体能力が跳ね上がっているのは無論のこと、体力も魔力も実質底なし……無限の状態だ！　今の奴と殴り合っても、一方的に消耗させられるだけだ！」

リドラが指輪を押さえながら叫ぶ。

「どうにか結界を崩して、一度桃竜《とうりゆう》郷《きよう》を捨てて逃げるしかない！　奴とて、無意味に世界を荒らすことは好まんはずだ！　必ずここを奪還するためにも、感情で意地を通してはならん！」

リドラが俺をそう説得する。だが、ここで何もせずに逃げる気にはなれなかった。

「キヒヒ、簡単に挑発に乗ってくれる。愚かだねえ、ニンゲンは。レベルが高かろうとも、踏んできた場数が違う。だからそうして見え見えの罠《わな》に引っ掛かるんだよ」

ラムエルは翼で自在に宙を舞いながら高度を落とし、巨大な腕を俺へと振りかざしてきた。

「千年振りの竜穴の魔力で、さいっこうの気分だ！　世界を型創る魔力の力……無知《むち》蒙昧《もうまい》な思い上がったニンゲンに思い知らせてあげようか！」

ラムエルが両腕を振るい、爪撃《そうげき》の連打を放ってくる。俺はそれを刃で弾《はじ》く。

「キミの間違いを教えてあげよう。一つ、逃げるべき場面で愚かにも飛び込んできたこと。そして二つ、竜穴の魔力の鎧《よろい》を持つボクに肉弾戦を挑んだこと！」

左腕の大振り。

俺はラムエルの懐へ潜り込んで爪を躱《かわ》し、刃を思い切り振り抜いて左腕を斬った。だが、ラムエルが身体に纏う、虹色の魔力に防がれた。

これがラムエルの言う、竜穴の魔力の鎧らしい。《英雄剣ギルガメッシュ》の一撃で傷がつかないとは思わなかった。

いや、違う。ダメージを受けて魔力の鎧が消耗した分、素早く竜穴の魔力を吸い上げて回復しているのだ。

「……ぐっ、純粋な身体能力じゃあ、この状態のボクでさえ劣るのか。なるほど神にも等しいボク

らが、わざわざ個人を処分する依頼を受けたわけだよ。そりゃ双獄竜程度じゃあ、力試しにもならなかったか。でも……それでも、近接戦は悪手だったねぇ！」

ラムエルは左腕を再び俺へとぶつけてきた。対して俺の剣は、魔力の鎧に防がれて下がっていた。

魔力の鎧がある限り、ラムエル本体には一切の外傷さえ負わせることができない。打たれ強いなんてものじゃない。確かにこれなら近接戦で圧倒的に有利に立ち回ることができるだろう。

だが、それは、圧倒的に有利である、程度の問題だ。

俺は刃を戻してラムエルの爪を防いだ。

「へ、へぇ……今ので間に合うの？」

ラムエルの顔が引き攣《つ》る。

俺はラムエルの顔に蹴りを入れた。案の定、これも魔力の鎧に妨げられる。間髪を容《い》れずにラムエルが爪撃で反撃してくるのを回避し、胸部を思い切り斬った。

これも弾かれこそしなかったものの、完全に魔力の鎧で受け切られていた。ラムエルには傷一つない。

「チィッ……！　無駄だってわかんないかなぁ！　こっちは十回殴られたって、その間に一発入れてればいつかは勝てるんだよ！」

ラムエルが素早い連撃を放つ。

俺は身体を反らして躱しつつ、重心の乗った一撃を外側へと弾いた。ラムエルの体勢が崩れる。

「ぐっ……！」

腹部へ刺突を放った。これも魔力の鎧に防がれてはいるものの、ラムエルは衝撃で地面へと落ちた。

ラムエルが体勢を立て直す前に、彼女の周囲を駆けながら斬撃を三度お見舞いする。魔力の鎧が激しく明滅する。

「ニンゲン、如《ごと》きがぁっ！」

激しく巨大な尾を振るう。刃で防ぐと、ラムエルは反動を利用して後方へと逃れて距離を取った。

そのまま翼を広げて宙を舞い、俺を睨みつける。

「ま、まさか……あの状態の《空界の支配者》と、互角以上に戦えるとは」

リドラが俺を見て息を呑《の》む。

「諦めの悪い奴め……！　竜穴の魔力がある限り、この魔力の鎧は破れないんだよ！」

ラムエルが声を荒らげて叫ぶ。

実際問題……あの竜穴の魔力の鎧がかなりキツい。いくら斬ってもまるでダメージが通らない。

恐らくラムエルの言葉通り、竜穴の魔力が残っている限り、あの鎧を破るのは不可能なのだ。

ただ、竜穴は世界のエネルギーのようなものだと聞いている。枯渇するまで攻撃するのはさすがに無理がある上に、枯渇させてしまえばそれはそれで世界にどんな悪影響となって現れるのかわかったものではない。

「わざわざキミの手の届く範囲で戦ってあげているのが間違いだったよ。馬鹿正直に殴り合いしてやるのはもう止めだ」

ラムエルは宙に滞空したまま、右手を天井へと掲げた。周囲に真っ赤な魔法陣が広がる。

「キヒヒ……通常状態なら魔力の負担が多すぎてまともに扱えないけれど、今なら好きなだけ撃ち放題だよ。キミが何発耐えられるのか楽しみだ」

天井付近に、赤黒い光の輪が浮かび上がった。

直径は五十メートル以上はある。高熱のためか、周囲の光景が歪《ゆが》んで見える。距離はあるが、それでも充分に熱が伝わってくる。

「古代のドラゴンの王が太陽の力を意のままに操ったと称される、その所以《ゆえん》……！　こんな魔法まで身につけていたというのか！」

リドラが悲鳴のような声を上げる。

「炎魔法第十八階位《太陽神の翼《アグネアストラ》》！」

巨大な炎の輪が俺目掛けて落ちてくる。

「こんな大規模な魔法、見たのは初めてだ……」

俺は思わずそう溢《こぼ》した。

階位も高いが、この広範囲から、恐らく同階位の中でも魔力消耗力が桁外れに高い魔法だと推測できる。竜穴の魔力をかなり消費しているはずだ。

「当たり前だろう？　見慣れていたら困りものだ。ニンゲンの枠では決して到達できない、ボクのような超越者が限られた状況下でのみ操ることのできる、神の御業《みわざ》に等しい十八階位……！」

「《地獄の穴《コキュートス》》と《歪界の呪鏡《わいかい》》の外では、だが」

「……はあ？」

俺は《英雄剣ギルガメッシュ》をラムエルへと向ける。

「炎魔法第二十階位《赤き竜《アポカリプス》》」

剣先より現れた炎の巨竜が、真《ま》っ直《す》ぐに空へと昇っていく。炎の輪を潜って四散させ、ラムエルへと喰《く》らい掛かっていった。

「二十階位!?　う、嘘《うそ》だろ、こんなの……！」

炎の巨竜がラムエルとぶつかって爆《は》ぜる。炎の高位魔法が立て続けに二つ破裂した余波で、周囲一帯が赤の光に覆われた。

予想以上の衝撃波だった。俺がポメラ達を案じて振り返れば、巨大な白い手が二本地面から生えて、指を組んで盾になっていた。

フィリアが俺の方を向いて、誇らしげな顔でピースをしている。リドラは真《ま》っ蒼《さお》な顔で地面に這《は》い、指輪を庇《かば》うような姿勢を取っていた。

「ちょ、ちょっと驚かされたけど、魔力の鎧さえ無事なら関係ないんだよ！　撃ち合ってみるかい？　世界の魔力とキミの魔力、どっちの方が多いかさぁ！」

ラムエルが叫ぶ。

だが、その表情には焦りが見えた。ラムエルの切り札は《太陽神の翼《アグネアストラ》》だったらしい。

……ただ、現状、追い詰められているのは俺も同じだ。

竜穴の魔力の鎧の突破口がまるで見えない。

俺とて《赤き竜《アポカリプス》》はそう何発も撃てるものではない。もっと燃費のいい魔法に切り替えてラムエルと魔法を撃ち合うにしても、恐らく俺の方が先に魔力が尽きるだろう。

持ち歩いている魔力を回復させる霊薬を全て飲み切って効率的に挑んだとしても、恐らく二十四時間以上掛かる泥仕合の末に、結局こちらが魔力負けする可能性が高い。

もしかすれば押し勝てるかもしれないが、そのときは竜穴の魔力を削り切ることになる。《赤き竜《アポカリプス》》をぶつけてどうしようもなかった以上、力押しであの鎧を突破してラムエルを倒し切ることがほぼ不可能だとわかってしまった。

「む……指輪の熱が、僅かに下がった……？」

リドラがポメラの肩を借りて立ち上がりながら、そんなことを呟《つぶや》いた。リドラは不思議そうな目で《竜穴の指輪》をしばし見つめた後、表情を輝かせた。

「カ、カナタよ、今、奴の竜穴の支配権が揺らいでいたぞ！　奴に乗っ取られてから《竜穴の指輪》が常に発熱していたが、思えば奴が魔法を発動した瞬間から少し熱が下がり、炎の竜の直撃を打ち消した際には大きく下がっていた！　また熱が戻ってきているが……間違いない！　一度に大量に魔力を消耗した際に、竜穴の制御の維持が不安定になっているのだ！」

「竜王が、竜穴の消耗を勧めるとはね。いいのかい？　そんなことをすれば、何が起こるのかわかったものじゃないよ。ドラゴン達が知れば、怒り狂うことだろう。ボクはあんな奴ら、怖くはないけれど……やはり竜人に竜穴を任せるのは間違いだったと、桃竜郷《とうりゅうきょう》は滅ぼされるだろうね」

ラムエルの言葉に、俺は迷った。

竜穴は世界の心臓のようなものだ。あまり負荷を掛ければ、その悪影響がどこに向くかはわからない。そしてその責任は、リドラ達竜人がドラゴンより取らされることになる。

「構わぬ！　やってくれ、カナタ！　桃竜郷《とうりゅうきょう》は、奴といつか決着をつけねばならんかった！　奴を野放しにしていれば、竜穴は今後も危機に晒《さら》され続けるだけだ！　被害は絶対に出させん！　余に考えがある！」

リドラが大声でそう叫んだ。その言葉に、ラムエルが目を見開いて怒りを露《あらわ》にする。

「弱い上に、使命を果たす気もないなんてね……！　竜王のレベルもかつての基準であった1000を大幅に下回っているみたいだし、規則も随分と緩くなっていた。本当に桃竜郷《とうりゅうきょう》は薄っぺらくなったものだ。だったらいいさ、やってみせるがいい！」

「強さだとか使命だとかが、そんなに大事か？」

「何の使命も持たず、ただ矮小《わいしょう》な存在のまま百年ぽっちの寿命を生きるニンゲンらしい言葉だよ。これだからニンゲンは、虫か何かのようにしか見れないんだ」

「人の価値観に口を出す気はないけど、お前……弱かったから、竜人の使命を破ってまで、竜穴の魔力を奪って逃げ出したんじゃなかったのか？」

ラムエルは千年前、桃竜郷《とうりゅうきょう》の竜人の一人だったという。リドラに竜人の姓について尋ねたとき、昔ならともかく今は弱い竜人から名前を奪うようなことはないと言っていた。

裏を返せば、昔ならばそういったことがあったということだ。

今の桃竜郷《とうりゅうきょう》でも《竜の試練》で点数の低い者を一人前として見ない、対等に扱わないと、レベル差による格差が目立つ。これでも規則が緩くなった方だというのならば、ラムエルの代は相当なものだったのだろう。そう考えれば、ラムエルが竜穴に手を出した理由も想像がつく。

「知ったような口を叩《たた》くなよ……下等生物が」

ラムエルは顔中に青筋を立て、低い声でそう口にした。明らかに激昂《げきこう》していた。

この局面、ラムエルに冷静に守りに入って動かれるのが一番キツかった。さっきのようにラムエルが大技で魔力を消耗したところに畳み掛けて、リドラに竜穴の支配権を取り戻させたかった。

そのための挑発だったが、充分に効果はあったらしい。

3

ラムエルが両腕を天井へと掲げ、魔法陣を展開する。再び《太陽神の翼《アグネアストラ》》を撃ってくるつもりだ。

本気で高位魔法の撃ち合い勝負に出てくるつもりらしい。

「ボクは確かに竜人の禁忌を犯した。だけど、結局はそれによって力を得て、こうして上位存在に認められたのさ。理《ことわり》の番人であるドラゴン共も、今ではボクには敬意を払っている。今更、竜人の王如きが因縁だの、竜人の役割だの、なんて矮小な！　ボクには、ボクの力に見合った大いなる使命があるんだよ！　ボクは価値のある存在なんだ！」

俺は《双心法》で二つの魔法陣を同時に展開する。

「時空魔法第十階位《次元閃《ロムスラッシュ》》」

人差し指を伸ばして一閃《いっせん》を放つ。ラムエルの身体に斬撃が走り、彼女の身体が後方へ弾かれる。

「チッ！　な、なんだよ、キヒヒ、今更小技で牽制《けんせい》なんてね。強がって見せても、やっぱり、ボクと大技で勝負する覚悟なんてないじゃないか」

即座に、予《あらかじ》め展開していたもう一つの魔法を発動した。

「時空魔法第十九階位《超重力爆弾《グラビバーン》》」

ラムエルの身体の周囲に黒い光が広がる。

「超高位魔法の、並行発動……!?　ぜ、絶対にあり得ない！　百年も生きていないニンゲンが、こんなものを可能にするなんて！　誰から……いや、何から魔法を教わって……！」

周囲の空間を巻き込みながら、黒い光が一点に圧縮される。それに伴い、ラムエルの翼や身体が球状に押し潰された。

「ぐうっ、ぐううううう！」

魔力の鎧はまだ健在だ。この魔法に耐えられる相手は、呪鏡の悪魔でもかなり珍しい。

ただ、鎧の上から力を加えてラムエルの自由を奪えている。やはり直撃は取れないまでも、この階位の魔法はそれなりにラムエルに対して有効だといえる。

しかし、動きを封じられてこそはいるが、前回と比べてそこまで魔力を消耗させられている感じはしない。やはり一時的な拘束を優先しない限りは、大人しくラムエルに魔法を撃たせて《赤き竜》《アポカリプス》で魔力を削った方がよさそうだ。

ラムエルは重力の拘束を振り解《ほど》くと、押し縮められていた翼を広げ直す。

「クソ、クソ、こんな……こんなはずじゃ……！」

ラムエルが息を荒らげながら俺を睨みつける。

拘束がなくなれば即座にラムエルから仕掛けてくるかと思ったが、ラムエルは俺を睨みつけたまま宙に留《とど》まっている。

「どうした？　自分は強いから何やってもいいって、駄々捏《こ》ねてたんじゃなかったのか？」

俺は《英雄剣ギルガメッシュ》をラムエルへと向ける。

ラムエルの爪や牙が、僅かに大きく膨れ上がった。怒りに身体を震わせていたが、ラムエルは深く息を吐き出し、自身の額を爪先で叩いた。

「フー……フー……熱くなりすぎたね。キヒヒ……悪いけど、ボクだってそう何度も挑発には乗らないよ」

ラムエルが両手を俺へと向け、魔法陣を展開させる。

「炎魔法第九階位《炎の手遊び《サルンガ》》」

今更、第九階位魔法……？　俺が疑問に思った直後、ラムエルは口端を吊《つ》り上げ、指先をポメラ達へと移した。

「キヒヒ……行儀よく、馬鹿正直にキミとやり合ってやる理由なんてない！　先に雑魚竜王さえ葬ってしまえば、ボクと竜穴を切り離すのは不可能だ！　どんな手段を取ろうが、結果的に勝利という結果を摑める者が強者なんだよ！」

指先から放たれた十の炎弾がポメラ達へと向かっていく。

「精霊魔法第七階位《精霊水の防壁《ウンディーネウオール》》！」

ポメラの周囲から水が溢れ、それらが壁となって彼女達を覆う。それを見ていたフィリアが、自身の輪郭を崩し、ポメラへと変化した。

「精霊魔法第七階位《精霊水の防壁《ウンディーネウオール》》！」

もう一周、水の防壁が増える。十の炎弾が、二重の防壁に妨げられる。

「チッ、カナタを警戒して、発動速度を優先しすぎたか……！」

「ポメラさん達を、片手間で相手にできるとは思わない方がいい」

竜穴の力を抜きにすれば、フィリアのレベルはラムエルよりも高い。

「お返しっ！」

ポメラの姿を借りたフィリアが腕を振るう。天井から生えてきた巨大な腕が、ラムエルの身体をぶん殴った。ラムエルは翼で咄嗟《とっさ》に防いだが、大きく体勢が乱れた。

「うぐっ！　あの小娘、こんなことまで……！」

今の内に、俺は《赤き竜《アポカリプス》》の魔法陣を展開する。俺の様子を見たラムエルが、慌てて自身も魔法陣を展開する。

「《赤き竜《アポカリプス》》！」

「くっ！　《太陽神の翼《アグネアストラ》》！」

赤き竜《アポカリプス》に一瞬遅れて、巨大な炎の輪が展開される。

双方の魔法が衝突するが、案の定炎の竜が食い破った。だが、衝突して減速した隙に、ラムエルは翼を広げ、炎の竜の軌道から一直線に逃げる。

「初見じゃあるまいに、あんな馬鹿みたいな魔力の塊、何度も素直にくらって堪《たま》るか！」

しかし、ラムエルが逃げるように動くのは俺も読んでいた。あの位置から豪速で空を飛ぶ炎の竜から逃れるならば、方向や動きはかなり限られてくる。

「風魔法第三階位《風の翼《フリューゲル》》！」

俺は風で自身の体を押し上げて空を飛び、ラムエルの逃げ場を潰す。

いつでも発動できるように《超重力爆弾《グラビバーン》》と、空中で動きを変えるための追加の《風の翼《フリューゲル》》を並行して展開していた。

「翼も持たないニンゲンが、空中でドラゴンの頂点に立つボクに敵うと思ってるのか！」

ラムエルの長い尾が鞭《むち》のように放たれる。それを刃で弾いたが、即座にラムエルの爪の追撃が来た。

不安定な空中であり、かつ常に魔法陣に意識を割かねばならない状態であったこともあり、俺はラムエルの攻撃への対応が遅れた。身体に爪の一撃を受けてしまった。

「図に乗りすぎだ！」

崩されたところに、尾の追撃を入れられた。腕を交差して受けるも、地面へと一直線に落とされていく。

反対にラムエルは、尾の反動を利用して天井付近へと逃げていく。

さすがに空中はラムエルに利がある。不安定な《風の翼《フリューゲル》》頼みでは、本業相手に安定した近接戦はできない。

一度距離を取ってまた仕切り直すべきだったが、長引けばそれだけ竜穴の負担も大きくなる。ラムエルに魔法を使わせた直後に、拘束力のある《超重力爆弾《グラビバーン》》を至近距離で当てられる機会はそう多くない。分が悪くとも、ここは逃すべきではない。

俺は残していた《風の翼《フリューゲル》》を発動させ、再び即座にラムエルを追って飛び上がった。

「キヒヒ、馬鹿みたいに突っ込んできてくれるのは、こっちとしてもありがたい。もう、地面に戻れるとは思わないことだ。キミが力尽きるまで甚振《いたぶ》ってやるよ」

ラムエルは空中で回転し、長い尾を天井へと伸ばす。尾で天井を叩き、自身の空中機動を制御するつもりらしい。

「《空界の支配者》の真の恐ろしさを教えてあげよう。禁断の竜技……《鳥籠》でね」

ラムエルが両手の指を組みながら、俺を睨みつける。

竜技……恐らく、ドラゴンや竜人ならではの身体能力を活《い》かした体術のことだ。近接戦は一度俺が圧倒したが、空中ならではの技があるらしい。

ラムエルの目が、今までの怒りや侮蔑とは違い、冷酷な色をしていた。

何か、仕掛けてくる。

その瞬間、ラムエルが方向転換のために尾で叩こうとしていた天井が、謎の衝撃波で吹き飛んだ。

対象を失って盛大に尾を外したラムエルの体軀《たいく》が空回りした。

「なっ!?」

遠くで、リドラが壁に掌底を当てていた。

彼の物質伝いに衝撃を飛ばす技、《是空掌波《ぜくうしょうは》》だ。あれでラムエルの足場ならぬ尾場を吹き飛ばしたのだ。

普段のラムエルならば、恐らく軽く対応できただろう。だが、今のラムエルは《鳥籠》のためか、完全に俺へと意識を向けていた。リドラはその隙を見抜き、的確に最大限の妨害ができる突き方をしてくれた。

「あの、雑魚竜王が……！」

ラムエルが血走った目でリドラを睨む。

「《超重力爆弾《グラビバーン》》！」

俺はストックしていた《超重力爆弾《グラビバーン》》をラムエルへとお見舞いする。ラムエルはどうにか身体の重心をずらしながら翼を広げて逃れようとするが、間に合わずに黒い光に囚《とら》われた。

「このボクが……神にも等しいこのボクが、こんなところで……！」

ラムエルは必死に抗《あらが》うが、黒い光が圧縮されていく。丸めずに強引に伸ばして抵抗していたため、翼が歪《いびつ》に折れ曲がった。

「嫌っ、嫌だ！　ボクは、こんなに強くなったのに！　認めない……認めないぞ！」

ラムエルが叫び声を上げながら、重力の拘束を振り解く。その直後、俺は彼女目掛けて《英雄剣ギルガメッシュ》を振り抜いた。

ラムエルの体表を覆っていた虹色の魔力に罅《ひび》が入った。ついに竜穴のラムエルへの魔力供給が追いつかなくなったのだ。

「う、嘘……？」

ラムエルは呆然《ぼうぜん》とした表情で、自身の身体へと目を向ける。

ラムエルの魔力が一時的に底を突いた。またすぐに竜穴から魔力が供給されるだろうが……彼女自身の魔力が薄まれば、竜穴を支配する力も弱まる。

「カナタ！　や、やったぞ！　竜穴の支配権を取り返した！　奴はもう、これ以上魔力の鎧の回復も維持もできんはずだ！」

リドラが《竜穴の指輪》のついた手を掲げる。ラムエルの身体を覆っていた、虹色の魔力の膜が完全に崩れ去った。

ラムエルは即座にその場から逃げようとしたが、俺は素早く回り込んで《英雄剣ギルガメッシュ》の一撃をお見舞いした。

ラムエルの身体が真っ直ぐに地上へと落ちていく。

4

無事にラムエルから竜穴の支配権を取り返した後、ひとまず彼女を錬金魔法で作った、頑強な鉱石の鎖で拘束した。

「すいませんリドラさん。実は俺達は元々、ラムエルに騙されて桃竜郷《とうりゅうきょう》に来たんです。元々、ラムエルの標的も俺だったみたいで……桃竜郷《とうりゅうきょう》を巻き込むことになってしまいました」

ラムエルは無力化したが、竜穴の魔力の一部を削ってしまったはずだ。竜穴の魔力は、下手に使えば世界に災いが訪れるという話だった。

また、ラムエルは、竜穴に何かあれば、桃竜郷《とうりゅうきょう》の者がドラゴンより怒りを買うことになるだろう、とも口にしていた。

「元より、罪人であった《空界の支配者》を野放しにしていたのは我ら竜人の落ち度だ。それに竜穴を守護することも、我ら竜人の使命である。此度《こたび》の騒動は、余の力が及ばなかったがために起きたことだ。《空界の支配者》を放置していれば、何かあったときに再び竜穴を狙ってくることもわかっていたが、余では力が及ばず、ドラゴン達も此奴《こやつ》のことは何故か見逃しているようであった。この件は起きるべくして起きたこと……むしろ、助力してくれたカナタ達には感謝する」

ドラゴンが見逃している……というのは、恐らくラムエルが《神の見えざる手》の一員になったからだろう。

ドラゴンは世界の理を守る存在で、あまり積極的に人間には干渉しないと聞いている。それはつまり、ナイアロトプの手先だということである。ドラゴン自身らがどの程度それを自覚しているかはわからないが。

上位存在にとって都合の悪いことが起きないように、ドラゴンを用いてこの世界を制御しているのだろう。つまりドラゴン界隈《かいわい》自体が《神の見えざる手》の下位組織のようなものだといってしまえる。そう考えれば、ドラゴンが掟《おきて》を破ったラムエルを許していたことにも納得がいく。

「ただ、《空界の支配者》の処分については、どうか桃竜郷《とうりゅうきょう》に任せてもらいたい」

「それは問題ありませんが……」

俺はちらりとラムエルを振り返った。暴れても無力化されるだけだと理解しているらしく、拘束されたまま大人しくしている。

「我らの不甲斐《ふがい》なさ故に心配になる気持ちもわかるが、桃竜郷《とうりゅうきょう》には犯罪者の力を封じるためのアイテムも多く存在する。安心して任せてほしい」

「いえ、すいません……改めて力を封じる際に、逃げられたりしないかなと少し……」

俺が頭を掻いて苦笑いしながら零《こぼ》すと、リドラが露骨に焦り始めた。

「……く、《空界の支配者》の力を完全に封じるまでは、一応その、ついておいてもらえるのではないのか？」

「あ、はい……じゃあそうしますね……」

リドラは頼りになりそうだと思った直後に、毎回自分でそれを叩き壊してくれる。貫禄《かんろく》があるのかないのかわからない。

いや、万が一《空界の支配者》が逃げ出すことを考えれば、保険を掛けるのは当たり前のことだともいえるのだが……。

リドラは周囲を見回し、それから寂しげに深く息を吐いた。竜穴が急激に魔力を失ったためか、この場の植物が目に見えて衰弱し、壁や地面の魔力の輝きも弱まってしまっていた。

「リドラさん、竜穴を回復させるための策があると言っていましたけれど、それって何なんですか？」

ラムエルが消耗した竜穴の魔力量はそれなりに多いはずだ。ラムエルが放っていた魔法もそうだが、何より魔力の鎧がとんでもない耐久力を誇っていた。

相応の魔力を消耗しているに違いない。それを簡単に帳消しにできる手段があるとは思えない。

「《空界の支配者》を竜穴へと落とす。竜穴に落ちた者は、世界の魔力へと還元される。その際に抵抗されないように、完全に力を封じ込めておく必要があるのだ」

「そう……ですか」

それを聞いて、ショックだった自分に気がついた。

ラムエルは明確に敵だ。俺の命を狙っていた。

だが、偽りだったとはいえ食事を一度共にした仲ではあったし、今回の件についてはラムエルはただ上位存在の命令で動いていたため立場的に対立しただけだ。

桃竜郷《とうりゅうきょう》のやり方に口を出してまで助けようとは思わない。ただ、リドラが拘束すると聞いて殺さずに済むのではないかと少し安堵《あんど》していたのだが、どうやらそういう意味ではなかったらしい。

「キヒヒ、余裕ができたと思った途端、敵に同情とはね。転移者らしく、とことん甘ちゃんらしい。転移者って、どいつもこいつも、そういうところがあるからねぇ。でも……余裕振るにはまだ早いんじゃないかな？」

ラムエルが口端を吊り上げて、醜悪な笑みを浮かべる。

「何を……」

「キヒヒ、いいさ、余計な手間なんて掛けなくったたって、大人しく竜穴には入ってやるよ。ただ、あれだけボクが好き勝手やったのに、本当にボク一人の生け贄《いにえ》で足りると思っているのかな？　竜王さんも本当は不安なんでしょ？　ボク一人落としたところで、今回の負債の肩代わりとして成立するのかってさ。ごちゃごちゃ調査しなくたって、張本人であるボクが教えてあげるよ。今回の竜穴の災害を防ぐのに必要な魔力は、だいたいボク二人分ってところかな。それでも消耗した魔力量から考えれば、全然安いくらいだと思うけどね」

「なっ……！」

俺は血の気がさっと引くのを感じた。リドラへと目をやるが、彼は想定していたらしく、別段慌てる様子を見せることはなかった。

「やはり、か……」

「キヒッ、ヒヒヒ！　竜王、キミの大先祖として、いい方法を教えてあげよう。見込みのない中途半端なレベルの愚図を集めて、全員竜穴へと叩き落とすのさ。そうすることでより竜穴を豊かにし、かつ弱っちい竜人を間引くことができる。何も背負っていないのに自尊心ばかり高い、今の滑稽な竜人達に丁度いい刺激になるじゃないかい？　あんまり低くても意味がないから、200ちょっとくらいが丁度いいかな？」

ラムエルが笑い声を上げる。俺は思わず殺気立ち、《英雄剣ギルガメッシュ》の柄《つか》へと手を触れ、ラムエルを睨みつけた。

「……キヒヒ、大昔の桃竜郷《とうりゆうきよう》では、才のなかった弱者は同胞ではなかったとして姓を奪い、竜柱《りゆうちゆう》石《せき》と呼んでいたよ」

ラムエルが肩を竦《すく》め、弱々しくそう零した。

俺は咄嗟に言葉が出なかった。

ラムエルにも姓がない。詳細はわからないが、元々竜穴から魔力を奪おうとしていたわけではなく、竜柱石《りゆうちゆうせき》として竜穴へと落とされたのかもしれない。

「キヒヒ……カナタ、そんな甘っちょろい考えで、《神の見えざる手》を倒せるとは思わないことだ。キミレベルなら、《神の見えざる手》にもいるんだよ。他の四人は、ボクよりずっと狡猾《こうかつ》で残忍さ。これは警告じゃない、脅迫だ。今回とは比べ物にならない程の犠牲が出るだろうねぇ。ボクはせいぜい、キミの足掻《あが》く様をあの世から観察させてもらうことにするよ」

「……竜穴には、《空界の支配者》と共に余が落ちる。足りぬ分は、宝物庫のアイテムでどうにか間に合わせよう」

リドラがそう口にした。ぎょっとしたようにラムエルが振り返る。

「竜王が？　桃竜郷《とうりゆうきよう》は、そこまで甘くなったのか！　レベルが落ちているわけだよ」

「とうに覚悟していたことだ。何か起きたときに責任を取るのが竜王の使命でもある」

「無能ばっかり残して、最大戦力を竜穴に落とすなんてね。やれ、後先のことを考えていない」

「貴様の時代とは違う。桃竜郷《とうりゆうきよう》を守ることもまた、余の使命の一つなのだ。余とて先代には敵わずとも、生半可な覚悟で竜王を継いだわけではない。危機を目前に、頭目が命を懸けねば、それこそ桃竜郷《とうりゅうきょう》は滅んでしまうだろう。かつて桃竜郷《とうりゅうきょう》に忌まわしき風習があったと、それは余も伝承程度ではあるが知っている。だが、過去の呪念を余の代に持ち込むな」

リドラは迷いなくラムエルの言葉を断じた。

「それに……フッ、余の魔力の代わりなど、奴らが百人いても務まるまい。余が向かった方が遥《はる》かに効率が良い。桃竜郷《とうりゅうきょう》の混乱も、まだ小さく済むだろう」

「代を跨《また》ぐごとに、ここまで甘くなっていたとはね。身体能力だけじゃなくて、思考まで劣等なニンゲンに寄ってきてるんじゃないのかい？」

ラムエルは溜《た》め息《いき》を吐《つ》いて首を振り、目を瞑《つぶ》った。

「……だけど、ああ、ボクも、今の時代に生まれていればよかったかなあ」

ふと、俺はそこで頭に引っ掛かったことがあった。

別に魔力の高い生き物ならなんでもいいのなら、用意する手段はそこまで難しくはないのではなかろうか。

「あの……リドラさん」

俺はリドラの肩を突《つ》つく。

「止めてくれるな、カナタ。もう決めたことだ。短い付き合いではあったが、余の死を哀《かな》しんでくれることはありがたく思うがな」

「いえ……そうじゃなくて、その、もしかしたらって提案がありまして……」

「む……？」

俺はフィリアにラムエルの監視を任せてポメラと共に《歪界の呪鏡》へと向かい、二時間程掛けてレベル２０００に近い手頃な悪魔を三体ほど弱らせて外へと連れ出してきた。動く内臓に、二つ顔のある人面鰻《うなぎ》、青い人頭が三つ重なった化け物である。

三体共身体が裂かれて体液が溢れ出ていたが、全員耳を劈《つんざ》くような笑い声を上げている。俺は三つ重なった人頭を地面へと叩きつけ、激しく震える謎の内臓を必死に抱えた。ポメラはピチピチと身を捩《よじ》る人面鰻を、死んだ表情でしっかりと押さえつけている。

「カナタよ……その、えっと……その、気色の悪いそれは？」

「瀕死《ひんし》に追い込んだ悪魔です。かなりレベルは高いので、代わりにはなるかと」

「それ……えっと、瀕死なのか？　何か叫んでるが」

「はい、もしこの三体が瀕死じゃなかったら、この瞬間に俺以外殺されてます」

半信半疑のリドラを連れて竜穴のすぐ傍《そば》へと近づき、三体の悪魔を勢いを付けて投げ落とした。

竜穴から眩《まばゆ》い虹色の光が放たれたかと思うと、地面や壁がみるみる内に魔力の輝きを取り戻していった。

「やった……やりましたよ、リドラさん！　これでリドラさんが犠牲になる必要はありません！」

「う、うむ……ありがたい、ありがたいはずなんだが……」

そこまで言うと、リドラはがっくりと肩を落とした。

「なんか……違う」

「な、なんかってなんですか！　よかったじゃないですか！　命を張らずに解決したんですから！」

「いや、覚悟を決めていたせいで、ギャップが……すまない。もっと劇的な解決策でもあるのかと思ったら、潰れた腐った内臓みたいなのを投げ込んで解決したから……いや、カナタは悪くないのだが……」

ラムエルは無言のまま、輝きを取り戻した竜穴を死んだ目で眺めていた。

5

《空界の支配者》騒動に決着がついた翌日、リドラより正式に竜王に勝利した褒美のアイテムを受け取ることになった。

リドラと共に再び竜王城の地下へと訪れる。そして宝物庫へ向かう前に、宝物庫と同じく地下にある別の場所へと寄ることになった。ラムエルの牢獄《ろうごく》である。

ラムエルは鎖に拘束されて両腕を広げた状態で固定され、術式の書かれた包帯を身体中に巻き付けられていた。これが高レベルの竜人の身体能力を奪い、拘束しておくための術なのだそうだ。

竜王城地下でラムエルが拘束されていることには二つの意味がある。

まず一つ目に、ラムエルを逃さないために、彼女の拘束は竜穴の魔力を利用した特別なものとなっているのだ。

また、万が一にも他の竜人がラムエルに接触して逃亡の手助けをしないように、竜王城の地下深くが選ばれたのである。ここは余程の理由がない限りは、聖竜の称号持ちであっても侵入の許されない聖域であるらしい。現在の体制を守っている限り、竜人が竜王の目を盗んでラムエルに接触することは不可能だといっていい。

「……おや、竜王にカナタか？　随分と早い面会だねぇ、ボクから《神の見えざる手》のことでも聞き出したかったのかな？　でも、残念だけど、前に話した以上は口にするつもりはない。拷問でも脅迫でもしてみるかい？」

ラムエルが不敵に笑った。

言葉から察するに本気らしい。

ラムエルは元々、竜穴に落とされる覚悟を持っていた。脅迫は彼女に対して武器にならない。話す気のない情報を引き出すのは諦めた方がいいだろう。

「俺が聞きたいのは、ロズモンドさんのことだ。あの人は無事なんだろうな？」

「……ロズモンドね、はいはい、あの弱っちい冒険者なら、都市ポロロックで適当に振り切ってきたよ。移動してなきゃあの都市にいるだろうね」

ラムエルはあっさりと俺へそう返した。ロズモンドの安否を隠したのはただの挑発目的だったらしい。

「別に無害な奴だったし……まあ、嫌いってわけじゃなかったからね。ボクだって殺人鬼じゃないんだ。わざわざ出会った奴、出会った奴、皆殺していくわけがないだろ？」

俺は安堵の息を漏らした。鵜呑《うの》みにできる情報源ではないが、ラムエルの様子を見るにここで嘘を吐いているとも思えない。

ポメラが恐々とラムエルを観察していたのだが、それに気づいたラムエルが目を細めて睨み返した。

「なんだい？　ボクの無様な様がそんなに面白いか、ハーフエルフ？」

「い、いえ……ただ、まさかあの世間知らずな子供っぽい振る舞いが、ポメラ達を油断させるための演技だったとは思いもしていなかったもので……」

ポメラが必死に弁明する。

確かに俺もその差には驚いていた。

尊大なラムエルだが、竜人の子供の演技には徹底したものがあった。あのときの『世界やニンゲンさんを守っている竜人がお金を払うんですか？』と言っていたラムエルの、一切の含みを感じさせない困惑した表情は、今でも記憶に鮮明に残っていた。

あのときのラムエルの桁外れに常識知らずな様が逆に真実味があると思ってしまったのだが、今思えばあれも罠だったのだろう。ラムエルがニンゲン嫌いだとしても、千年前後生きてきた彼女があそこまで世間知らずであるはずがない。

「は……？　世間知らず？　演技？　なんだ、このボクを馬鹿にしているのか？」

ポメラの表情が凍りついた。恐らく、俺も似たような表情をしていたことだろう。

ま、まさか、あのときのラムエルは、口調以外はだいたい素だったのか……？

確かに桃竜郷《とうりゅうきょう》においても、あそこまでナチュラルに、見下し意識の強い竜人は別にいなかった。ライガンやズールも、ラムエルと比べればまだマシなくらいだ。今更ではあるが、レベルが低く、まだ幼いはずのラムエルの言動が他の竜人と比較しても明らかにぶっ飛んでいたことは、彼女の言葉を疑うきっかけになったかもしれない。

「……この話はもうやめましょうか」

俺がそう言うと、ラムエルの眉間に皺《しわ》が寄った。

「おい、なんだその含みのある言い方は」

「リドラさん、そろそろ宝物庫へ向かわせてもらってもいいですか？」

「うむ、そうだな。口を割らせるのは余に任せてくれ。カナタは、ラムエルの所属している《神の見えざる手》と対立しているのだったな？　今後、もしも奴らについて何か重要な情報を引き出すことができれば、また使者でも送って連絡させてもらおう」

リドラが俺の言葉に頷き、ラムエルへと背を向けて歩き出した。俺達もリドラの後に続く。

「お、おい、もう行くのか！　せっかくこのボクが、ずっと黙っていてもよかったというのに、わざわざ面会などに応じてやったのだぞ！　このボクが！」

背後からラムエルが声を荒らげる。俺とポメラは立ち止まってラムエルを振り返った。

「あそこが余程暇なのだろう。奴は昨日もああいうことを口にしていた」

リドラが素っ気なく言って再び歩き始めた。俺もまたリドラに続いて歩き始めたが、フィリアに裾を摑まれた。

「ね、ねえ、カナタ……あの子、寂しそう」

「キヒヒヒヒ！　前情報もなく、《神の見えざる手》とぶつかろうとするなんてね！　やはりニンゲンは愚かしい。ボクとの戦いは、《世界の記録者ソピア》を通じて、じきに連中に知れることになるだろう。今後も今回のようなただの力押しでどうにかなるとは思わないことだ。今回は、ただボクが情報不足で失態を犯したというだけさ。《神の見えざる手》は、このロークロアの絶対の法……キミ達なんかが思っているよりも、遥かに深い闇だ。キヒヒ……せいぜい溺れ死なないよう、必死に足掻くといい」

ラムエルが早口で捲《まく》し立てる。ポメラが憐《あわ》れむような目で「必死すぎる……」と小さく零した。

「……まだ日が浅いからなんとも言えんが、あれで口が堅いのだ。厄介なことに。喋《しゃべ》りそうで全く喋らない、時間ばかりが浪費させられる。恐らく、話していいことにラムエルなりの線引きがあるのだろう」

リドラが溜め息を吐いた。

ラムエルは軽いようで、妙に使命や立場への拘《こだわ》りが強い。古《いにしえ》の竜人の性質なのかもしれない。元々役立たずとして竜柱石《りゅうちゅうせき》にされた上に、本来の使命を裏切る形で力を得てしまったために歪んでしまったのかもしれないが。

「そうだ、取引をしてやろう、カナタ。あのニンゲンの女冒険者……ロズモンドを連れて来い。そうすれば、《第六天魔王ノブナガ》についてなら、知っていることを教えてやってもいい。アイツの切り札は、知らなければ対処のしようがないだろうね。奴は元々、《神の見えざる手》に相応《ふさわ》しくない、ただの戦闘狂の人格破綻者だ。これを機に始末してしまえるなら、それも悪くはない……おい、聞いているのか！」

フィリアだけが立ち止まってラムエルの方を向いていたが、ポメラに「行きますよフィリアちゃん」と手を引かれ、躊躇《ためら》い気味に頷いてまた歩き始めていた。

……なんでロズモンドが妙に好かれているんだ？

ラムエルは根が構ってちゃんなので、世話焼きのロズモンドはあの手のタイプを惹《ひ》きつけやすいのかもしれない。

6

リドラに案内され、宝物庫へと辿《たど》り着いた。大きな広間の全体に黄金があしらわれており、壁にはドラゴンや魔物、竜人の壁画が彫られていた。様々な武器が飾られている。

「ここが、宝物庫……」

俺は息を呑んだ。見渡す限りの黄金と宝石がある。

桃竜郷《とうりゅうきょう》に訪れてから、圧倒的な自然に、煌《きら》びやかに輝く竜穴、そして黄金の宝物庫と、このロークロアの世界でも見たことのないような絶景続きである。ある意味、《歪界の呪鏡》もこの三つに並ぶ絶景だと言えるが。

「竜王への挑戦を制したのだから元々正当な権利ではあるが、桃竜郷《とうりゅうきょう》の宿敵であった《空界の支配者》の討伐に、竜穴の災害の阻止と、二つの大恩もある。遠慮なく好きなアイテムを持っていってくれて構わん」

「……もしかして、三人いるから三つ選んでもよかったりしますか？」

俺の問い掛けに、リドラの表情が引き攣った。

「あ、いえ、なんでも……」

「……ま、まあ、元より竜穴の災害を止めるために、宝物庫のアイテムを投じる覚悟であった。べ、別にそのくらい、構いはせん。貴殿らは大恩人であるからな」

声が上擦っていた。

……ナイアロトプへの対抗策を得るために可能であれば追加でアイテムをもらえればと思ったのだが、酷なことを聞いてしまったかもしれない。

「で、でも、ポメラ達、挑戦権はあるとはいえ別にリドラさんに挑戦もしていないのに……ちょっと申し訳ありません」

「あと二回挑まれても余が困るのだが……」

リドラが真顔でポメラへとそう返した。

「三回負けて三つ持っていかれたというより、まだ恩人に報いるために宝物を譲渡した方が格好がつく。どうか、余の体面も考えてもらえないか？　本当はこういうことは言いたくないし、事実はあるがままに受け止めたいと思っている。ただ、余の恥だけならばいいのだが、余が面子《メンツ》を潰すことで桃竜郷《とうりゅうきょう》自体が危ういことになるのだ。その……な？　わかるであろう？」

リドラが真剣な面持ちでポメラの説得に掛かった。

「ご、ごめんなさい、ポメラ、考えが足りませんでした……」

「フィリア、挑戦したい！」

フィリアが目を輝かせてそう口にする。フィリアには桃竜郷《とうりゅうきょう》の面子の話は少々難しかったらしい。

リドラは苦虫を噛み潰したような顔をしてから、どうにか止めてくれと言わんばかりに必死に俺へと目配せしながらフィリアを指差した。

「竜王さん困っちゃいますから、我《わ》が儘《まま》言っちゃダメですよ？　ね？　ね？」

ポメラが必死にフィリアを諭す。

その後、俺は《アカシアの記憶書》を片手に宝物庫の物色を行わせてもらった。……ただ、Ａ級アイテム、Ｓ級アイテムばかりであった。

中には伝説級アイテムもあるが、ナイアロトプを相手取る時点で最低でも神話級アイテムが必要なのだ。その神話級アイテムの中でも、ナイアロトプに効果がありそうなものはかなり限られてくるだろう。

俺は壁に掛けられている、黒い剣を手に取った。

「ほう……カナタ、その剣が気になるのか？　高価な品だが、貴殿に譲り渡すことに躊躇いはない」

リドラが歩み寄ってくる。

「いえ、気になったというか……ちょっと妙な気がして」

俺は《アカシアの記憶書》を捲《めく》った。

【デモンターロン（偽）】《価値：Ｃ級》
攻撃力：＋24
魔法力：＋11

伝説の悪魔の爪を用いたとされる剣。

……を模して造ったもの。

百年前の伝説の贋作《がんさく》師ハドンの最高傑作。高い魔力を持つ者にしか真価を発揮できないという触れ込みの許、誰もその真偽を判別できないままにあるときは大商人へ、あるときは国王へと所有者を替え続けてきた。

贋作ではあるが、その事実だけで歴史的な価値が高いともいえる。今でも竜王の宝物庫の奥に飾られている。


……。

「それは《デモンターロン》……かつて、ニンゲンの英雄が悪魔フォルネウスを葬った際に、王がその爪を用いて造らせたものだとされている。だが、フォルネウスは気紛《きまぐ》れな悪魔でな。誰もその魔剣の真価を発揮することはできなかったのだ。フフ、しかし、貴殿ならば使いこなせるやもしれんな」

さすが竜人の王、博識である。博識ではあるが、伝説の贋作師ハドンには一歩及ばなかったらしい。

俺は言うべきか言わないべきか悩んだのだが、黙って元の場所へと戻すことにした。ここで俺が言っても誰も幸せになれない気がしたのだ。

「……いえ、こちらは遠慮させていただきます」

「む、そうか」

ポメラが大きな箱の中を興味深そうに眺めていた。俺は彼女の背へと近づき、箱を覗き込んだ。

箱の中には、白い大きな杖《つえ》が入っていた。黄金や宝石の装飾がふんだんに用いられている。

「その杖が気になっているんですか？」

「綺麗《きれい》な杖だな、と……」

俺は《アカシアの記憶書》を捲った。

【アルヴレナロッド】《価値：伝説級》
攻撃力：＋３８５
魔法力：＋８４０
ハイエルフの古き国、アルヴの女王に代々継がれていた権杖《けんじょう》。
初代アルヴの女王であるハイエルフの精霊術師がユグドラシルを訪れて精霊の王とある契約を行い、ユグドラシルの枝を用いて造ったものだとされている。
今ではとうにアルヴは失われたが、義理深き精霊の王は今でも古き国とその女王のことを覚えているだろう。杖の所有者に力を貸してくれるはずである。

なるほど……元々エルフの杖なのか。ポメラの心が惹かれたのもそれが原因なのかもしれない。

この中にある杖の中でも最上級の性能であることは《アカシアの記憶書》が保証してくれている。

ポメラの杖はマナラークの騒動で破損して以来、補強して騙し騙し使ってきていた。交換するには丁度いい機会だ。

《神の見えざる手》が動き出している以上、ポメラのレベルでも安全だとはいえない状態にある。杖を入れ替えただけで大幅に魔法力を引き上げられるのだから、ここでもらっておいた方がいいだろう。

「だったら、一つ目はこれにしてもらいましょう」

俺は《アルヴレナロッド》を拾い上げ、ポメラへと手渡した。

「カナタさん、そんな軽々しく……！」

「それ、我らの先祖から伝わる宝だから、もうちょっとこう、丁重に……！」

ポメラが慌てふためき、リドラもやきもきとした様子で指を動かしていた。

「す、すいません」

ルナエールが神話級アイテムを簡単に使い潰していたので、どうにもまだそこの感覚がずれたままでいたかもしれない。伝説級アイテムならもらっていいか、くらいに考えてしまっていた。

「甘いもの、ないの……？」

フィリアが残念そうにアイテムを見て回っていた。

「甘いものだったら、またいくらでも買ってあげますから。ポロロックの都市に戻ったら、ケーキでも買いに行きましょう」

「本当!?」

俺の言葉に、フィリアが嬉《うれ》しそうに顔色を輝かせる。

フィリアにとっては、古代にエルフの女王が用いた宝杖なんかよりも、都市で売っているお菓子の方が遥かに価値が高いものであるらしい。リドラが何とも言えない表情で俺達を眺めていた。

7

その後……できれば神話級、少なくとも伝説級のアイテムはないかと、ひたすら《アカシアの記憶書》で鑑定を行って回った。特に見つからなかったため、俺は本棚にある書物を端から端まで確認していく。

A級の価値があるらしいが《アカシアの記憶書》で確認しても一切意味や正体がわからない書物から、冒険記と信じられているただの妄想小説、果てにはE級価値の特に存在意義の薄い辞書と、様々な色物が並んでいた。

「まるでスマホ片手にリサイクルショップでせどりをしている気分だ……」

竜王の宝物庫を漁《あさ》っているという実感がなんだか薄くなってきた。

ふとそのとき、一冊の黒い本が目についた。


【ネクロノミコン】《価値：伝説級》

古き不死者《墓暴きノルン》が天使と交信を行い、その際に受けた教えについて記した超位死霊魔法の魔導書。これを記した際には《墓暴きノルン》は気が触れていたとされており、解読は困難を極める。おまけに少なくとも後半部分は全く意味のない文字列であるらしいことが過去の学者達によって判明した。

宮廷錬金術師メギストトスは、仕えていた王より不死の探究のために地下牢に閉じ込められ、この書物の解読を命じられた。五十年の月日を解読に費やしたメギストトスは、ある日突然地下牢を抜け出して王の前に現れると「世界の真理がわかった」と叫びながら宮廷で虐殺を始め、その日を境にこの書物と共に行方不明になったという。


俺は思わず、《ネクロノミコン》を投げ捨てそうになった。リドラが叫び声を上げそうな顔で俺を見ていたので、どうにか思い留まることができた。

なぜ正気を失ったメギストトスと共に行方不明になった書物がここにあるのか。

俺がぱらぱらと捲っていると、後半のページに古いロークロア文字で荒々しく『全てがわかったぞ！　ざまあみろ！』と赤黒い血で全体に大きく書かれているのが目についた。俺は咄嗟に勢いよく本を閉じた。

「カ、カナタよ……貴重な書物であるから、丁重に……」

「す、すいません！　あの、これ、もらいますから……！」

うっかり店で商品を傷つけてしまった気分だった。あの不気味な殴り書きは、頭のおかしくなったメギストスが書いたものだったのだろうか。

不気味な書物ではあるが、稀少《きしょう》な伝説級の書物である。もらっておいて損はない。

それに俺は死霊魔法をもっとルナエールから教わりたかったが、彼女はあまり俺が死霊魔法を学ぶことをよしとしなかったのだ。

俺はルナエールのことをもっと知りたかった。そのためにも死霊魔法の知識が必要だと思ったのだ。ただ、彼女はそんな俺の動機を見透かしていて、抵抗感があったのかもしれない。

時間があるときにまたじっくりと読み込んでみよう。超位死霊魔法について書かれた本ならば無駄になることはないはずだ。ノルンやメギストスのようになることはごめんだが。

しかし、肝心なナイアロトプに対抗できるアイテムはないかもしれない……。そう思っていたとき、黒い石板が目についた。

ラムエルは、古くに神々が用いたとされる高位の魔法について記された石板があると豪語していた。もしや、これがそれなのだろうか……？

顔を近づけてみれば、絵が刻まれている。簡素なものではあるが、石版には指の異様に長い男の絵がある。男の風貌にはどこか見覚えがあった。

「ナイアロトプ……?」

俺は《アカシアの記憶書》を捲る。

【ラヴィアモノリス】《価値：伝説級》

魔法の本質を見抜く力を有した転移者の少女が、上位存在の使った魔法の解析をし、それを賢者ラヴィアが石板に残したもの。

ただし、賢者ラヴィアもそれらの魔法について正確に理解することはできず、自身が理解できた情報についてもまた正確に記録することはできなかった。それを行うには、人の寿命ではあまりに短すぎたのだ。

確かにこれは、ナイアロトプの使っていた魔法について記したものだ。奴を倒すための大きな武器になるかもしれない。

何の魔法について記しているのかは、俺にもちょっとわかりそうにない。複雑な魔術式や記号ばかりが並んでいる。解読には時間が掛かりそうだ。

結界魔法であるらしいことはわかるが、その確証はない。だが、有用なものであることは間違いない。

「リドラさん……この石板、いただいてもよろしいですか？」

「む……そのようなものでいいのか？　誰が、何のために記したものなのかわからぬ代物なのだが」

リドラからも無事に許可をもらうことができた。俺は《ラヴィアモノリス》を《異次元袋《ディメンションポケット》》を用いて異次元の中へと仕舞い込んだ。

「ただ、フィリアちゃんの枠をもらってしまうことになるんですが……」

「カナタが喜んでくれるならいいっ！　フィリア、嬉しい！……ここのもの、可愛《かわい》くもおいしそうでもないし」

フィリアは快くそう言ってくれた。俺はフィリアの頭を撫《な》でた。

「また都市で買い物しましょうね」

「うんっ！」

これで桃竜郷《とうりゅうきょう》での当初の目的は達成できた。《神の見えざる手》の一人であった、ラムエルを無事に討伐することもできた。

……都市ポロロックに帰って、ロズモンドに今回の件を謝らなければならない。妙に義理堅いロズモンドのことなので、もしかしたらまだラムエルを捜しているのかもしれない。

8　──世界の記録者ソピア──

王都ロイヤベルクに本部を構える、ソピア商会という名の商会が存在する。

元々ソピアとは、伝説のハイエルフの吟遊詩人の名である。人間には想像も及ばぬほど長い年月を生き、伝承に名を刻むような時代の節々の様々な大事件に関与しているとされている。

この商会は、その伝説のハイエルフにあやかり、彼女の名前を冠している。王国内でも五本の指に入る大規模の商会である。

ソピア商会の商会長はニルメインという女であった。ニルメインは時流や経済の流れを読むことに長《た》けており、彼女は《未来視のニルメイン》の二つ名を有していた。

ハイエルフの強い血を引くエルフであり、齢《よわい》百歳近くになるが、童女のような外観を保っている。ニルメインは愛らしい外観に反して老獪《ろうかい》で厳格、また自尊心が高く不遜な人物であると、彼女を知る者達からは恐れられていた。

そんなニルメインは、彼女の商会長執務室にて、ある人物と会っていた。普段は不遜な態度のニルメインだが、今は床に膝を突いて頭を垂れていた。そしてその相手は、ニルメインのものであるはずの椅子へと堂々と座っている。

長い、水色の髪をした女であった。人形のような整った美貌を有しており、体温を感じさせない程に白い肌に、冷たい瞳をしている。手には金色に輝く水晶を有していた。

「お久し振りでございます……ソピア様！　貴女様《あなたさま》がまたここへ訪れてくださるのを、このニルメイン、深く心よりお待ちしておりました」

そう、ニルメインが頭を下げている相手は、まさにその伝説のハイエルフ、ソピアに他ならなかった。

元々ソピア商会とは、この時代における王国内の経済の流れをソピアが制御するために、自身の配下であるニルメインに作らせたものなのだ。

基本的に運営はニルメインに任せており、裏の顧問としてソピア商会の陰に立っていた。ニルメインの未来視の正体とはソピアの助言に他ならない。

ソピアは王国だけに留まらず、他にも世界各地の重要な機関や組織に関与していた。《神の見えざる手》の一員として、世界の動きを制御するための活動である。

「ソピア様がこの商会本部を訪れてくださったということは、また何か経済の流れに変革でも？　都市ポロロックのグリード商会が、最近過激な動きを見せていて、少々目に余るという話でしたが」

「実は《神の見えざる手》に、カナタ・カンバラっていう転移者を暗殺しろって命令が出てるのよ」

「《神の見えざる手》が一個人の転移者の暗殺を？」

ニルメインが眉を顰《ひそ》める。

「ええ、私も驚いたわよ。でも……納得がいったわ。私のこの水晶……《ティアマトの瞳》で観察していたんだけど、暗殺に動いた《空界の支配者》が返り討ちにあったみたいだわ。まさか《五本指》が欠けるなんてね」

《ティアマトの瞳》とは、ソピアの所有している金の水晶である。《叡智竜《えいち》ティアマト》と称される、別次元に住まうドラゴンの瞳だ。

この水晶さえあれば、好きなときに好きな座標で起きている様子を確認することができる。水晶にはカナタの姿が映り込んでいた。丁度カナタが、鎖に縛られた《空界の支配者》と話をしているところであった。

「く、《空界の支配者》が!?」

「ええ、そうよ。カナタ・カンバラはかなりのレベルの持ち主ね。私も正面からじゃ、きっと敵わないわ。私が見たことを《世界王ヴェランタ》に報告して……それから、《第六天魔王ノブナガ》が動くことになるでしょうね。さすがにアイツの妖刀ならカナタ・カンバラを殺せるでしょう」

「そんな大きな事件が起こっていたとは……。しかし、それではもう、事態は収束しそうなのですよね？」

「ただ、気掛かりなことがあるの。どうしてあそこまでカナタ・カンバラのレベルが高くなっているのか、私にさえ見当もつかない。仮に私の情報網にも引っ掛からないような強者が世界のどこかに隠れていて、そいつがカナタ・カンバラを強化したと考えたら、敵は彼だけじゃ済まないかもしれないわね。全く、いつも神託って、曖昧で中途半端なのよ。このロークロアを守るための制約なんでしょうけどね」

「もう一人、敵がいるかもしれない、と。つまりソピア様は、その者に対して保険を打っておきたい……ということですか？」

「ええ、そうよ。私自身も長きに亘《わた》って蓄えてきた魔法の知識に、アイテムの数々がある。それなりに戦えるつもりだけど、私の一番の強みは組織力。アナタにも何かあったときに、すぐに動けるように準備しておいてほしいのよ。もしもこれ以上長引くようなら……世界の全てを使って、カナタ・カンバラを追い詰めて謀殺してやるわ」

「承知いたしました、ソピア様。では、何かご指示をいただけましたらすぐに動けるように手配しておきます」

「ありがと、ニルメイン。正直、カナタ・カンバラの背後にいる奴の候補は絞れているのよ。歴史に名を刻むような大物で、ハイエルフかリッチのどちらか、そして行方知れずになった人物。千年前、魔王モラクスと相打ちになった天才死霊魔術師がいたの。もしかしたら、彼女がリッチになって、どこかで隠れて生き延びていたんじゃないかって私は睨んでるわ」

ソピアは小さな唇を歪め、邪悪な笑みを作った。

「フフ、カナタ・カンバラ、せいぜい《第六天魔王ノブナガ》に、楽に殺されることを祈っておくことね。万が一生き延びようものなら、酷《ひど》く後悔することになるでしょう。だって、私が世界を少し動かせば、この王国で戦争を引き起こすことも、カナタとその背後にいる人間を大罪人に仕立て上げることも容易なのだもの。全てに裏切られ、全てを失って、絶望の中で死んでいくことになるでしょうね」

ソピアがそこまで口にしたときだった。唐突に執務室の壁が爆ぜ、一面が吹き飛んだ。

土煙が晴れた先には、黒いローブを纏う少女が立っていた。彼女の白い髪は、毛先だけ血に濡《ぬ》れた様に真っ赤な色をしていた。右の瞳は碧《あお》く、左の瞳は真紅の光を帯びている。

「なっ、何者だ！　この妾《わらわ》のソピア商会本部へ、襲撃を仕掛けるとは！　貴様、ただで済むと思うでないぞ！」

ニルメインが立ち上がり、白髪の少女——ルナエールへと叫んだ。

ルナエールはニルメインから目線を移し、ソピアへと向ける。

「手荒な真似《まね》をして申し訳ございません。ただ、あなたが王都ロイヤベルクの商会にいると聞いて、どうしても会っておきたかったのです。万の年月を生きるハイエルフ……ソピア」

ルナエールに対し、敵意を剝《む》き出しにするニルメイン。ソピアはニルメインを手で制し、彼女の前に立った。

「ニルメイン、アナタは下がっていなさい」

「し、しかしソピア様……！　妾でも……」

「盾にもならないって言ってるのよ。わからない子ね」

ソピアは溜め息を吐き、ルナエールを睨み付けた。

「よく私の居場所がわかったわね、ルナエール。それで、この襲撃は何の真似かしら？　私程度なら容易《たやす》く倒せると思っているのなら、随分と舐《な》められたものね」

「噂《うわさ》通り博識なのですね、ソピア。あなたは随分と多忙なようでしたので、こうするしかなかったのですよ。まさか、商会に面会を頼んではいどうぞとなるわけがありませんし、その間にあなたは別の場所へ向かってしまう。手段を選んでいる場合でもありませんでしたので」

「面白い皮肉ね、ルナエール。でも……確かに私達を相手取るに当たって、アナタの行動は限りなく正解に近いわ」

ソピアの所属する《神の見えざる手》。組織を根幹から支える、世界を陰から動かす政治力と、世界の重要な情報を集めて管理する能力は、その大半をソピア個人にほぼ依存している。

ソピアは自身が生きてさえいれば、別に直接戦闘を仕掛けなくてもその影響力を用いていくらでもカナタを貶《おとし》めることができる上に、カナタの情報は常に一方的に筒抜けとなる。ソピアの監視対象から外れていたルナエールが、ソピアの情報を集めて本人を直接叩きに来るのは、カナタが《神の見えざる手》と戦う上で必要なことであったといえる。

「もっともそれも、アナタが私に勝てるなら、の話だけどね！」

ソピアはそう言って、自身の目の下を指で押さえた。彼女の目が赤く輝く。

真実の悪魔の心眼、《イデアアイ》。彼女の瞳は高位悪魔のそれを移植して白魔法で強引に適合させたものであった。

その双眸《そうぼう》はあらゆる虚構を破り、真実を映す。相手の性格や簡単な思考、そしてレベルを見抜くことができるのだ。

ルナエールが《穢《けが》れ封じのローブ》で冥府の穢れを誤魔化していようとも、それさえ看破することができる。

ぷつんと、何かの切れた音がした。ソピアの眼球がぐりんと上を向いて白眼《しろめ》を晒し、浮かんだ血管から血の涙が溢れた。

「うおえぇぇぇえええっ！」

ソピアはその場に頽《くずお》れて床を這い、嘔吐《おうと》して自身の衣服を汚した。彼女の手にしていた黄金に輝く水晶、《ティアマトの瞳》が投げ出されて床を転がる。

「ソ、ソピア様!?　しっかりなさってください、ソピア様！　いったい、奴に何をされたのですか！」

ニルメインが倒れたソピアを抱き起こす。

ルナエールは何もしていない。単にルナエールのレベルが、ソピアの《イデアアイ》の計測可能範囲を大幅に超えていたのである。

それによって眼球が溶ける程の熱を持ち、同時に圧倒的なレベル所有者を目前にした事実をこれでもかと突き付けられたことによる生命の危機への恐怖を感じ、極めつきには心眼によって看破した濃密な冥府の穢れによって極度のストレスに晒された。それらが一瞬の内にして行われたため、鈍器でソピアの精神を殴りつけるような形になったのだ。

「どうしたのですか？」

当のルナエールは、不思議そうな目でソピアを見つめている。

「ソ、ソピア様、逃げてください！　このままでは殺されます！　ルナエールは、妾が足止めしてみせます！　その隙に、アイテムで転移を！」

ニルメインはソピアを床に優しく寝かせると、前へと飛び出した。ルナエールはなお不思議そうな顔をしている。

「あの……何の話ですか？　殺されるだとか、相手取るだとか」

「えっ」

ニルメインはルナエールの意図が全く分からず、眉を顰めた。

「ああ……すいません、ソピア商会に差し向けられた暗殺者か何かだと、そう勘違いされたのですね。そういった用件で来たわけではありません。訪問が強引であったことは謝罪しますが、さっきも言った通り、他にあなたに会う手立てがなかったのです」

ルナエールはそう言うと、懐から指輪を取り出し、近くの机へとそれを置いた。指輪に嵌《は》められた鉱石は虹色の輝きを帯びている。

「これはお詫《わ》びの品です。あまり手放したいものではなかったのですが、どうしてもあなたに時間を作っていただきたかったので。私がこれまで見た中でも、最も濃密な魔力の結晶です」

「ア、アナタ……私を殺しにきたんじゃないの？」

ソピアが眼球を押さえながら立ち上がり、恐る恐るとそう口にした。

「はい、別にあなたとは戦う理由も、恨む理由もありませんので」

「じゃ、じゃあ、どうして私の許に……？」

「捜している相手がいるのです。そのために王国各地を回っていたのですが、全く手掛かりの追えない連中で。方針を切り替えるか、別の国に向かうべきかと考えていた頃に、偶然長い年月を生きる博識なハイエルフの話を聞いて、知識を借りられないものかと思ってこうして訪ねてきたのです」

ソピアはルナエールの言葉に混乱した。どうやらルナエールは偶然王国内で情報収集をしている内に、王国内で暗躍する物知りなハイエルフの存在を知り、こうして知恵を借りるために訪れてきただけなのだという。

確かにソピアは多忙な身で一ヵ所には留まらない。どうしても話をしたければ、こういった形で襲撃でも仕掛けるしかない。腑《ふ》に落ちないが、別にカナタ・カンバラと敵対している自分に向かって乗り込んできたわけではないのだという。

「そ、そうか……ソピア様を狙ったわけではなかったのか……」

ニルメインが安堵の言葉を零す。

ソピアも安心していたが、同時に奇妙なものを感じていた。こんなタイミングよく、カナタ・カンバラの協力者ではないかと疑っていた人物が、自分に知恵を借りるために姿を現すものだろうか。何か偶然では説明のつかないものを感じる。

だが、ルナエールの様子を見るに、彼女の言葉は嘘だとは思えなかった。ひとまずソピアは自身の命が危険に晒されているわけではないらしいと安堵し、自身の衣服を汚している嘔吐物を手で払った。

頭を押さえて頭痛に耐えながら、ルナエールの顔へと目を向ける。

「……アナタが商会狙いの暗殺者じゃなくてよかったわ。ところでその……確認しておきたいんだけど、アナタが知りたいことって何なの？」

「ええ、アナタ程の人物ならば知っているはずです。この世界を裏から支配する勢力……《神の見えざる手》について、何か知っていることはありませんか？」

ソピアの顔から再び色が失《う》せた。

「実は連中がこの王国にも何らかの干渉を行っていると考えて、王家や各地の貴族、名高い商人に力ずく……いえ、穏便に話を通して協力してもらっていたのです。ただ、余程巧妙に存在を隠しているのか、何も手掛かりがなく……。その代わりにあなたのことを知ることができましたので、こうして話を聞きに来させていただき……どうしましたか？　やはり、体調があまりよくない様子ですね」

ソピアの顔色に気づいたルナエールが声を掛ける。ソピアはふらりとその場に倒れそうになり、ニルメインに身体を支えられた。

「し、しっかりなさってください、ソピア様！」

ロークロア世界に於《お》ける各国の動向の制御や操作は、元々《神の見えざる手》がというより、ソピアが中心に行っていた。調べて組織より先に彼女の存在が真っ先に暴かれるのは、当然といえば当然のことであった。

「あ、あの、ルナエール……その、私、見ての通り体調が悪いの」

ニルメインに支えられながら、ソピアはそう口にした。

「確かに、体調がよくないようですね。妙なときに押しかけてしまい、申し訳ございません」

ルナエールが小さく頭を下げる。

「そ、そうなのよ！　悪いけど、また今度に……」

「時空魔法第二十三階位《治癒的逆行《レトグレーデ》》」

白い魔法陣が展開される。ソピアの身体が白い光に包まれ、生気のなかった顔が色を取り戻していった。

「これで問題ありませんね」

ソピアとニルメインは、息をするかのように第二十三階位の魔法を行使したルナエールを見つめて凍り付いていた。

もはや今更ではあるが、どう足掻いても対抗できる戦力差ではなかった。不意打ちに出ても勝機はない。少なくとも奇跡的に大ダメージを与えても瞬時に回復されることがわかった。

「少しでも口を滑らせたら、殺される……」

ソピアは俯《うつむ》いて、小さくそう呟いた。

「本題に入らせてください。《神の見えざる手》について、何かご存じでしょうか？」

「し、知らない……。そ、そう、私、そんな組織のこと、全く知らないわ。ここまで足を運んでもらって、本当に悪いんだけど……」

「知らない……？　世界で最も長い年月を生きてきたあなたが？　妙ですね、王族なら神の干渉については極秘情報として口伝で受け継がれていたようですし、《神の見えざる手》のことも噂程度であれば知っている貴族が多かったのですが。何か私は、見落としているのでしょうか？」

ルナエールが不思議そうに口許《くちもと》に手を当てる。

「や、やっぱり知ってるわ！　あ、アレね！　アレのことね！　ごめんなさい、聞き違えていたみたい！」

ソピアは声を荒らげて、大声でそう言った。ニルメインが不安げに彼女の顔を見る。

「ソピア様！　それはまずいですよ、《神の見えざる手》を裏切ったら、世界に居場所が……！」

「やめてちょうだい、ニルメイン？　裏切るって何？　私、あんな連中と関わったことないから！」

「ソピア様ぁ!?」

ニルメインが目を丸くして素っ頓狂な声を上げる。

《神の見えざる手》の主な仕事は世界の調整である。危険なアイテムの回収や異端分子の排除、各国の方針・戦力の制御まで多岐に亘る。

その世界の調整には、強すぎる個人の殺害も当然含まれている。《神の見えざる手》から逃れるためには、《神の見えざる手》の《五本指》になるしかない。

カナタに敗れた《屍人形《しかばね》のアリス》は上位存在に気が付いており、現状ではいずれ自身が殺されるシナリオが用意されることは避けられないと考えて世界のバランスを乱すような目立つ行動は控え、《五本指》の一人になれる力を求めていたのだ。

つまりソピアが《神の見えざる手》から離反するということは、このロークロアの世界を、上位存在達を敵に回すということに等しい。《神の見えざる手》は絶対に離反者を許さないだろう。ソピアも《神の見えざる手》を裏切るような馬鹿な真似はすまいと考えていた。

「……いいわ、ルナエール。《神の見えざる手》の、私の知っていることは全て教えてあげる」

だが、自分の命が危機に迫っているとなれば話は別である。そもそもソピアは殺されないために《神の見えざる手》に入ったのだ。自分の命を懸けてまで上位存在に尽くす義理などない。今確実に殺されるよりも、後で命を狙われる道を選んだ。

「ソ、ソピア様……その道も、茨の道ですよ……」

ニルメインは、あわあわとソピアとルナエールの顔へ交互に目をやった。

「《神の見えざる手》は、上位存在の神託を受けてこの世界を調整する、少数精鋭の組織よ。この世界で、最も危険な連中でしょうね」

ソピアはあくまで他人事《ひとごと》のようにそう語る。

「一人目は、この世界の理の守護者である、ドラゴン界隈を牛耳る《空界の支配者》……。彼のことを知りたいなら、人間を監視している竜人の隠れ里か、人類未踏のドラゴン達の大陸に向かうしかないでしょうね」

「なるほど、人の踏み込まぬドラゴン達の大陸に……」

ルナエールが頷く。

「二人目は、ヤマト王国の古き王、《第六天魔王ノブナガ》よ。かつて、この世界の統一を目論《もくろ》んだ覇王。上位存在が干渉しなければ、本当にそうなっていたかもしれないわね。今は表では、部下の裏切りによって死んだことになっているわ。彼についての情報はヤマト王国に行けば得られるかもしれない」

「ヤマト王国、ですか。これまで訪れたことはありませんでしたね」

ルナエールがまた頷く。

ソピアは既に《空界の支配者》が捕らえられていることは知っていた。《第六天魔王ノブナガ》の情報を得るためにヤマト王国に向かうのがあまり効率的ではないことも承知の上である。

《神の見えざる手》の情報を売り飛ばして安全を確保しつつも、余計な恨みを買うのは最小限に留めようという消極的な作戦であった。

ニルメインはずっと不安げにソピアをチラチラと見ている。ソピアはニルメインの様子からルナエールに不信感を抱かれぬように、ニルメインへと視線は返さないように必死に気を付けていた。

「三人目は《沈黙の虚無》……こいつについては、私もほとんど何も知らないわ。黒い布で全身を隠した、小柄な人物よ。男なのか、女なのか……いえ、もしかしたら人間でさえないのかもしれないわね。《神の見えざる手》の中で一番危険な存在だともいわれているわ。どこでどうしたら会えるかなんて、私にもわからない」

「……なんだか、想像以上に随分と詳しいですね、ソピア。まるで彼らと何度も話したことがあるかのようです」

「わわわ、私が物知りなのは当然でしょ!? 一万年も生きてるのよ私は、一万年！ 舐めないで頂戴！」

ソピアが激しく机を叩き、必死の形相でそう主張した。

「軽んじるつもりはなかったのですが……」

ルナエールが困ったように眉尻を下げる。

「ハ、ハイエルフは自尊心が高いのよ。ルナエール、言葉には気を付けなさい」

ソピアは咳払《せきばら》いを挟んだ。

ニルメインは不安げに二人のやりとりを眺めている。今、一番言葉に気を付けているのはソピアである。不遜な態度を演じながら、どうすれば自然に一刻も早くここから逃げられるのかを必死に考えていた。

「四人目は《世界王ヴェランタ》……直接神託を受け取る、《神の見えざる手》の実質的な頭目格の男……だと、風の噂でほんのちょっとだけ聞いたことがあるわ。別に、直接会ったことはないし本当に噂程度だけど。仮面をつけていて、正体は不詳だけど、《神の祝福《ギフトスキル》》を持っている。それがどんな能力で……何を意味しているのかなんて、さっぱりわからないけれど。直接自分が動くことをしない慎重な男だけど、あなたが《神の見えざる手》を追っている限り、いずれ必ずぶつかることになる」

「なるほど、特に《沈黙の虚無》と《世界王ヴェランタ》の動向を追うのは骨が折れそうですね」

「かもしれないわね。以上が《神の見えざる手》の幹部……あなたが追っている、《四本指》の面子よ」

ソピアが真剣な面持ちで頷いた。

「四本指!?　ソピア様あの、そ、それはちょっと、誤魔化し方が雑……！」

「何がおかしいの!?　別にいくらでもいるでしょ！　戦いの中で、指の一本や二本、失った人くらい！」

ソピアは素早く動き、ニルメインの首を絞め上げて彼女の言葉を止めた。

「ご、ごめんなさい、ごめんなさいごめんなさい！」

ルナエールは首を傾《かし》げて、不思議そうに二人のやりとりを眺めていた。

「とっ、とにかく、《神の見えざる手》について私が知っているのは、これが全部。参考になったかしら、ルナエール？」

ソピアの言葉にルナエールが頷く。

「ありがとうございます。これで足掛かりはできました。やはり王国内で探すには限度がありましたね」

「そう……じゃあ、後は頑張って。私は今から、急ぎの用事があるの」

さっさと賑《にぎ》やかな都市から逃げて、人里離れたところに隠れ住まなければならない。

ルナエールに正体がバレれば殺される。おまけに《神の見えざる手》まで敵に回してしまったのだ。まず間違いなく刺客が送り込まれてくる。

恐らく、ソピアの処分には《第六天魔王ノブナガ》か《沈黙の虚無》のどちらかが向かってくる。

ノブナガは文句なしにこの世界最強格の魔人である。彼の手の内はある程度知っているとはいえ、ソピアが十全に対策を練って罠に掛けたとしても、勝機はその上で十に一つといったところである。

《沈黙の虚無》に関してはソピアでさえ何もわかっていない。ただ、《世界王ヴェランタ》は《沈黙の虚無》のことを異様に信頼しているようであった。

ソピアはこれまで《沈黙の虚無》が喋っているところを一度も目にしたことがない。人間らしい心や情が《沈黙の虚無》にあるとは思えなかった。

《第六天魔王ノブナガ》も残酷な戦闘狂であるが、まだ彼の方が温情を期待できる。性格や戦い方がわかっている、という安心感もあった。どちらかを相手取らなければならないなら、まだ《第六天魔王ノブナガ》の方がいい。

未知というのはそれだけで恐ろしい。この世界において知らないことなどほとんどないソピアにとって、その考えは常人よりも大きなものだった。

ソピアはふらふらと、商会長執務室の外へと向かおうとする。ニルメインがそれに付き添い、彼女の肩を支えて歩く。

「ソピア、あの、謝礼の《虹の指輪》はここにありますよ。とても価値のあるものなのは、私も保証するのですが」

ルナエールが机に置いた指輪を指で示した。ソピアはルナエールを振り返ったが、力なく首を左右に振った。

「……疲れたの。今は何も考えたくない、持って帰って」

「そうですか？　ああ、金の水晶も、床に投げ出したままですよ。ドラゴンの瞳ですか、これは」

ソピアは慌てて振り返った。

確かにソピアが嘔吐した際、誤って手から《ティアマトの瞳》を放していた。

さすがに《ティアマトの瞳》は重要なアイテムである。今後、ルナエールと《神の見えざる手》から逃げ回るためにも必要になる。

八千年以上、ソピアが連れ添っていたアイテムである。彼女がここまで長く生きられたのも、《世界の記録者ソピア》の名を手に入れたのも、《ティアマトの瞳》のお陰であった。

彼女にとって自分の半身、いやそれ以上のアイテムである。《ティアマトの瞳》で世界の各地を観察するのが彼女の生き甲斐《がい》でもあった。さすがに疲れたからと言って捨て置くわけにはいかない。

「そうね、ありがとう。忘れるところだっ……」

「……なぜ、水晶にカナタの姿が？」

これまでとは違う、敵意の込められた冷たい声音だった。

ソピアも一瞬で現状を理解し、血の気が引いた。

そう、ルナエールが乗り込んできたときも、ソピアは《ティアマトの瞳》を用いてカナタ・カンバラの様子を観察していた。映しっぱなしになっていたのだ。

ルナエールはソピアを協力してくれるかもしれない相手として見ていたため、奇跡的に思考の死角に潜り込む形になっており、ソピアと《神の見えざる手》が結び付けられずに済んでいた。

だが、ソピアがカナタ・カンバラを監視していたことが明らかになれば、いくらルナエールとてそこの繋がりを疑うのは当然のことだった。

「カナタと知り合いだったのですか？　いえ、そんなこと、あり得ませんよね。さすがにあなたのような大物と交友関係を築く機会はこれまでなかったはずです。どこでカナタのことを？」

ニルメインは顔を両手で覆った。

さすがにこうなった以上、言い逃れは不可能である。今までのソピアの滑稽なその場凌《しの》ぎのでまかせが全て無駄になった。

「答えられないのなら質問を変えましょうか、ソピア。あなたは《神の見えざる手》の……」

「そ、その《ティアマトの瞳》は、魔力を込めて覗き込んだ人の、見たい場所や、人を見せることができるの！　アナタの魔力に反応したんでしょう！」

ソピアが声を張り上げてそう言った。

「馬鹿にしないでください。私は水晶に魔力も何も向けてはいません。そんな状態で、こんな強力なアイテムが簡単に反応すると思いますか？　アイテム本体の魔力だけで賄っているなら、とっくにそこの水晶は干乾びていますよ。調べなくたって嘘だとわかります。よくそんな苦しい言い訳ができますね」

「そ、そのっ、それは……その……」

ソピアの声がどんどん小さくなっていく。

「通常はそうだけど、強い想《おも》いに、前回使ったときの残留魔力が反応することがあるのよ！　アナタが、よっぽどその、カナタとかいう男のことを考えてたんじゃないの！　自覚がなかったら……そう、深層心理とかで！」

「え、あ……そ、そうなんですか？　私が？　こんな状況で!?　ずっとカナタのことを!?　そんなの、私が色惚《いろぼ》けした馬鹿みたいじゃありませんか!?」

ルナエールが顔を赤くして、忙《せわ》しなく水晶とソピアを交互に見る。

「い、今はそんな、さすがに……！　だ、だったら、私が四六時中カナタのことばかり考えているみたいじゃありませんか！　そ、そういう日もありますけれど……今はあり得ません！　今は！　変なことを口走って、勢いで誤魔化そうとしないでください！　もしもアイテムがそういった形で偶然発動するなら、もっとぼやけた映り方になるはずです！」

「とっ、とにかく、私は知らないわよ！　そんなにそいつのこと眺めていたいんだったら、そんなアイテムあげるわよ！　私は忙しいって言ってるでしょ！」

「いいんですか？　で、でもこれ、神話級のアイテムじゃ……。これがあったら、距離があっても、ずっとカナタのことを見守っていてあげられますけれど……。いえ、そういう監視とかではなく、彼が今とても危険な状況にあるからで……」

ルナエールはそうっと《ティアマトの瞳》を両手で拾い上げ、映っているカナタの顔をじっと見つめた。

その隙を突いて、ソピアはニルメインの腕を引っ張り、ルナエールが壁に開けた穴から飛び降りて地面へと着地した。周囲の目が集まる中、ソピアはそのままニルメインの腕を引いて走り出す。

「魔力痕で簡単に辿られない位置まで逃げたら、アイテムで転移して飛ぶわよ！　アナタも王都に残っていたら、いずれルナエールか《神の見えざる手》に間違いなく捕まるわ！　一緒に来なさい！」

「このニルメイン、ソピア様の旅路に同行させていただけることは光栄ですが……い、いいんですか、《ティアマトの瞳》！　アレはソピア様が大事にされていた……！」

「いいわけないでしょ！　あれは、私の、全てだったのよ！　それでも命には替えられないでしょ！」

ソピアの目には涙が溜まっていた。ニルメインはソピアの泣き顔を見て口を噤《つぐ》んだ。

番外編◆とある不死者と魔法修行

1

身勝手な邪神の遊戯に巻き込まれて《地獄の穴《コキュートス》》へと落とされた俺は、そこで偶然出会った不死者ルナエールの弟子になった。

レベルを上げて、魔法を覚えて……。俺もそれなりには強くなってきたつもりではいたが、この《地獄の穴《コキュートス》》の外も安全とはいえないらしい。ナイアロトプ共の娯楽のために用意された場であり、魔物の蔓延《はびこ》るロークロアの世界は、俺が想定しているよりも遥《はる》かに悪意と危険に満ちているようだ。

『こ、ここ程でなくても、レベル１０００くらいの魔物ならどこにでもいます……いたかな……いえ、います！　身分もなく、安全を保障される立場にないあなたは、きっと長くは持たないでしょう。も、もう少しここで修行した方がいいです！』

ルナエールもこう口にしていた。

そんなわけで俺は日々、《歪界の呪鏡《わいかい》》でのレベル上げや魔法の習得、そして《双心法》の修行を進めていた。

今日はルナエールの小屋の庭にて錬金術の修行を行っていた。『ありふれた金属のみを材料にして生きた植物を造る』というのが彼女から出されていた錬金術の課題である。

周囲にはルナエールの用意してくれた錬金術の書物が山積みにされている。ここから自分で関連する文献を見つけ出すのも課題の内なのだ。

辺りの地面は、俺が錬金術のために記した魔法陣で埋め尽くされており、その上には用意した金属やらが転がっている。

ここに来てまだ一ヵ月と経《た》っていないが、前の世界で二十年間生きてきた人生の百倍以上の勉強をしている気がする。いや、それ以上か。

理解力を引き上げる首飾り《魔導王の探究》や、魔力を回復させつつ魔法に対する感覚を研ぎ澄ませる《神の血エーテル》、その他集中力を引き上げたり疲労を消し去ったりしてくれる霊薬を大量にルナエールからもらい、修行に用いている。

そのお陰で二十時間連続で魔法陣を描き続けることもできるし、分厚い難解な魔導書もパラ読み程度で概《おおむ》ね理解することができる。

ルナエールに書物の山から関連文献を自力で探せと言われたときには、どうやらこれは一生《地獄の穴《コキュートス》》で暮らすことになりそうだと思ったものだが、驚くほど順調に課題は進んでいた。

「順調カ、カナタ?」

ノーブルミミックがぬっと横に出てきて、声を掛けてきた。

「正直難航しています。調べれば調べる程に、この課題を達成するのが不可能であることを示すような内容がぞくぞくと出てきます」

植物を造るというのは、命を造るということだ。ただの金属だけを材料にそれを行うというのは、錬金術の原則に反しているようにしか思えない。

「ソリャ難シイダロウヨ。主ハ、属性魔法ノ修練ハ独力デヤレバイイッテ、既ニソウ言ッチマッタカラナ」

各種属性魔法の基礎については、既にルナエールから直接教わっている。これだけ扱えれば既に問題はないし、後は《地獄の穴《コキュートス》》の外でも魔導書を読んで鍛錬を積めば、独学でも魔法への理解を深めることができると太鼓判をもらっている。

ただ、錬金術はあまりに奥深く、しっかり学ぶためには魔導書だけではどうしても効率が悪いのだという。指導者がいるのといないのでは天地の差であり、他の魔法よりも優先して学習に時間を割いた方がいい、とルナエールから指導を受けていた。

「マア、主ノ方便ダナ。レベル上ゲモ終ワリガ見エテキタシ……オマエガココニイル理由ヲ作ルニハ、錬金術ノ課題ヲ水増シスルシカナカッ……」

「何か楽しそうなお話をしていますね、ノーブル」

ノーブルミミックの背後にルナエールが立った。ノーブルミミックはぶるりと身体《からだ》を震わせた後、ぱたんと口を閉じて普通の宝箱を装った。

「ノーブル……あまり適当なことばかり吹聴《ふいちょう》しているのなら、彼がいる間は口を開けないようにしますよ」

「主、ソレハ勘弁ヲ！」

「ま、まあ、落ち着いてください、ルナエールさん。宝箱さんが好き勝手言っているのはいつものことですから、俺も真に受けてはいませんよ」

「あなたがそう言うのなら見逃しますが……」

「ソウダソウダ！　過剰反応スルナラ、ムシロ認メタッテコトダゾ！」

ルナエールが無言でノーブルミミックに指先を向ける。《超重力爆弾《グラビバーン》》の予備動作であった。

ノーブルミミックは再び口を閉じ、ただの宝箱を装う。

……相変わらず変わり身が早い。怒られるとわかっていて、なぜルナエールをからかうのを止《や》めないのか。

俺がそう考えていると、ノーブルミミックは俺にこっそりとサインを送るように、ぺろりと舌を出した。そうか、楽しいから止めないのか。

「課題の方はどうですか？」

「えっと……まだ輪郭も摑《つか》めていない……というのが正直なところですね。すいません」

「別に謝ることはありませんよ。あなたにはまだ少し早かったかもしれません。少しだけ助言をしてあげましょう。今はどういう方針でアプローチを行っているのですか？」

「難航はしていますが、まだ試せることはいくらでも残っていますから。もう少し自分で考えてみます」

「そ、そうですか……。別にその……今は手が空いているので、もう少し私を頼ってみてもいいのですよ？」

なぜだかルナエールは、少しがっかりした様子であった。

「自力で行わなければ意味がない、という趣旨の課題でしたからね。錬金術は知識と技量は勿論《もちろん》、試行錯誤と気付き、閃《ひらめ》きが大事だと……」

「書物にそう書いてあったのですか？　高名な方の言葉だとしても盲信するべきではありませんよ。あらゆる物事は、突き詰めれば、そこにはただ解釈があるだけです。大事なのは言葉の上辺ではなく、それをどう捉えるか……。な、なのでその、ずっと黙々と一人でやっていないで、ちょっとは私に相談してくれても……」

「師匠の言葉だったかと」

ルナエールは気まずげに閉口した。

「カナタ、ワカッテネェナ。今ノハ主ナリノ、課題ニ没頭シテナイデ、モット構ッテッテイウ合図デ……」

「と、とにかく、まだ行き詰っていないのでしたら助言の必要はなさそうですね！」

ルナエールは顔を赤くして声を張り上げる。

「ほら、彼が集中していますから、ノーブルもあまり無暗《むやみ》に邪魔をしないであげてください。それに……私は少し、ノーブルと話をしなければならない、大事な用事ができましたから。少し小屋まで来てください」

ルナエールが冷たい目でノーブルを睨《にら》む。ルナエールが指を鳴らすと、わらわらとゴーレムが現れ、ノーブルミミックの身体を持ち上げた。

「タッ、助ケテクレ、カナタ！　殺サレル！」

ノーブルミミックはじたばたともがいていたが、ゴーレムはびくともしない。そのまま小屋へと連行されていった。

「……もう少し、師匠を頼った方が嬉《うれ》しかったりするのかな」

俺はそう呟《つぶや》きながら、ルナエールとノーブルミミックの入っていった小屋の方を眺めた。ノーブルミミックの叫び声が聞こえてきて、俺は小さく溜《た》め息《いき》を吐《つ》いた。

……これで少しは、ノーブルミミックが隙あらばルナエールをからかいたがる悪癖が改善されればいいのだが。

2

二日後……ついに、俺は課題を達成することができた。

「で、できた……ありふれた金属のみを用いて錬金した、生きた植物……」

俺の目前には一本の花が咲いていた。金属質で灰色をしているが、確かにこの花は生きている。

俺は《アカシアの記憶書》を開き、この花のことを調べてみた。


【錬金花ファルーメ】《価値：伝説級》

錬金術によって造られた花。錬金術において象徴的な概念として用いられており、架空の存在であるとされているが、確かにここに存在する。

非常に価値のあるアイテムではあるものの、《錬金花ファルーメ》は自身の栄養を用意することができないため、必ず一夜で枯れる運命にある。

花言葉は『不可能』、または『人の功罪』。


俺は造り出した植物……《錬金花ファルーメ》の花びらを撫《な》でた。苦労して造ったので愛着はあったのだが、どうにも長持ちさせてあげることはできそうにないようだ。

「何はともあれ、後はこれを師匠に見せるだけだ」

達成感はあるし、ルナエールに俺の成長を喜んで欲しい、褒めてもらいたい、という想《おも》いもある。

ただ、これでまた《地獄の穴《コキュートス》》からの卒業に一歩近づいたと思うと、寂寥《せきりょう》感が勝った。

後はもう少しレベルを上げて、《双心法》の精度を高めるくらいだ。卒業の日は本当に目の前まで迫ってきている。一週間も掛からないだろう。

「話せる機会も、もうそう多くはないのかもしれない。この課題も……もう少し師匠に頼ればよかったかな……」

俺は溜め息を吐いてから、小屋へとルナエールを呼びに向かった。ルナエールと居合わせたノーブルミミックを連れ、《錬金花ファルーメ》の許《もと》へと戻る。

「……この短期間で完成させてしまうとは。あなたは優秀ですね」

「師匠のアイテムの補佐がありますから」

「これで錬金術についてももう教えることはありませんね」

ルナエールは少し寂しげにそう口にした。

「《錬金花ファルーメ》を造れる程の腕があれば、最低限の基礎の錬金術はできると言えるでしょう」

「基礎……？　見る書物、見る書物、どれも錬金花の存在を否定していたのですが……」

「ま、まあ、その、他の転移者に目を付けられる可能性もありますからね！　そういう世界での基準でいうところの、最低限の基礎です！　こ、これくらいのことは、できるようになっておく必要はあったはずです！」

「外ノ世界ハ、世界指折リノ錬金術師ニナラナイト生キテイケナイノカ。カナタガ外ニ出タラ、モウ人類ハ滅ンデルカモシレナイナ」

「揚げ足を取って茶々を入れないでくださいノーブル！」

ルナエールが顔を赤くして声を荒らげる。

「れ、錬金術は、色んなことに役立ちますから！　これだけのことができれば、ありふれたものから適当に価値のあるものを造り出すことも難しくはありません。信用のない転移者の身では上手《うま》く職を見つけられないかもしれませんが……ひとまずこれだけできれば、お金に困るようなことはないはずです」

「明ラカニ過剰ジャネ？　オレハ外ノ世界ニ詳シクナイガ、《錬金花ファルーメ》ヲ他ノ錬金術師ニ売リツケルダケデ生涯遊ンデ暮ラセルト思ウンダガ」

ルナエールの弁明に、再びノーブルミミックが素早く口出しした。ルナエールがむっと口許を歪《ゆが》める。

「これだけできれば、急ぎで大金を用意しなければならない事態になったとしても、どうとでもできるはずです！　仮に一国を敵に回すことになったとしても、技術をチラつかせれば守ってくれる国や機関はどこかしらかにあるはずです！　もし人のいない大陸で長らく暮らすことになっても、必要なものは自前で用意できるので何一つ不自由することはないでしょう！　そ、そういう意味で、この水準の錬金術は必要であると私は……！」

ルナエールが早口で捲《まく》し立てる。

「ヤッパリ過剰ナ自覚アルンジャネェカ！　ソコマデスルナラ、カナタヲモット《地獄の穴》《コキュートス》ニ置イテヤッテモ……」

「た、宝箱さん、もう止めてください」

俺はノーブルミミックを止めた。

ルナエールも理由を付けては自分を納得させ、俺と一緒にいる時間を作ってくれている。そんなことは俺にだってわかっている。

ただ、それでも、ルナエールにはルナエールの彼女なりの考えがあって、『自分は人間嫌いで気《き》紛《まぐ》れで修行に付き合ってやっているだけ』という建前を守っているのだ。それはきっと、『人付き合いに不慣れな彼女の恥じらいの誤魔化し』だけではない。

「と、とにかく、私は最悪を想定しただけです。転移者が事件に巻き込まれるのは、あの世界の絶対のルールのようなものですから。多少過剰くらいで丁度いいはずです」

そしてそれもまた、きっと間違いではないのだろう。ナイアロトプは異世界転移者に力を与え、それを他の神々への見世物にしている。転移者がただ平穏に暮らしていれば、それは彼らの期待に反するはずだ。何かしら手を加えてくるかもしれない。いや、きっとあいつならば、それくらいはやってくるだろう。

「でも……本当にもう、教えることはなくなってしまいましたね。各属性魔法も既に基礎は教えてしまいましたし、錬金術もこれで形になったと言ってもいいでしょう。精霊魔法についても、別に今以上に時間を掛けて学ぶ理由もさしてありませんし……。い、いえ、喜ばしいことではあるのですがね」

ルナエールが寂しげに口にする。

「ソコマデ寂シイナラ、カナタニ《地獄の穴《コキュートス》》ニ残ッテクレッテ、ソウ頼メバ解決スル話デ……」

ルナエールが、すっとノーブルミミックへと牽制《けんせい》するように指先を向けた。ノーブルミミックはぴたりとそこで言葉を止めた。

「ソウダ、カナタ。何カ、主カラ学ンデオキタイコトトカ、ソウイウノハナイノカ？」

「む、無理に作ってどうするのですか！　私はその、気紛れに助けた相手にすぐに死なれてもつまらないですから、最低限のことを教えているだけで……！」

ルナエールから学んでおきたいこと……か。簡単には思いつかない。

ルナエールの言っていた通り、各分野の魔法は既に学んでいる。戦闘技術も、鏡で散々修行を積んできたので、もう充分な水準には達しているはずだ。他の文化や歴史、魔物の生態なんかについても簡単には既に聞いている。

そこまで考えて……ふと、まだルナエールから教わっていない魔法の分野があることを思い出した。

「師匠、そういえば死霊魔法についてはまだ教わっていません。できれば基礎の部分だけでも、教えてもらいたいなと……」

他の分類の魔法は教えてもらったが、死霊魔法についてはほとんどノータッチであった。死霊魔法は魂や精神に直接干渉する類の魔法である。物質を自在に操るのが錬金術であれば、魂を自在に操るのが死霊魔法であるといえる。

正直、俺にとって死霊魔法が必要になるのかどうかはわからない。ただ、ルナエールの弟子という立場から卒業する日が近くなるのが怖くて、そういう考えからの提案であった。

ただ、なんとなく、ルナエールが意図的に死霊魔法を俺に教えることを避けていることは気が付いていた。

ルナエールは不死者になるために死霊魔法を用いている。死霊魔法を知ることは、彼女を知ることにも繋《つな》がるのではないかと、元々そうした面での関心自体はあったのだ。

しかし、ルナエールは俺のそんな考えにも気が付いていて、その上で彼女は死霊魔法を俺に教えることを遠ざけている節がある。

「死霊魔法……ですか。元々、私の得意分野ではあるのですが、あなたにとってそれが必要であるとは思えませんね」

ルナエールは苦い表情で口にする。

案の定、あまりいい返事はもらえなかった。

「いいですか、死霊魔法は人理に背いた魔法です。使えることがわかれば、それだけで迫害を受けることもあるかもしれません。しかし、それも当然のことです。生命を弄ぶことを熟知した者を遠ざけるのは当たり前の話ですから。あなたも、地上に出れば死霊魔法を使える者には近づいてはいけませんよ」

それはまるで、自分にもこれ以上は深入りし過ぎるなと、俺に対してそう牽制しているかのようであった。

「師匠……」

「デモコレデ、カナタノ卒業ハ後二日、三日クライニナルナ。寂シクナルゼ。後ハレベル上ゲクライダガ、カナタモ鏡ノ悪魔相手ニ普通ニ戦エルヨウニナッテキタ。オレヤ主カラ助言ヲ聞クヨウナコトモナク、黙々ト鏡ニ籠モッテルダケダロウシナ」

「……そうなるでしょうね。でも、だとしても、それがどうしたというのですか、ノーブル？　むしろ私は、ここまで長引くことになるなんて思ってもいませんでした。時間が掛かり過ぎていたくらいですよ」

「死霊魔法ヲ教エレバ、数日ハ持ツダロウニナァ。死霊魔法ハ道ヲ踏ミ外サナイヨウ、簡単ナトコロデモ付キッ切リデ教エルベキダロウカラ、話ス機会モイクラデモアルダロウシ」

「で、ですから、それがなんだというのですか。そんなことになっても、楽しいのはお喋《しゃべ》り好きのノーブルくらいでしょう。別に……ノーブルも外の世界に行きたいのなら、私は止めはしませんよ。とにかく……私は、彼に死霊魔法を教えるべきではないと、そう思っていますから」

ルナエールは口ではそう言っているものの、表情には迷いがあった。こ、これは……押せばどうにかなるのではなかろうか。

一ヵ月にも満たない時間ではあるが、ルナエールとの生活の中で少しわかってきたことがある。

彼女は恐らく、自分に課したルールを破れないのだ。

ルナエールは人間である俺が、不必要に《地獄の穴》《コキュートス》に長らく滞在するべきではないと、そう考えている。ただ、そこに最低限の正当性さえあれば、彼女はそれをルールの範囲内であるはずだと自分自身を納得させることができる。

これは必要になるかもしれないと俺が後押しすれば、あと数日くらいならばここに置いてくれるかもしれない。

「悪い死霊魔法使いへの防衛のためにも、ある程度は知っておいた方がいいのかなと思っていたのですが、どうでしょうか？　もしかしたらこの先、俺が地上で死霊魔法を学ぶようなことがあるかもしれませんが……そこで偏った解釈を身に着けてしまうと、それが切っ掛けで道を踏み外してしまうこともある……かなぁ、と。そういった面でも、師匠から簡単に教わっておいた方が安心できるのですが……」

「…………」

ルナエールは沈黙し、考え事をするかのように手を口許へと添える。

さ、さすがに苦しかったか。思い付きを適当に口にしてしまった。

「……まぁ、確かに外の世界で何があるのかわかりませんからね。私が《地獄の穴》《コキュートス》にいる間に、地上で死霊魔法の扱いが多少変わっていてもおかしくはないでしょうし。万が一のことを考えれば、ここまでしたのですし、多少は死霊魔法についても教えておいた方がいいのかもしれません」

う、上手く押し切れた……！

「ただ、あくまで基礎的な部分だけですからね！　それ以上は絶対に駄目です！　ここにある魔導書も、死霊魔法に関するものは勝手に読むことは許可しません！　いいですね？」

「わ、わかりました！　ありがとうございます」

「少し読み直して、安全な魔導書を選定する必要がありますね。まったく……なぜ私が次から次へと、こんなことをしなければならないのでしょうか。付いて来てください」

ルナエールが小屋へと戻っていく。少し、いつもより足取りが軽やかだった。

「チョロイナ、ウチノ主」

ルナエールの背を眺めながら、ノーブルがぼそりと呟いた。それから舌を伸ばして絡め、グッドサインを作って俺へと向ける。

「宝箱さん……」

今すぐに大声を出してルナエールに言いつけてやろうかとも思ったのだが……今回だけは見逃すことにした。

「ナイスパスでした」

「ダロ？　カナタ」

「二人して何をごちゃごちゃと話しているのですか？　早く来てください」

ルナエールが俺達《たち》を振り返る。俺とノーブルミミックは同時にびくりと身体を震わせた。ノーブルミミックは、一瞬遅れて慌ててグッドサインの舌を収納して隠す。

「す、すぐに向かいます！」

本当は基礎的な部分だけではなく、ルナエールのことを知るために、彼女が不死者になった高位の死霊魔法についても知りたかった。ただ、きっとルナエールは、そこまで教えてはくれないだろう。

しかし、これでまた数日は彼女の許で弟子としていられそうだ。俺はそのことが嬉しかった。

あとがき

作者の猫子です。不死者の弟子第四巻、お買い上げいただきありがとうございます！

今回の表紙はカナタにポメラ、そしてフィリアです！　今回もイラストがお美しい……！　二巻の表紙と同じ面子《メンツ》なので、雰囲気を変えたいなということでフィリアに前面に出てきてもらいました。背景は四巻の主な舞台である桃竜郷《とうりゆうきよう》ですね。幻想的な雰囲気の桃竜郷《とうりゆうきよう》をぜひカラーページで描いてもらいたいなと思っていたので、表紙イラストに持ってきていただけてとても嬉《うれ》しいです！

挿絵やカラーページもどれも素晴らしくて、本当に作者冥利に尽きます！　作家になってよかった……！　特に人のお金で無邪気に豪遊するラムエルと、水晶もらって大喜びして疑問を忘れたルナエール様が素晴らしいです！　ありがとうございます、イラストレーターの緋原《ひはら》ヨウ様！

また、不死者の弟子コミカライズの第二巻、二〇二一年の七月二十五日に発売いたしました！

こちらもぜひぜひよろしくお願いいたします！

作品のご感想、
ファンレターを
お待ちしています

あて先

〒141-0031　東京都品川区西五反田8-1-5 五反田光和ビル4階
オーバーラップ編集部
「猫子」先生係／「緋原ヨウ」先生係

スマホ、PCからWEBアンケートにご協力ください

アンケートにご協力いただいた方には、下記スペシャルコンテンツをプレゼントします。
★本書イラストの「無料壁紙」　★毎月10名様に抽選で「図書カード（1000円分）」

公式HPもしくは左記の二次元バーコードまたはURLよりアクセスしてください。
▶ **https://over-lap.co.jp/865549836**
※スマートフォンとPCからのアクセスにのみ対応しております。
※サイトへのアクセスや登録時に発生する通信費等はご負担ください。

オーバーラップノベルス公式HP ▶ **https://over-lap.co.jp/lnv/**

不死者の弟子 4
～邪神の不興を買って奈落に落とされた俺の英雄譚～

発行　2021年8月25日　初版第一刷発行

著者　猫子
イラスト　緋原ヨウ
発行者　永田勝治
発行所　株式会社オーバーラップ
〒141-0031
東京都品川区西五反田 8-1-5
校正・DTP　株式会社鷗来堂
印刷・製本　大日本印刷株式会社

ISBN 978-4-86554-983-6 C0093

【オーバーラップ　カスタマーサポート】
電話　03-6219-0850
受付時間　10時～18時（土日祝日をのぞく）

OVERLAP NOVELS
経験値貯蓄で
のんびり
傷心旅行
～勇者と恋人に追放された
戦士の無自覚ざまぁ～
Author
徳川レモン
illust.riritto
これぞLv300級の
諸国漫遊！
WEB
デンプレ
コミックにて
コミカライズ
!!
パーティーでお荷物扱いされていたトールは、勇者にクビを宣告されてしまう。
最愛の恋人も奪われ、居場所がどこにもないことを悟ったトールは、一人喪失感を
抱いたまま旅に出ることに。だが、【経験値貯蓄】スキルによってLv300になり……!?

OVERLAP NOVELS
異世界でスロ～ライフを願望
いせかいで すろーらいふを (がんぼう)
I have a slow living in different world (I wish)
シゲ[Shige]
イラスト：オウカ[Ouka]
スローライフのカギは、美少女奴隷と『お小遣い《固有スキル》』!?
シリーズ絶賛発売中！
忍宮一樹は女神によって、ユニークスキル『お小遣い』を手にし、異世界転生を果たした。
「これで、働かなくても女の子と仲良く暮らしていける！」
そんな期待はあっさりと打ち砕かれる。巨大な虫に襲われ、ギルドとの諍いが勃発し――どうなる、異世界ライフ!?

異世界で
土地を買って
農場を作ろう
Let's buy the land and cultivate in different world
ラクラク
最強の《至高の担い手《ギフト》》で
農場開拓ライフ!
人魚やドラゴンの
美少女と送る
賑やか
スローライフ!
岡沢六十四
イラスト：村上ゆいち